나다, 유치곤

전설이 된 빨간 마후라

나다, 유치곤

1판 1쇄 발행 | 2015년 6월 12일
1판 2쇄 발행 | 2015년 6월 18일

지은이 | 차인숙
펴낸이 | 김경배
펴낸곳 | 시간여행
편 집 | 이진의·정지은
일러스트 | 김홍
본문 디자인 | 서진원

등 록 | 제313-210-125호(2010년 4월 28일)
주 소 | 서울시 마포구 양화로 6길 9-24 (서교동 동우빌딩 3층)
전 화 | 070-4032-3664
이메일 | sigan_pub@naver.com

종 이 | 화인페이퍼
인 쇄 | 월드피앤피

ISBN 979-11-85346-16-8 (03810)

이 도서의 국립중앙도서관 출판사 도서목록(CIP)은 서지정보유통지원시스템 홈페이지(http://seoji.nl.go.kr)와 국가자료 공동목록시스템(http://www.nl.go.kr/kolisnet)에서 이용하실 수 있습니다. (CIP 제어번호 : CIP2015014790)

나다, 유치곤

전설이 된 빨간 마후라

차인숙 장편소설

시간여행

| 축사 |

전설이 된 '빨간 마후라' 유치곤 장군을 기리며

지금으로부터 65년 전, 대한민국의 역사에서 가장 참담했던 6·25전쟁이 발발했습니다. 대한민국 공군이 창설된 지 약 9개월밖에 되지 않아 제대로 된 전투기 한 대 없었던 빈한한 시절이었습니다. 겨우 20여 기의 연락기와 훈련기뿐이었지만 200여 기 이상의 전투기로 중무장한 적과 맞서 싸우게 된 것입니다. 같은 해 7월 미 공군으로부터 F-51 전투기 10대를 인수받은 우리 공군은 용암보다 뜨거운 열정을 가지고 조국의 하늘을 지켜내기 위해 목숨을 바쳐 분투하였습니다.

바로 그 중심에 유치곤 장군이 있었습니다. 우리 민족에게 너무나 암울했던 일제강점기에 가난한 집안에서 태어났지만 유 장군은 조국의 푸른 하늘을 마음껏 날고 싶다는 꿈을 가졌고, 결국 소년비행병이 되면서 꿈을 향해 한 발짝 나아가게 되었습니다. 그런데 일제가 망하고 6·25전쟁이 발발하자 조국의 하늘을 '날겠다'던 유 장군의 꿈은 조국의 하늘을 반드시 '지켜내겠다'는 꿈으로 바뀌게 되었습니다. 1951년 공군 소위로 임관한 유치곤 장군은 나라 잃은 설움을 누구보다 뼈저리게 겪었기에 적에게 절대 나라를 빼앗길 수 없다는 일념으로 활주로를 박차고 하늘로 날아올랐습니다.

유치곤 장군은 열악하기 그지없는 현실에 굴하지 않고 6·25전쟁 최다 출격(203회) 조종사로 이름을 남겼으며, 승호리 철교 폭파와 송림제철소 폭격 등 중요한 작전을 완벽하게 수행한 진정한 대한의 전투조종사였습니다. 유치곤 장군의 삶이 곧 창군 초기 공군과 전투조종사의 역사가 되었습니다.

진정으로 하늘과 전투기 그리고 공군과 조국을 사랑했던, 전설이 된 '빨간 마후라' 유치곤 장군은 공군 제107기지 단장으로 재직 중이던 1965년 1월 1일 과로로 순직하였습니다. '강한 공군'을 위해 유 장군이 해야 할 일이 많이 남아 있었는데 너무나 일찍 세상을 떠나 공군의 애석함은 참으로 컸습니다.

《나다, 유치곤》을 읽어보면 잘 알려지지 않은 유치곤 장군의 발자취를 찾고, 잃어버린 공군의 역사를 복원하기 위해 차인숙 작가가 얼마나 많은 노력을 기울였는지 잘 알 수 있습니다. 차인숙 작가는 유치곤 장군이 소년비행병 시절을 보낸 일본 후쿠오카의 다치아라이(太刀洗)와 와카마쓰(若松)를 직접 방문했으며, 전쟁 당시, 강릉기지와 사천기지에서 적과 치열하게 싸운 원로 참전 조종사들과 오랜 시간 인터뷰를 하며 유치곤이라는 한 인물을 통해 그 당시의 역사를 재조명하고 있습니다. 아울러 소중한 역사를 파괴하고 인간의 존엄성을 짓밟으며 씻을 수 없는 상처만을 남기는 전쟁의 참상을 담담하게 녹여내고 있습니다.

모쪼록 많은 국민들이《나다, 유치곤》을 읽고 유 장군으로 상징되는 공군 전투조종사들의 애국심과 희생정신 그리고 열정을 다시 한 번 고찰할 수 있기를 기대하며, 이 책이 대한민국 공군에 대해 깊은 관심과 애정을 가질 수 있는 계기가 되길 바랍니다. 감사합니다.

2015년 6월 1일
공군참모총장 대장 최차규

| 축사 |

영원한 호국의 별
유치곤 장군을 기억하며

호국의 영웅 빨간 마후라 유치곤 장군의 순직 50주년을 맞아 장군의 일대기를 그린《나다, 유치곤》의 발간을 진심으로 축하드립니다.

호국정신으로 무장한 장군의 삶을 생생할 필력으로 되살려주신 차인숙 작가님께 깊은 감사의 말씀을 드리며, 책 발간을 위해 애써주신 유치곤장군호국정신보존회 양덕모 회장님을 비롯한 관계자 여러분께도 격려와 감사의 인사를 전합니다.

우리 모두가 잘 아는 대로 빨간 마후라 유치곤 장군께서는 6·25전쟁 발발 시 수많은 전투에 참가하여 전쟁을 승리로 이끌며 이 땅의 자유와 평화를 지켜내신 분입니다. 특히 당시 평양 승호리 철교 폭파작전은 미군마저 실패한 작전으로, 유치곤 장군이 이끄는 한국공군의 단독 성공은 우리 공군의 전설로 남아 있습니다.

뿐만 아니라, 한국 공군조종사로는 최초로 200회가 넘는 불멸의 출격기록을 세우며 우리 후손들에게 호국정신이 무엇인지 몸으로 직접 보여주신 분입니다.

이렇듯 꺼져가는 조국의 명운을 지켜내신 장군의 애국충절의 삶은 시대를 초월하여 우리 모두의 귀감이 되고 있으며, 오늘날 장군께서 우리 국민의 한없는 사랑과 존경을 받고 있는 것도 이 때문일 것입니다.

호국의 큰 별 유치곤 장군께서 우리 곁을 떠나신 지 벌써 50년이 되었지만, 장군께서 남기신 나라사랑 정신은 '빨간 마후라'의 노랫말과 함께 영원히 우리 가슴속에 남아있을 것입니다.

다시 한 번,《나다, 유치곤》의 발간을 축하드리며, 본 책과의 만남이 후손들에게 장군의 호국정신을 계승하는 계기가 되기를 기대합니다.

감사합니다.

2015년 6월 1일
달성군수 김문오

| 축사 |

《나다, 유치곤》의 출간을 축하하며

유치곤 장군의 순직 50주년과 유치곤 장군 호국기념관의 개관 10주년을 맞이하여 장군의 일대기를 그린 다큐소설이 발간된 것을 진심으로 축하드립니다.

뜨거운 애국심을 가진 영웅이자 호방하고 소탈한 한 개인으로서의 장군의 삶을 책으로 엮어주신 차인숙 작가님께 깊은 감사의 말씀을 드리며, 본 책이 나오기까지 심혈을 기울여주신 양덕모 회장님을 비롯한 유치곤장군호국정신보존회 회원 여러분께 깊은 감사를 드립니다.

유치곤 장군께서는 한국전쟁 당시 한국공군 전투기 조종사로서는 유일하게 203회라는 불멸의 출격기록과 무수한 전공을 남기며 우리 공군사에 큰 획을 그으신 분으로, 나라를 위해 목숨을 걸고 용감히 싸운 하늘의 용사이십니다.

이러한 역사적인 호국인물이 우리 달성군 출신이라는 것은 참으로 자랑스러운 일이며, 장군의 호국정신을 기리기 위해 장군의 일대기를 그린 소설책이 발간된 것은 정말 의미 있고 감사한 일입니다.

유치곤 장군의 삶과 그 속에 녹아있는 그분의 애국심과 호국정신이 본 책을 통해 많은 사람들에게 길이길이 기억되고 회자됨은 물론, 조국을 지킨 애국선열들의 은혜에 감사하고 존경하는 마음을 우리 후손에게 심어 호국정신을 계승하는 큰 밑거름이 되기를 기대합니다.

또한 모든 독자 여러분들께서 장군의 일대기를 읽으면서 선열들의 호국정신을 가슴 깊이 새기고 그 고귀한 뜻을 본받아 자랑스러운 우리 역사와 문화를 지켜내고자 하는 마음을 키워내는 소중한 시간을 가져 보시기를 바랍니다.

다시 한 번 본 책의 발간을 축하드리며, 차인숙 작가님과 모든 관계자 여러분의 노고에 감사의 말씀을 전합니다.

2015년 6월 1일
달성군의회 의장 채명지

| 축사 |

유치곤 장군 일대기 출간에 즈음하여

1950년 북한의 남침으로 발발한 6·25전쟁. 우리의 조국 대한민국은 백척간두에 선 절체절명의 위기, 어쩌면 우리의 역사가 영원히 사라질 수도 있었습니다.

'빨간 마후라' 유치곤 장군의 불타는 조국애와 충성심은 당시 힘겨운 전세(戰勢)를 바꾸어 놓았습니다. 목숨을 담보한 지칠 줄 모르는 출격비행은 그것을 잘 말해줍니다. 그는 6·25전쟁을 승리로 이끈 영웅입니다.

그동안 유치곤 장군의 위상에 걸맞는 변변한 전기물 하나 없어 안타까운 심정이었으나, 순직 50주년을 맞는 올해에 늦게나마 장군께서 남기신 기록들을 정리하여 한 권의 책으로 후세와 지역사회에 남기게 되었으니 다행스런 일이 아닐 수 없습니다.

역사란 선대와 후대를 이어주는 연결고리로서 그 가치를 발휘합니다. 국가적 위기상황에서 국가와 민족을 위해 헌신한 장군의 나라사랑

정신과 그가 남긴 호국정신을 선양하는 일은 어떤 것과 견주어도 그 중요함이 결코 부족하지 않을 것입니다.

우리 사회 구성원 전체가 호국영웅들의 숭고한 정신을 기리고, 이를 통해 국민통합을 이뤄갔으면 합니다.

책이 완성되기까지 헌신해 주신 차인숙 작가님, 공군역사기록관리단장 최영훈님께 다시한번 감사드리며 그간의 노고를 치하합니다.

2015년 6월 1일

유치곤장군호국정신보존회 회장 양덕모

| 프롤로그 |

가을은 아주 곱게 익어가고 있었다. 여름 내내 큰 태풍이나 홍수가 없었던 덕에 가을의 논밭은 풍성했다. 주렁주렁 매달린 사과는 때꾼때꾼 내리쬐는 햇빛을 온몸으로 받아들였고 가끔씩 부는 바람은 부드럽게 과수원을 감고 돌았다. 그러나 시월 중순으로 접어들면서 평화롭던 분위기는 일순간에 바뀌어버렸다.

한번 바뀐 날씨는 연이어 변덕을 부렸다. 우중충한 하늘을 감고 도는 바람이 맵싸하게 뺨에 와 닿았다. 가끔 후드득 소리를 동반한 비까지 흩뿌리니 은근 걱정이 되었다. '고유제'를 올리는 날에 비가 오거나 바람이 불면 어떡하지?

그런 내 걱정과 달리 정작 고유제를 올리는 아침, 하늘은 거짓말처럼 맑았고 햇살마저 적당히 따스했다. 불청객처럼 불쑥 찾아들었던 싸한 바람은 어느새 밀려나고 넉넉한 햇살이 따습게 품에 안겼다.

나는 하얀 국화가 든 종이봉투를 안고 동작동 국립현충원으로 향했다. 나름 서둘러 왔지만 현충원 입구에서 만나기로 한 일행은 나보다 먼저 도착해 있었다. 유치곤 장군의 장녀 유명숙 님과 유치곤호국기념사업회의 양덕모 부회장님, 논형출판의 소재두 사장님이었다.

"미안합니다. 꽃집에 하얀 열두 송이의 국화가 없어서 꽃이 올 때까지 기다리느라 늦었어요."

"아, 괜찮습니다. 그리 늦게 오신 것도 아닙니다. 저는 꽃을 미처 생각하지 못했는데 이렇게 신경 쓰셨네요."

양 부회장이 꽃다발을 받아들며 인사를 받는다. 늦게 온 내가 민망하지 않도록 배려해주는 양 부회장의 태도는 어디까지나 자연스러웠다. 그러나 나는 양 부회장의 목소리와 표정에서 작은 흥분을 읽을 수 있었으며 동시에 그가 긴장하고 있다는 것도 느낄 수 있었다.

양덕모 부회장은 유치곤 장군의 일대기를 기획하고 그 작업을 내게 의뢰했을 뿐만 아니라 고유제를 지내자는 제안까지 한 장본인이었다. 모든 일을 추진하는 양 부회장의 입장에서 본다면 긴장과 설렘이 교차하는 것은 어쩔 수 없을 것이다.

가볍게 인사를 나눈 후, 우리는 제1장군묘역을 향해 걷기 시작했다. 깨끗한 길 위로 때깔 고운 단풍이 하나둘 떨어졌다. 조금씩 위로 올라갈 때마다 죽 늘어선 비석들이 크고 넓게 눈 안으로 들어왔다. 눈을 돌리는 곳마다 서 있는 대각선 혹은 부채꼴 모양의 비석은 마치 부동자세의 군인처럼 보였다. 수많은 비석과 끝없는 잔디 사이로 간간이 사람들이 서 있거나 앉아 있었다. 지금 이 시간에 현충원을 찾아온 사람들은 비석의 주인공과 어떤 대화를 나누고 있을까?

가끔씩 찾는 현충원을 걷다 보면 여러 모습을 보게 된다. 말없이 오랫동안 서서 비석만 뚫어지게 보는 사람, 천천히 묘지 주변을 도는 사람, 잔디에 앉아 묵주를 돌리며 기도하거나 하얀 수건으로 비석을 닦고 또 닦는 사람도 있다. 그중에서 내 기억에 오래 남아 있는 모습은 어느 여학생이었다. 혼자 묘지를 찾아온 여학생은 국화꽃다발을 든 채 손으로 눈물만 훔치고 있었다. 나는 그 곁을 조용히 지나쳤지만 마음이 함께 젖어들었고 발걸음은 느려졌다.

"마치 소풍 나온 것 같아요."

배낭을 멘 유명숙 여사가 주변을 둘러보며 환하게 웃었다. 가무잡잡한 유 여사의 얼굴은 건강미가 넘쳐보였다. 나는 그런 유 여사가 부러웠다. 아버지의 묘역을 찾아가는 길이 소풍처럼 여겨지는 자식이 몇이나 될까.

"아버진 제가 중학교 1학년 때 돌아가셔서 기억에 많이 남아있진 않아요. 그러나 제가 첫째이고 또 딸은 저 하나라서 무척 귀여워 하셨지요. 그런 아버지가 돌아가셨을 땐 정말 눈앞이 캄캄했어요. 가끔 아버지 생각이 나면 슬프기도 했지만 이젠 그렇지 않아요. 50년이란 시간이 흘렀기도 하지만 무심히 지나간 시간은 아니었어요. 이렇게 주변의 여러분들 하며 또 고향에서 많은 분들이 아버지를 기억해 주시니 저로서는 그저 고마울 뿐이지요."

나는 유 여사 말에 동의하는 뜻으로 고개를 끄덕이며 진중한 표정을 지었다. 내가 진중해질 수밖에 없었던 것은 지난달 유치곤 장군 호국기념관이 있는 달성군 유가면 비슬산을 방문했을 때의 일이 떠올랐기 때문이다. 유치곤장군호국기념관은 그를 추모하는 고향 사람들의 뜻이 모여 세워진 곳이었다. 비슬산 아래 유치곤 장군 동상이 하늘을 향해 당당히 서 있었다. 금방이라도 F-51D 전투기를 몰고 구름 한 점 없는 하늘을 마음껏 누빌 것 같은 유치곤 장군 동상 앞에서 나는 그를 기리며 조용히 묵념했다.

그러나 묵념을 올리는 내 마음은 무거웠다. 지금부터 '유치곤'이라는 인물에게 다가가서 그의 면면을 알아야만 하는 숙제 때문이었다. 숙제를 위한 첫 내딛음으로 찾은 그곳에서 비슬산과 그 위에 펼쳐진 하늘과 떠도는 공기 그리고 발에 밟히는 풀까지도 오롯이 내 가슴속에 담았다.

유치곤, 그는 대체 어떤 사람이었을까?

계단을 따라 올라선 제1장군묘역은 앞이 탁 트인 곳이었다. 굳이 설명이 필요 없는 자리였다. 풍수를 모르는 내 눈에도 대번 명당임을 알 수 있었다. 장군이 군사를 거느리고 있는 듯 하다는 장군대좌형 자리답게, 현충원 한가운데 있으면서도 도도록이 솟아있는 제1장군묘역에 서면 사방이 죄 내려다보였다.

한 걸음씩 옮길 때마다 낯익은 이름이 새겨진 비석이 내 눈에 들어왔다. 격동과 혼란의 시기에 대한민국 육 · 해 · 공군(軍)의 토대를 세운 영웅들이 그곳에 잠들어 있었다. 그들의 이름을 대하는 것만으로도 경외심이 절로 일었다.

수많은 영웅들 속에 유치곤 장군이 있었다. 오랜 세월이 비껴간 흔적은 비석에 고스란히 남아 있었지만 유, 치, 곤 이름 석 자는 뚜렷했다. 나는 준비해간 수건을 꺼내 비석을 닦기 시작했다. 유명숙 여사는 배낭을 끌러 준비해온 제수음식을 하나씩 꺼냈다. 간단하지만 격식을 갖춘 제물을 제단 위에 올려놓고 향을 살랐다. 가느다란 향연 서너 가닥이 묘지 주위로 피어올랐다.

양덕모 부회장이 꿇어앉아 잔디 위에 한지를 펼쳤다. 한지에는 유려한 필체의 고유문이 적혀 있었다. 유치곤 장군을 향해 고유제를 올리게 된 사유를 읊는 양 부회장의 단정한 목소리가 묘역 사이로 퍼져 나갔다.

갑오년 음력 9월 24일

유학자 양덕모 고하나이다.

유 씨 문중의 충절은 백세토록 없어지지 않을 것입니다

난리(6 · 25전쟁)에 임하여 몸을 던져 막았으니

백성을 위하고 나라를 보호한 그 공적은 끝이 없습니다.

세월이 오래 되어 기록이 사라질까 두려워

머리를 맞대고 깊이 생각한 끝에

지금 한 권의 책을 만들어 후세에 길이 전하려 합니다.

이에 공경히 주과를 받들고 사유를 갖추어 삼가 고합니다.

維歲次甲午9月戊戌朔24日辛酉

幼學 梁 德 模 敢昭告于

兪門忠節 百代不隳

臨亂損軀抗拒 爲民護國

其功无涯 歲月旣久

記錄恐靡 鳩首深思

金玆成册 後世永傳

敬薦酒果 具由虔告

옆으로 퍼지던 푸르스름한 향연이 위로 오르기 시작했다. 바람이 제단 위의 하얀 국화 꽃잎을 흔들었다. 영령이 우리의 뜻을 기꺼이 받아들인 것일까.

나는 천천히 걸음을 옮겼다. 더 이상 묘지를 쓸 수 없는 언덕 끝자락에 섰다. 언덕 끝에 서니 방사형으로 늘어선 묘지와 비석이 한눈에 들어왔다. 그러나 내 시선은 곧장 유품전시관에서 가까운 동쪽 방향으로 향했다. 동쪽 29번 묘역은《리턴 투 베이스》의 주인공인 아버지 박명렬과 아들 박인철이 함께 잠들어 있는 곳이다. 부자 순직조종사인 그들은 23년의 시차를 두고 조국의 하늘에서 순직했다. 그런데 호국부자의 묘가 있는 29번 묘역 가까이에 내가 아는 또 다른 주인공이 안장돼 있다. 바로 유치곤 장군의 장남 유용석 소령이다. 어느새 내 옆에 다가온 유명숙 여사 역시 나와 같은 방향을 향해 섰다.

"용석이가 공군사관학교를 택하고 조종사의 길을 간다고 했을 때 어머니는 반대를 안 했어요. 그러나 전투기를 타는 것만은 안 된다고 하셨지요. 저는 전투기를 타지 말라는 어머니 심경을 십분 이해하고도 남았어요. 남들은 아버지가 6 · 25 참전 한국 공군조종사로서 203회 최다출격자라고 칭송하지만 옆에서 지켜보는 어머니로서는 하루하루가 무척 힘들었을 거예요. 그런 어머니를 안심시켜 드리려고 수송기를 조종했는데 결국 용석이도 우리 곁을 일찍 떠났지요."

유 여사도 나도 잠시 침묵했다.

"용석이가 떠난 지 어제 같은데 벌써 30년 세월이 훌쩍 넘었네요. 수송기 부조종사였던 용석이는 특공대원들과 제주도로 향하던 중, 악천후 때문에 그만 한라산에서 추락하고 말았지요."

유치곤 장군과 유용석 소령은《리턴 투 베이스》와 마찬가지로 또 다른 부자(夫子) 순직조종사인 셈이다. 이들의 안타까운 사연을 아는 이가 얼마나 될까?

동작대교 아래로 흐르는 강물이 유난히 눈부셨다. 하늘에서 연신 곱고 화사한 햇빛이 유유히 흐르는 강물 위로 무수히 쏟아졌다. 동쪽에서 흘러온 물은 쉬지 않고 서쪽으로 흘러가리라. 흐르고 흘러 서해로 가다가 일부는 남해로 굽이쳐 돌기도 하겠지. 그리고 일부는 현해탄의 격랑에 뒤섞이기도 할 것이다. 유치곤의 흔적을 더듬기 위해 나는 저 물길을 따라가야 한다. 현해탄을 건너가면 그는 어떤 모습을 내게 보여줄 것인가. 내게 주어진 숙제를 풀기 위해서 나는 50년 전 아니 그보다 훨씬 더 이전을 거슬러 올라가야 한다.

39세로 짧은 생을 마감한 유치곤. 그가 들려줄 이야기가 궁금했다.

차례

두 번 다시 나라를 빼앗기는 서러움을 내 사랑하는 가족들에게는 물려주고 싶지 않았다.
평온한 내 나라에서 인간다운 대접을 받는 삶을 살아가도록 해주고 싶었기에
겁 없이 하늘로 올랐고 마음껏 누볐다.

유치곤 장군(1927. 7. 17 – 1965. 1. 1)

01
하늘을 날고 싶은 소년

그리 높지 않은 언덕 위에 자리 잡은 와카마쓰 중학교는 항구에서 보면 마치 작은 성처럼 보였다. 그러나 낮은 언덕길을 통해 학교로 가는 길은 보기보단 멀었다. 신작로에서 언덕으로 오르는 길이 녹록한 편은 아니기 때문이다. 드문드문 집들이 있는 골목길을 몇 바퀴 돌고 나면 비로소 교문이 보이는 곧은길 앞에 다다르게 된다. 그런데도 꾸불텅한 언덕길을 따라 걷는 학생들의 자세는 조금도 흐트러짐이 없었다.

마지막 언덕길을 벗어나면 이어서 편편하고 곧은길이 있고, 곧은길 위에서 마주 보이는 교문은 경사진 길 끝에 있었다. 치곤은 곧은길 위에서 눈을 치뜨고 교문을 볼 때마다 신사 입구를 떠올렸다. 그것은 교문까지 이어진 돌담길 때문이었다. 신사의 돌계단을 오르는 것처럼 양

쪽으로 이어진 돌담은 푸릇푸릇한 이끼로 덮여 있었으며 커다란 벚나무 가지가 드문드문 늘어져 있었다. 바람이 불 때마다 벚꽃은 하염없이 떨어져 날렸다. 꽃잎은 이끼 낀 돌 위에도 떨어졌다. 돌 위에 콕콕 박힌 듯 떨어진 꽃잎은 마치 붓으로 하얀 점을 점점이 찍어놓은 듯 보였다. 어젯밤 내린 비를 고스란히 머금은 꽃잎은 바람이 불 때마다 꽃비처럼 후루룩 소리를 내며 흩날렸다.

길 위에서 교모를 고쳐 쓴 치곤은 숨을 고른 다음 앞가슴을 내밀며 어깨를 쭉 폈다. 그리고 두 팔을 앞뒤로 흔들며 교문을 향해 씩씩하게 걷기 시작했다. 팔을 힘차게 앞으로 뻗을 때마다 손목 위 맨살 부분이 반 이상 드러났다. 2년을 교복 한 벌로 버틴 터였다. 해마다 키가 크고 덩치도 커졌지만 교복은 더 이상 늘일 수 없었다. 최대한 늘여 입은 소매 끝부분은 해지고 닳아서 바느질로도 감당할 수 없었다. 바지도 마찬가지였다. 길이를 더 늘일 수 없게 된 바지 아랫단은 간신히 복사뼈 부근에서 멈춰버렸다. 까만 교복의 소매 끝부분과 무르팍 그리고 엉덩이 부분은 들기름 먹인 것처럼 유난히 반들거렸다.

분분이 떨어진 자잘한 꽃잎이 어지러이 길 위에 깔려 있었다. 치곤은 작고 여린 꽃잎을 살피며 조심스레 걸었다. 특히 물기 있는 돌 위를 걸을 때는 신경이 더 쓰였다. 반질반질 윤이 나는 돌을 잘못 밟으면 중심을 잡을 새도 없이 엉덩방아를 찧을 수 있었다. 학교를 오가며 넘어지거나 엉덩방아를 찧지 말라고 어머니는 몇 번이나 당부하지 않았던가. 비록 낡고 짧아졌지만 한 벌 뿐인 치곤의 교복이 혹여 찢어질까봐 어머니는 걱정하는 듯했다. 더 이상 덧대거나 누벼서 손볼 수 있는 교복이 아니었다. 치곤은 씩씩하게 걷다가도 돌이 있는 곳은 살짝 비켜

걸었다.

짙은 청색 교문은 양쪽으로 활짝 열려 있었다. 열린 교문을 등에 진 채 서 있는 선도반원들의 눈초리는 선생들보다 더 매서웠다. 부동자세로 서 있는 선도반원들을 지나칠 때마다 등교하는 학생들은 괜히 긴장되었다. 치곤도 예외는 아니었다. 굳은 얼굴로 선도반원들과 눈을 마주치지 않고 교문을 통과했지만 이내 치곤은 걸음을 멈출 수밖에 없었다. 치곤 앞에 선 세 명의 학생이 교문 앞에서 차려 자세를 취했기 때문이다. 차려 자세를 한 세 명은 동시에 정면을 향해 거수경례를 올렸다. 그들의 표정은 진지했고 엄숙해 보이기까지 했다. 그들이 움직이자 잠시 멈췄던 치곤은 교문 안으로 걸음을 옮겼다. 교문에 들어서면 곧바로 중앙에 있는 화단이 나타났다. 그러나 정작 눈에 먼저 들어오는 것은 화단 앞에 세워진 작은 나무집이었다.

교정에 있는 작은 화단은 거무튀튀한 돌로 둘러싸여 있는데 타원형에 가까웠다. 타원형의 화단 앞에는 나무로 지은 작은 집이 있고 그 속에 세 장의 사진이 전시돼 있었다. 첫째 사진에는 천황을 향해 깍듯이 경례를 올리는 학생이 있고, 중앙에는 학생들의 사열을 지켜보는 천황의 모습이 담겨 있었고, 마지막 사진에는 조종복을 입은 채 활짝 웃고 있는 젊은 청년의 얼굴이 있었다. 치곤은 사진을 향해 거수경례를 올렸다. 거수경례를 올리는 치곤의 귀에 마치 어제 들은 것처럼 새 학기 첫날, 하야토 교장의 훈시가 쟁쟁하게 날아 들어왔다.

"자네들은 와카마쓰 중학교의 일원이 된 것에 무한한 자부심을 가져야 한다. 왜냐하면 본교의 영광은 끝이 없기 때문이다. 작년 봄으로 거슬러 올라가자면, 4월 29일 히로히또 천황의 탄신일에 본교 3학년 회장이었던 루이 군은 본교 대표로서 자랑스럽게 천황을 알현했다. 그날 전국에서 3만여 학생이 운집했는데 특히 루이 군은 친히 천황으로부터 격려를 받기까지 했다. 이는 루이 군 본인뿐 아니라 두고두고 본교의 크나큰 자랑이 아닐 수 없다. 자네들, 우리의 자랑은 그뿐만이 아니다. 천황과 나라의 부름에 응하여 조종사가 된 여러분의 선배 쇼타 군이 있다."

교장은 쇼타의 이름을 길게 부르며 목소리를 한껏 높였다. 운동장에 도열한 학생들은 누구 하나 미동도 않고 하야토 교장을 주시했다.

춘삼월이었지만 교정에 줄 맞춰선 학생들의 머리 위로 춘설이 날렸고 바다에서 불어오는 바람은 뼛속을 파고들 만큼 차가웠다. 후쿠오카에 위치한 남쪽지방의 봄치고는 심술궂은 날이었다. 그것은 동해에서 불어오는 강한 바람 탓이었다. 그러나 하야토 교장은 추위에 떨고 서 있는 학생들은 아랑곳 하지 않고 훈시를 이어갔다.

"쇼타 군은 죽음도 불사하고 먼 이국땅에서 산화했다. 그의 육신은 하늘과 바다에 바쳐졌기에 우리는 더 이상 쇼타를 볼 수 없다. 그러나 명령에 절대 복종한 쇼타가 남긴 정신만은 우리가 결코 잊지 말아야 할 것이다. 자네들은 쇼타 군의 후배로서 그의 정신을 영원히 이어가야 한다. 와카마쓰의 교장인 나는 제2, 제3의 쇼타가 자네들 중에서 나올 것임을 믿는다. 그러므로 우리는 오늘 이 시각부터 자랑스러운 와카마쓰 인으로서 최대한의 예의를 갖출 것이다."

훈시를 마친 교장은 교단에서 내려온 다음 제일 먼저 화단 앞으로 걸어갔다. 두 팔을 아래로 내려 수직으로 착 붙인 뒤 교장은 사진을 향해 상체를 90도로 숙인 채 예를 올렸다. 한 치 흐트러짐 없는 하야토 교장의 뒤를 따라 선생들이 차례차례 예를 표했고 이어서 상급생부터 사진을 향해 거수경례를 올렸다. 새 학기 첫날 이후, 사진 속 인물을 향한 경례는 등교시간의 의례가 되었다.

치곤의 시선은 오로지 조종복을 입은 쇼타를 향했다. 굵고 짙은 눈썹 때문인가. 그에게서 강인한 군인 기질이 느껴졌다. 쇼타가 앉은 조종석은 사진으로는 보이지 않았다. 그러나 고글을 벗은 머리 뒤로 희미하게나마 캐노피가 보였다. 치곤은 캐노피와 안전모와 조종복에 시선을 뺏긴 채 서 있었다. 그때였다. 갑자기 휙, 바람을 가르는 소리와 동시에 치곤의 오른쪽 어깨에 강한 통증이 몰려왔다.

"악!"

치곤은 저도 모르게 외마디 소리를 질렀다. 반사적으로 왼손이 오른쪽 어깨를 거머쥐었다. 그러나 그것도 잠시 치곤은 얼른 차려 자세를 갖췄다. 언제 다가왔는지 치곤 옆에 하야토 교장이 서 있었다. 치곤과 눈이 마주 친 교장은 다시 회초리를 들었다. 회초리는 정확하게 책보를 둘러멘 치곤의 왼쪽을 피해 오른쪽 등 뒤를 가격했다. 말벌에 쏘인 것처럼 치곤의 등이 대번에 화끈거렸다. 치자색 윤기가 도는 긴 회초리는 가늘었지만 탄력이 좋았다. 하야토 교장이 힘껏 회초리를 내려치면 바람소리가 매섭게 났다. 회초리가 지나간 자리에는 불에 지진 듯 통증이 뒤따랐다. 그러나 치곤은 꼿꼿이 서 있었다. 어깨와 등이 쓰렸지만 교장 앞이었다.

"자네는?"

하야토 교장이 턱을 위로 치켜든 채 물었다.

"넵. 2학년 3반 미야모토 치곤입니다!"

부동자세로 정면을 응시한 치곤이 큰소리로 답했다.

"자네는 대일본제국 신민의 자세가 되어 있지 않다. 그 이유를 말하자면 첫 번째는 복장 불량이다. 두 번째는 예를 올리는 자세가 나빴다."

깡마른 체구와는 달리 하야토 교장의 목소리는 굵고 위엄이 잔뜩 서려 있었다. 매의 눈처럼 하야토 교장의 두 눈이 치곤의 위아래를 훑었다.

"복장 불량은 자네의 낡은 옷을 지적하는 것이 아니다. 예를 갖추기 전에 몸을 단정히 하라는 뜻이다. 자네 눈에는 옷에 붙은 이 꽃잎들이 안 보이는가."

교장이 회초리를 들어 치곤의 왼쪽 팔뚝을 가리켰다. 치곤의 팔뚝에 붙은 하얀 꽃잎 몇 개가 까만 교복 위에 선명하게 보였다.

"또 하나. 경례를 붙일 때 엄지손가락이 풀려 있었고 손을 갖다 댄 위치도 틀렸다. 군사교육시간에 열심히 배웠다면 그런 자세가 나올 수 없다. 한 마디로 자네는 존경하는 마음과 진심이 없었다는 뜻이다. 형식적이고 대충 넘어가려는 자네의 마음은 행동에서 나타났다. 나는 자네에게 황국신민으로서의 진심을 담은 행동을 원한다. 다시 예를 갖추도록!"

교장의 지시에 치곤은 얼른 두 손으로 교복을 털었다. 사선으로 둘러멘 책보가 등 뒤에서 흔들렸다. 하얗고 작은 꽃잎 몇 개가 바람 따라 흩어졌다. 옷매무새를 가다듬은 치곤은 화단 앞을 똑바로 보고 섰다. 손가락을 곧게 펴고 손목에서 팔꿈치까지 직선을 이루도록 팔을 올렸다. 오른쪽 모자 챙에 손가락 끝이 살짝 닿게 팔을 올린 다음 치곤은 정면의 사진을 응시했다. 사진 속 쇼타 군이 웃었다. 거수경례를 올리는 치곤의 두 눈에 힘이 모아졌다. 그새 치곤의 등 뒤로 차례를 기다리는 학생들의 수가 늘어났다.

까만 교복의 학생들 머리 위로 오종종한 꽃잎이 훌훌 흩어지고 있었다. 와카마쓰 항구에서 불어온 바람이 운동장을 휘돌고 지나갔다. 그 위로 아침 해가 떴지만 흐린 구름에 가려 반쯤 얼굴을 내민 채였다. 간밤처럼 또 비를 내릴지 알 수 없었다. 후쿠오카는 자주 흐렸고 그래서 하늘이 낮아 보였다. 그만큼 비도 자주 내렸다.

별 바른 날 하늘마저 유난히 파랬다. 바다가 가까운 와카마쓰에서는 보기 드물게 쾌청한 날이었다. 파란 하늘에 퍼진 햇살조차 푸르러 보였다.

"와우, 이런 날 멋지게 날려 봐야지. 안 그래? 치곤."

바람을 마주한 이치로는 두 손에 모형 글라이더를 들고 팔을 위로 쭉 뻗었다. 두 팔을 뻗은 그대로 이치로가 한 바퀴 뱅그르르 돌았다. 한껏 신이 난 이치로의 얼굴엔 싱그러운 웃음꽃이 피어 있었다. 웃음 속에 깃든 자신감을 치곤은 놓치지 않았다. 교실에서 모형 글라이더를 만들 때의 진지한 표정과는 사뭇 달랐다.

"치곤, 어때? 잘 날 것 같지? 수평비행을 오래 할 것 같지?"

동의를 구하는 이치로의 눈과 마주쳤을 때 치곤이 웃으며 엄지를 치켜들었다. 오후시간 특활반에서 글라이더를 만들 때 이치로의 열정은 단연 최고였다. 대나무를 휘고 다듬는 내내, 또 마분지를 자르고 붙이는 동안 이치로는 계속 중얼거렸다. 이치로 옆에서 글라이더를 조립하던 치곤은 그가 혼자 중얼거리는 말들을 죄 들을 수밖에 없었다.

"비행기가 날아오르려면 뭐가 필요하지? 그렇지. 뜨는 힘과 앞으로 가는 힘이 필요하지. 그 힘은 어디서 나오지? 바로 날개야 날개. 그래서 날개 위쪽은 이렇게 도톰하게 만드는 거라고. 그렇다면 날개 아래쪽은 평면에 가깝게 하는 거지. 왜일까? 그렇게 해야만 양 날개에 닿는 공기의 마찰면이 서로 달라지거든. 그런데 공기가 움직이는 시간은 같기 때문에 위쪽 공기의 흐름이 더 빨라. 당연히 빨라지지. 자연히 위쪽 압력은 낮아지는 거구. 음, 그러니까 자연적으로 날개 아래쪽에서 비행기를 위로 밀어내게 되어 있지. 오우, 밀어내니까 뜨게 되는 거야. 서로의 차이에 의해서 위로 뜨게 되는 힘, 즉 양력이 발생해서 비행기가 뜨는 거라구."

이치로는 과학 선생 히로시의 말투를 그대로 흉내 내며 혼자 설명하고 대답했다. 그러면서 눈과 손으로는 진지하게 글라이더를 만들고 있었다. 가끔 치곤에게 도움을 청하거나 부러운 눈으로 치곤이 완성한 글라이더를 쳐다보던 예전의 이치로가 아니었다. 치곤은 곁눈질로 이치로와 그의 손에서 완성되어가는 글라이더를 살폈다. 글라이더는 더 이상 예전 이치로가 만들던 작품이 아니었다.

가볍게 모형 글라이더를 든 이치로가 당당히 운동장 한가운데 섰다. 그는 천천히 글라이더 앞부분의 고리에 고무줄을 걸었다. 그리고 위쪽을 향해 최대한 길게 잡아당긴 후 고무줄을 놓았다. 고무의 탄성에너지를 받은 글라이더가 가볍게 날아올랐다. 잠시 앞쪽 부분이 아래로 처지는 듯 흔들거렸지만 곧 양력을 받은 글라이더는 수평을 잡고 앞으로 나아갔다. 모형 글라이더에서 눈을 뗄 줄 모르는 이치로의 얼굴에 자신감이 넘쳐흘렀다.

'이치로, 결국 해내는구나.'

이치로는 특활반에서 만난 친구였다. 모형 글라이더반 첫 시간 때 치곤은 준비물을 가져오지 않았다. 솔직히 글라이더 준비물을 사는 건 치곤에겐 사치였다. 빈손으로 글라이더 특활반을 찾은 치곤은 옆자리의 이치로가 만드는 걸 물끄러미 보고만 있었다. 이치로의 손놀림은 답답할 정도로 둔했다. 그러나 구부러진 대나무에 접착제를 듬뿍 바른 종이를 붙이느라 애쓰는 표정만은 진지했다.

"너, 나 좀 도와줄래?"

대뜸 이치로가 말을 걸었다.

"뭘?"

어색하게 치곤이 되물었다.

"이걸 띄우려고. 누군가 잡아줘야잖아."

당연하다는 이치로의 말투에 치곤은 기분이 상했다. 준비물 하나 없이 멀뚱히 있는 자신을 얕잡아 본 건가? 그러나 치곤은 순순히 자리에서 일어났다. 치곤이 보기에 종이 글라이더는 얼마 날지 못하고 고꾸라질 게 뻔했다. 그때 이치로가 어떤 표정을 지을지 궁금했다.

운동장에는 완성된 글라이더를 날리는 특활부원 몇 명이 먼저 나와 있었다. 고무줄을 이용해서 혼자 모형 비행기를 날리는 학생을 지나쳐 널찍한 곳에 두 사람은 마주 섰다.

"너, 달리다가 언제쯤 멈춰야 하는지 알지?"

종이 글라이더에 달린 실을 잡고 있던 치곤은 이치로를 똑바로 쳐다보았다.

"이치로, 난 치곤이야. '너'가 아니야. 너는 바로 이치로야!"

치곤은 이치로 앞가슴과 자신의 앞가슴에 붙은 명찰을 손으로 가리키며 둘의 이름을 불렀다. 이치로가 당황한 기색을 숨기지 않았다. 그러나 이내 이치로는 킬킬거리며 개구쟁이 같은 표정을 지었다.

"그래, 치곤. 내가 실수했다. 치곤, 나는 이치로다."

아무렇지 않게 받아주는 이치로가 치곤도 싫지는 않았다. 이치로가 글라이더를 머리 위로 들어올렸다. 치곤은 글라이더에 연결된 실을 잡고 달렸다. 이치로 손을 벗어난 글라이더는 그들의 머리 위에서 점점 하늘로 올라가기 시작했다. 둘의 눈동자는 잠자리처럼 날아오르는 모형 글라이더에 고정돼 있었다. 이쯤에서 멈추면 될까? 치곤은 달리던 걸음을 멈추고 높이 뜬 글라이더를 쳐다보았다. 그러나 글라이더는 뱅글뱅글 돌더니 곧바로 앞머리를 운동장에 처박고 말았다.

떨어진 종이 글라이더 앞에서 치곤은 이치로를 찾았다. 저만치 서 있던 이치로가 치곤에게 손을 흔들어 보였다. 그리곤 그대로 돌아서서 교실로 뛰어들어가 버렸다. 잠시 망설이던 치곤은 발밑에 떨어진 글라이더를 주워들었다. 떨어지며 받은 충격에 오른쪽 날개가 비틀어졌을 뿐 글라이더 상태는 대체로 양호했다. 그날, 치곤은 꼬박 밤을 샜다. 비틀어진 날개를 바로잡는 일이 수월하지 않았다. 그러나 중심축을 맞추고 비틀어진 날개를 고쳐나가는 치곤의 얼굴엔 만족감이 감돌았다. 모형 글라이더 재료를 사기 위해 어머니에게 더 이상 말을 하지 않아도 되기 때문이다.

다음날 아침 치곤은 평소보다 이른 시각에 등교했다. 운동장에는 아무도 없었다. 치곤은 보따리를 풀어 글라이더를 꺼냈다. 바다에서 불어오는 바람이 치곤의 얼굴을 스치며 지나갔다. 바람이 불어오는 방향을 향해 글라이더 동체를 잡고 살짝 밀듯이 날리는 치곤의 얼굴은 굳어 있었다. 평형을 이루지 못한 글라이더는 그리 오래 날지 못했다. 떨어진 글라이더의 양 날개를 점검한 치곤은 재차 날릴 자세를 취했다. 날개의 오른쪽 뒤에 두 번째 손가락을 갖다 댔다. 그리고 글라이더를 날릴 때 손가락으로 본체를 밀어주었다.

모형 글라이더는 바람을 타고 날아올랐다. 밤새 중심을 맞추느라 고생한 보람이 눈앞에 나타났다. 양력과 중력이 평형을 이룬 채 날아올랐다. 하지만 그 역시 그리 오래 날진 못했다. 치곤이 걱정했던 대로였다. 처음 이치로가 손댔던 대나무 골격으로는 날개 위쪽을 볼록하게 고치는 데 한계가 있었던 것이다.

운동장 바닥에 고꾸라진 글라이더를 주우려던 치곤 앞에 언제 왔는지 이치로가 다가왔다. 치곤보다 먼저 글라이더를 집어든 이치로는 글라이더를 들고 꼼꼼히 살피기 시작했다. 무덤덤한 이치로와는 달리 남의 물건을 훔치다 들킨 것처럼 치곤의 가슴이 쿵쾅거렸다.

"치곤, 너는 핸드런치로 날리는 방법을 알고 있구나. 그런데 이 글라이더를 보니 무게가 제법 나가는군. 최대한 가볍게 만들어야지. 안 그래? 그리고 말이야, 추진력과 항력이 평형을 이루려면 날개 위쪽이 볼록하고 도톰해야겠지?"

말을 마친 이치로는 치곤에게 글라이더를 넘겨주곤 그 자리를 떠났다. 엉겁결에 글라이더를 받은 치곤은 이치로의 뒷모습과 글라이더를 번갈아 쳐다보며 서 있었다. 이치로는 자신의 글라이더라는 걸 알았을 것이다. 날개를 따라 죽 그은 연필자국이 선명하게 남아있는 걸 보았을 테니까. 그런데 이치로는 아무런 말도 하지 않았다. 여전히 이치로는 운동장 한가운데 서 있었다. 고무줄을 이용해서 글라이더를 날리는 데 성공한 이치로는 이어서 직접 손으로 날리는 핸드런치를 구사하고 있었다.

"글라이더 무게중심은 약간 앞쪽에 있는데, 손으로 밀어주는 힘에 의해 생기는 추진력으로 날아가는 거야. 이렇게 말이지."

도대체 속을 알 수 없는 이치로였다. 하지만 그는 괜찮은 친구가 될 것 같은 예감이 들었다. 제대로 날리는 방법을 터득한 이치로의 표정에 한결 여유로움이 묻어났다. 두둥실 날아올라 수평비행을 하는 글라이더와 이치로를 향해 치곤은 아낌없이 박수를 쳐주었다.

산바람이 불면 시원한 기운을 느끼지만 어디까지나 잠깐에 지나지 않았다. 5월의 햇살은 삼나무 틈 사이를 비집고 들어와 강렬한 빛으로 뒷목을 파고들었다. 산바람이 물러가면 학생들의 얼굴은 금세 땀범벅이 되었다. 사흘째 동원된 근로노동에 학생들의 얼굴은 거의 검붉게 익어버렸다. 산 중턱에는 벌목된 삼나무들이 어지러이 나뒹굴고 있었다. 낫이나 톱을 든 학생들은 삼나무의 잔가지를 쳐내는 일에 열심이었다. 학생들 대부분이 웃통을 벗은 채였다. 목수건을 두른 학생도 있었지만 대개는 흐르는 땀을 손으로 닦아내며 삼나무에 매달려 있었다.

"슬슬 팔에 힘도 풀리는데 이젠 톱까지 말을 안 듣네."

"나도 그래. 배도 고픈데 말이야."

"군사훈련 받을 때랑 근로노동 나올 땐 왜 그렇게 빨리 배가 고픈지 몰라."

"인마, 해양훈련은 뒹굴고 노는 재미라도 있잖아. 이건 중노동이고 잘못하면 얼어터지기도 하니까 그렇지."

"자꾸 불평하면 더 힘들게 느껴질 뿐이야. 조금만 참으면 곧 점심시간 되잖아."

"어쭈, 반장이라고 잘난 척 하기는. 흥!"

"야야, 반장 말 맞잖아. 지금은 짜증나고 힘들지만 그래도 지난달엔 즐겁고 신났잖아."

"그래, 그땐 진짜 좋았어."

조선으로 수학여행 갔던 이야기가 나오자 주변에 있던 학생들 얼굴에 실실 웃음이 번졌다.

"난 말이야, 태어나서 처음으로 배를 탔거든? 그런데 처음 탄 배가 군함만한 큰 배라서 입이 쩍 벌어졌어."

"짜식, 감히 어디다 군함을 갖다 대냐. 그래봤자 사람이나 화물 싣는 배인 걸."

"사람을 2천 명씩이나 싣는데? 시모노세키에서 우리가 탔던 배가 곤고마루(金剛丸)였지? 갑판 위에서 출렁출렁 뱃전을 치는 파도를 내려다보니 마치 내가 등대에 서 있는 것 같더라."

"나는 부산항에 내릴 때 속으로는 조금 떨렸어. 왜냐하면 우리가 지배하는 땅은 분명 맞지만 그래도 조선이 처음엔 남의 나라였으니까 말이야."

"바보같이 남의 나라 같은 소리하고 있네. 우리가 그 조선 땅을 다스리게 된 지가 언젠데 그런 말 해? 인마, 너나 내가 태어나기 훨씬 전에 이미 반도 땅은 우리 땅이 된 거야. 그런데 직접 조선 땅에 가서 보니까 느낌이 어땠어?"

"뭐 여기나 거기나 별로 다르다는 거 못 느꼈어. 부산항에 내려서 보니 거의 우리말 쓰고 우리 옷 입고 있는 내지인들이 활개치고 다니더라. 우리가 마지막 날 묵었던 초량 왜관 근처 있잖아. 거기 가서 살면 하나도 안 불편하겠던데 뭐. 죄 우리 세상이더라."

"우리 세상 맞아. 경성에 가서 두 눈으로 보고도 몰라? 조선인들이 자랑으로 여긴다는 남대문 봤지? 왕이 산다는 궁궐? 그런 모든 것들을 우리 조선총독부가 관할하고 있다고. 천황이 자랑스러운 대일본제국의 면면을 똑똑히 보고 느끼라고 만주, 중국, 조선으로 수학여행을 독려한 거잖아."

"그래. 직접 눈으로 보니까 천황의 땅에 태어난 것이 아주 자랑스럽더라. 어깨에 힘이 팍 들어가고 말이야. 나는 천황의 명령이라면 물불 가리지 않고 따르겠다는 각오도 생기더라."

"그건 당연하지. 우린 모두 천황의 백성이니까."

"나도 그랬어. 조선 땅에 가서 우리 일본의 우월성을 확실히 확인했지. 그런데 말이야, 조선에서 본 것 중에 내 마음을 잡는 딱 한 가지가 있었어. 그게 뭐겠어?"

"뭔데 뜸 들이고 그러냐. 뭔데?"

"후훗, 바로 여자. 조선 여자애들. 진짜 예쁘더라. 안 그래?"

여자 이야기에 남학생들이 킬킬 웃어댔다. 한창 자라기 시작하는 턱 밑의 거뭇거뭇한 수염이나 양 볼에 툭툭 솟은 여드름을 볼 때 그들 역시 남자였다.

나무통을 열어본 치곤은 제 눈을 의심했다. 손으로 꾹꾹 눌러 만든 주먹밥이 두 개나 들어있었기 때문이다. 식량배급 받는 쌀이 항상 부족한 걸 알기에 주먹밥 두 개는 의외였다. 치곤은 어머니의 굵은 손가락 자국이 마치 도장처럼 찍혀 있는 주먹밥 한 개를 집었다. 한 입 베어 문 밥 속에는 무짠지가 박혀 있었다. 짜고 질긴 무짠지였지만 오늘은 달게 느껴졌다.

"치곤, 이거 하나 먹어."

이치로가 유부로 돌돌 만 주먹밥 한 개를 집어 치곤의 도시락에 놓았다. 노르스름하면서 기름기 도는 유부는 보기에도 먹음직스러웠다. 치곤은 아무 말 없이 유부주먹밥을 집어 들었다. 입안에서 씹히는 유부주먹밥은 부드럽고 고소했다.

"너, 진짜 힘세더라. 나무 자를 때 보니까 마치 어른들이 일하는 것처럼 아주 폼이 제대로였어."

치곤의 드러난 팔뚝 근육을 만져보며 이치로가 연신 감탄했다.

"나무 자른다고 힘 많이 썼으니까 이것도 하나 줄게."

이치로는 명란을 가운데 넣은 달걀말이 한 개를 건넸다. 말로만 들었던 멘타이코 달걀말이였다. 그러나 치곤은 유부주먹밥 받을 때처럼 선뜻 받을 수가 없었다. 이치로의 도시락에 든 명란 달걀말이가 딱 두 개인 걸 알기 때문이기도 했고, 귀한 음식이기도 한 탓에 넙죽 받기가 망설여졌다.

라디오에서는 연일 승전소식이 들려왔지만 어찌 된 셈인지 사람들의 생활은 갈수록 곤궁해졌다. 모든 물자가 귀했으며 값도 만만찮았다. 시골보다 도시에서 영양실조 환자가 속출하고 있다는 소문이 흉흉하게 돌았다. 식량배급이 줄어들면서 결핵이나 곱사병 환자가 늘어났고 사람들 얼굴엔 근심이 쌓여갔다. 각자 집에서 농사짓는 것 외 대부분의 식품이나 공산품은 배급제였다. 쌀은 말할 것도 없고 감자 한 알도 귀했다. 그런 형편인데 일반 가정에서 명란이나 달걀을 구한다는 것은 언감생심이었다. 그런데 이치로는 그걸 도시락에 싸온 것이다.

"어머니가 달걀말이를 네 개 넣어주셨는데 두 개는 아우들에게 하나씩 줬지. 물론 어머니 모르게 줬는데 아우 둘이 서로 눈치 보더니 게 눈 감추듯 얼른 삼키더라. 주고 오길 잘했다 싶어."

"넌 동생이 둘이나 돼?"

"응. 남동생만 둘이야. 지로와 사부로는 가끔 싸우기도 하지만 그건 나보다 씩씩해서 그런 걸 거야. 아버진 우리 형제가 군인이 되길 바라셔. 우릴 대할 때마다 그런 말씀을 자주 하시지."

"그럼 아버지가 군인?"

"응. 군인은 맞는데 특별하셔. 이타즈케 비행기지의 정비사야. 그래서 아버지는 장남인 내가 조종사가 되면 좋겠다는 말씀을 자주 하셨어. 황국신민으로서 제일 멋진 직업이 조종사라고."

치곤은 고개를 끄덕였다. 그동안 이치로와 가까이 지내면서도 그의 아버지가 군인인 걸 전혀 눈치채지 못했던 치곤은 내심 놀라우면서 부럽기도 했다.

"그래서 네가 글라이더에 관심이 많았구나."

"응. 아버지 영향이 컸어. 내가 소학교 다닐 때만 해도 아버지가 다치아라이 훈련소 정비창에 계셔서 집에 자주 오셨거든. 그땐 아버지랑 글라이더도 만들고 함께 날리기도 했는데 이타즈케로 가시고 나선 거의 집에 못 오셔. 어쩌다 가끔 집에 오시면 통조림이랑 분말우유를 갖고 오시는데 그때마다 어머닌 그걸 내게 제일 먼저 주시지. 아버지의 지시 때문이야. 이치로는 조종사가 될 거니까 잘 먹여야 한다고 늘 강조하시니깐 말이야. 지금 우리에게 제일 필요한 자원이 조종사래."

그랬구나. 그래서 이치로는 글라이더 이론에 대해 그렇게 꿰뚫고 있었구나. 치곤은 아버지와 글라이더를 만들었다는 이치로가 부러웠다. 아버지 이야기를 하는 이치로 얼굴엔 여유와 자신감이 엿보였다.

"내가 와카마쓰 중학교에 합격했을 때 아버지가 얼마나 좋아하셨는지 몰라. 그래서 우리만 학교 근처로 이사 오고 아버진 거의 부대에서 혼자 생활하시지. 서로 떨어져 있어서 불편하기도 하지만 그래도 가끔 스리쿼터를 타고 집에 오시는데 그때마다 아버지가 참 자랑스러워. 지난 달 아버지와 함께 '가토 하야부사 전투대' 영화도 봤어. 영화 보는 내내 내 심장이 얼마나 쿵쿵 뛰었는지 몰라."

치곤의 입안에 든 달걀말이가 좀처럼 목으로 넘어가지 않았다. 아버지. 아버지. 치곤은 머릿속으로 아버지 얼굴을 떠올려 보았다. 여섯 살 때 헤어진 기억 속 아버지 얼굴은 항상 흐릿한 형체로 다가왔다. 만약 나도 조선으로 수학여행을 갔더라면 잠깐이라도 아버지 얼굴을 볼 수 있었을까? 자신이 조선 땅 달성군 유가면 쌍계리에서 태어났다는 말만 들었을 뿐 치곤은 거기가 어디에 있는지 상상조차 할 수 없었다. 수학여행을 가는 것 그리고 아버지를 만나는 것, 모두가 불가능한 것을 알기에 치곤은 일찌감치 단념했다.

"치곤, 너도 쇼타 선배 좋아하지?"

느닷없는 이치로의 질문에 치곤은 얼른 대답할 말을 찾지 못했다. 그러나 곧 대답 대신 고개를 끄덕거렸다. 이치로에게만은 굳이 숨기고 싶지 않았다. 사진 속 쇼타가 치곤의 눈앞에 선연히 다가왔다.

"나도 쇼타처럼 조종간부가 되고 싶어. 그래서 졸업하면 해군이든 육군이든 사관학교에 들어가는 게 목표야. 그다음엔 조종간부가 되는 길을 택할 거구. 그건 아버지가 바라는 길도 되지만 결국 선택은 내가 하는 거니까."

"이치로, 너는 틀림없이 훌륭한 장교가 될 거야. 그리고 멋진 조종사도 될 거구."

소리 없이 웃는 이치로 얼굴에 결연한 의지가 어려 있었다.

"내가 조종사가 되겠다는 결심을 굳힌 건 아버지의 영향도 크지만 그것보단 미군 폭격기가 도쿄를 침공했다는 사실을 알고 나서야. 그 뒤 확실히 결심했지. 치곤, 너도 알지? 작년에 미국 놈들이 우리 본토를 공습했던 거. 감히 천황이 계신 곳까지 들어오다니 절대 용서할 수 없어."

어느새 이치로 얼굴엔 웃음이 사라져 버렸다. 도쿄에 미군기가 날아왔던 날 일본 사람들은 말을 잃었고 거리에는 한동안 짙은 긴장감이 감돌았다. 그만큼 충격이 컸던 것이다.

"치곤, 네가 가끔 쇼타 선배 사진 앞에 서 있는 걸 보곤 했어. 너도 조종사가 되면 정말 좋을 텐데 말이야."

이치로가 무슨 말을 하려는 걸까? 치곤은 두 귀를 바짝 세웠다.

"그런데 치곤, 만약에, 이건 어디까지나 만약인데 말이야. 조종사가 못 되면 정비사가 되는 건 어때? 글라이더를 조립하는 네 손재주 하난 최고잖아. 넌 정비사가 되면 분명히 그 방면의 최고가 될 거야. 조선인 기술자들은 손재주가 좋아서 비행기나 배를 정비하는 능력이 뛰어나다고 전에 아버지가 그러셨어."

본토 일본인 학생조차 조종간부가 되는 것은 어려운 때였다. 하물며 조선인이 조종사가 되기란 손에 꼽을 정도였다. 그런 사실을 잘 아는 이치로였기에 치곤을 배려하는 뜻으로 정비사를 추천한 것이었다.

"아직은 모르겠지만 직업을 갖게 된다면 비행기와 관련된 일을 하고 싶긴 해."

치곤은 속내를 드러내지 않았다.

이치로는 모형 글라이더 재료를 사올 형편이 못 되는 치곤을 위해 여유분의 재료를 갖고 오거나, 날리기에 실패한 글라이더를 그냥 두고 가버리기도 했다. 치곤은 실패한 글라이더를 거의 완벽하게 고쳐서 이치로의 감탄을 자아냈다. 둘이 합심하여 만든 글라이더는 특활반 전체에서 제일 오래 비행한 기록을 세우기도 했다. 글라이더에 관한 한 치곤의 실력을 철저히 믿고 있는 이치로였다.

이치로는 치곤의 우직하면서도 무뚝뚝한 성격이 마음에 들었다. 그러나 어떤 때는 치곤의 그런 성격이 답답해 보일 때도 있었다. 특히 하야토 교장에게 혼나는 경우를 볼 때였다. 교장은 등하교 때 자주 운동장에 나타났다. 하야토 교장의 특징은 군인 같은 반듯한 걸음걸이보다 그가 들고 있는 회초리였다. 그는 항상 회초리를 팔꿈치와 등 사이에 세우고 다녔다. 하야토 교장이 운동장에 나타나면 반드시 누군가는 지적을 당하거나 그가 들고 있는 회초리 세례를 받게 되어 있었다.

그중 한 명이 치곤이었다. 교장은 한번 주목하기 시작한 치곤이 눈에 띄면 수시로 불러 세웠다. 약삭빠른 편이 못되는 치곤은 변변한 변명도 못한 채 교장 하야토의 회초리를 몸으로 견뎌내곤 했다.

"난 하야토 교장선생님의 훈시를 들을 때 감동받은 적이 많았어. 가정형편이 어려워도 공부를 포기하지 않고 뜻을 이룬 분이잖아. 그리고 무엇보다 부지런하시지. 또 참 애국자의 모습을 볼 수 있고, 바른 교육을 위해 애쓰는 것도 알 수 있어. 그런데 편견이랄까? 차별이랄까? 간혹 그런 모습도 보인단 말이야. 너를 위시해서 몇 안 되는 조선인 학생들을 자주 불러 세우잖아. 그리곤 꼭 꼬투리를 잡아 회초리를 내려친단 말이야. 교장선생님의 그런 태도 때문에 다른 학생들이 너를 비롯한 조선인 학생들을 얕잡아보는 것 같아."

치곤은 묵묵히 듣고 있었다. 풀 위에 벌레 한 마리가 보였다. 잔털투성이 벌레는 몸뚱어리를 최대한 구부렸다가 쭉 늘이듯 펴는 동작을 반복하면서 기어갔다. 그 동작은 누군가에게 밟히거나 잡히지 않으려는 필사의 몸짓으로 보였다. 조선인이라고 써 붙이고 다닌 것도 아닌데 몇몇 상급생은 걸핏하면 치곤을 툭 치고 지나쳤다. 하야토 교장만큼 피하고 싶은 상급생들이었다. 그러나 학교 안에서 치곤이 운신할 수 있는 폭은 좁았다. 피해봤자 학교 안이었다. 필사의 몸짓으로 기어가도 사람의 발아래 있는 풀벌레처럼.

"내가 보기엔 그래. 하야토 교장선생님부터 대개의 일본인들이 말로는 내선일체라든가 일시동인을 앞세우면서 행동은 그게 아닌 경우가 많아. 괜한 우월감에 사로잡혀서 조선인을 멸시하는 것 같아. 나 역시 일본인이지만 조선인들을 지나치게 비하하는 건 못마땅하거든. 이번에 수학여행 갔을 때만 해도 어떤 땐 내가 오히려 부끄럽기도 하더라. 여관이나 식당에서 일하는 나이 많은 조선인들에게 대놓고 요보, 요보, 라고 불러대는 친구들을 볼 때 말이야."

잠자코 듣는 치곤의 가슴이 벌렁거렸다. 상급생들은 야릇한 눈짓과 건들거리는 몸짓으로 치곤을 툭 치면서 요보, 반도인, 조센징 중 하나를 입에 달고 살았다. 상급생들 눈에는 명찰에 적힌 미야모토 치곤은 보이지 않았다. 그러나 치곤은 하야토 교장의 차별이나 상급생의 멸시에도 전혀 내색하지 않았다. 그들 앞에서는 말수를 줄이고 반듯한 차려 자세를 갖추는 것만이 최선책이라는 사실을 알기 때문이었다.

온몸을 덮은 잔털을 빳빳이 세운 채 필사적으로 땅 위를 기어가던 벌레가 드디어 풀 속으로 들어가기 시작했다. 나무 그루터기에 앉은 치곤은 벌레가 사라질 때까지 움직이지 않았다.

점심 식사를 마친 학생들은 각자 편한 자세로 휴식을 취했다. 대부분 수건을 얼굴 위에 덮고 누웠거나 나무에 기대어 꾸벅꾸벅 졸고 있었다. 누군가 하모니카를 불기 시작했다. 경쾌한 곡조가 산들바람에 실려 산속에 울려 퍼졌다. 하모니카 곡조는 군사훈련을 받을 때 들었던 익숙한 행진곡이었다. 행진곡에 발맞춰 도보 훈련을 받다가도 갑자기 경보음이 울리면 학생들은 일사불란하게 방공호를 향해 뛰었다. 훈련장에 만들어놓은 방공호는 크고 넓었다. 가정집이나 마을 공동 방공호하고는 비교가 되지 않았다. 지난 해 미군 폭격기의 본토 공습이 있은 후부터 방공호 대피훈련은 불시에 이루어졌고 갈수록 횟수가 늘어났다. 마을 단위마다 등화관제훈련과 소방훈련이 수시로 이어졌다.

치곤과 이치로는 둥근 나뭇가지를 베개 삼아 풀 위에 누워 하모니카 연주를 들었다. 둘은 똑같이 하늘을 보고 누웠다. 그들의 눈에 들어온 하늘은 넓고 컸다. 넓고 큰 하늘에 간간이 구름이 떠 다녔다.

"치곤, 너는 하늘을 올려다 볼 때는 무슨 생각을 하지? 나는 가끔 상상의 날개를 펼친단다. 내가 탄 전투기가 와카마쓰 중학교 상공을 선회하는 모습을. 나는 자랑스러운 선배로서 또 훌륭한 군인의 모습을 후배들에게 보여주기 위해 멋진 비행을 펼치고 싶어. 운동장에 모인 전교생이 내 비행에 손을 흔들고 박수를 치며 환호할 거야. 나는 환호에 답하듯 길고긴 비행운을 남긴 채 구름 속으로 사라지겠지. 그리곤 더 높이 더 멀리 날아서 태평양을 누빌 거야. 왜냐고? 내 귀에는 아직도 진주만습격의 승전 소식이 쟁쟁하게 남아 있거든. 그날 라디오에서 크게 울려나오는 행진곡과 아나운서의 감격에 찬 목소리가 얼마나 벅차게 다가왔는지 지금도 그 생각만 하면 가슴이 떨려."

치곤은 하늘을 날고 있는 전투기와 이치로의 모습을 그려보았다. 전투기에서 내리는 이치로를 향해 여학생들이 꽃을 흔들며 환호하고 있었다. 여학생에게 엄지를 치켜 보이며 환하게 웃는 이치로의 얼굴이 크게 부각되었다.

"치곤, 네가 내 비행기를 정비해주면 더없이 좋겠다. 우리 인연이 이어진다면 그리 될 수도 있겠지? 안 그래?"

치곤은 무심한 하늘만 응시했다.

'이치로, 나도 하늘을 날고 싶어.'

하늘을 날고 싶다는 말은 치곤의 입안에서만 뱅뱅 돌았다. 이치로는 모를 것이다. 힘든 노동에 지친 어머니의 한숨소리에서 벗어나고 싶을 때마다, 조선인이라는 멸시를 받을 때마다 치곤이 할 수 있는 건 하늘을 쳐다보는 것, 그것뿐이었다. 하늘을 쳐다보노라면 어느새 가슴이 펴졌다. 응어리도 함께 풀렸다.

더 이상 하모니카 소리가 들리지 않는 산속은 고요했다. 그러나 고요함도 잠시였다. 갑자기 쇳덩이가 부딪는 듯한 굉음이 들렸다. 뒤이어 두 소년의 눈앞에 전투기 한 대가 나타났다. 두 소년은 동시에 벌떡 일어났다. 구름 사이를 뚫고 나타난 전투기는 항구가 보이는 바다를 향해 날아가고 있었다. 한층 낮아진 하늘을 쳐다보는 두 소년의 눈동자에 진녹색 전투기가 오롯이 들어왔다. 짙은 녹색 전투기는 바람을 가르며 구름과 함께 움직였다. 하늘 저편에서 어떤 일들이 벌어지고 있는지 알 수 없는 두 소년은 단지 하늘을 날고 있는 전투기를 보는 것만으로도 가슴이 뛰었다. 전쟁의 피해가 얼마나 큰지 궁핍한 생활로 병들어 가는 사람들이 얼마나 늘어나는지 두 소년은 알지 못했고 알 수도 없었다.

1868년 메이지 유신으로 막부정치를 끝낸 일본은 천황 중심의 중앙집권적 통치제도를 확립했다. 다시 말해 천황을 중심으로 한 일본식 입헌군주제 국가가 만들어진 것이다. 그 후, 일본은 구미 열강을 따라잡기 위해 개혁을 모색했다. 부국강병을 내세우며 구미 근대국가를 모델로 하여 경제 · 산업 분야에 자본주의를 도입했다. 서양식 공업기술과 서양 문명의 선진제도를 받아들인 일본은 경제를 성장시켰다. 그리고 원료와 공산품을 판매할 시장을 확보하기 위하여 대륙진출을 모색했다.

청일전쟁과 러일전쟁에서 연이어 승리한 일본은 서서히 제국주의 정책을 노골화했다. 1910년 일본은 한일합방으로 조선을 식민지화하는 데 성공하고, 이어 1937년 중일전쟁을 일으켰으며 불과 6개월 만에 난징대학살이라는 엄청난 만행을 저질렀다. 그뿐만 아니라 미국의 적이 된 독일과 이탈리아와 동맹을 맺었다. 이에 미국은 제재 방침으로 일본에 대한 고철 수출을 금지시켰다. 그러나 일본은 소련과 소·일 중립조약을 체결하여 오히려 미국에 압력을 가했다. 일본은 석유의 60% 이상을 미국에서 수입해오던 처지이면서도 도도하게 나왔다. 결국 미국은 일본에 대해 극단적인 조치를 취했다. 석유와 각종 자원 수출을 금지하는 강경책을 쓴 것이다.

석유금수 조치로 일본은 경제적으로 타격을 입었다. 철도 및 선박 운송과 군수물자 생산 공장에 필요한 기름을 제때 공급할 수 없게 된 것이다. 미 · 일 관계는 악화일로를 걷게 되었다. 미국은 석유금수 조치를 풀어달라는 일본 요구에 먼저 중일전쟁 이전 상태로 복귀할 것을 요구했다. 그러나 주변 여건은 전쟁을 피할 수 없는 방향으로 흘러가고 있었다. 이미 많은 인력과 돈을 중국에 쏟아부은 일본은 미국의 요구를 받아들일 수 없었다. 게다가 일본군은 1941년 7월 말에 인도차이나 반도에 진주했는데 이것 또한 미국의 격렬한 항의를 불러일으키고 말았다. 미국은 남만주 지역을 제외한 전 중국 점령지의 포기를 요구했고, 일본은 인도차이나 반도에서만 철군하겠다는 협상안을 들고 나왔다. 그러나 협상은 결렬됐고 1941년 11월에 미국은 만주사변 이전으로 복귀하라는 최후통첩을 보냈다.

천황은 미국과의 전쟁을 우려했지만 끝내 군부의 강력한 개전 주장에 동조해야 했다. 명령을 받은 야마모토 이소로쿠 연합함대 사령장관은 하와이를 기습하여 진주만을 공격할 계획을 세웠다. 하와이까지는 장장 5천km가 넘는 거리였고 그 외에도 보급문제와 공격에 사용할 어뢰 등등 난제가 있었다. 그러나 야마모토는 항공모함 탑재 함재기만으로 공습을 결심했다.

1941년 12월 8일 새벽. 야마모토의 지휘 하에 진주만 기습공격이 감행되었다. 공격을 당한 미 해군의 주력함대인 태평양 함대는 막대한 손실을 입었다. 진주만에 정박해 있던 미군 전함은 가라앉거나 대파했다. 그리고 전투기도 90% 가까이 손실을 입었다.

진주만의 미 태평양 함대를 기습 공격한 후 일왕의 선전포고와 함께 태평양 전쟁의 발발을 설명하는 보도문이 연이어 신문과 라디오를 통해 일본 국민들의 눈과 귀를 사로잡았다.

> 천황께서 미국과 영국에 대해 전쟁을 선언하셨다. 천황의 성은에 보답하는 길은 1억 국민이 합심하여 국가적 위기를 받아들이는 것이다. 총과 칼을 들어라. 지금 1억 일본 국민의 적은 미국과 영국이다. 미국과 영국을 무덤으로 보내라.
>
> 우리는 사격을 개시했다. 꽝! 하는 함포의 불꽃과 함께 새로운 역사가 시작되었다.

미국과의 전쟁 개시에 일본 국민들은 불안해했다. 정부는 국민의 동요를 막기 위해 진주만 기습 공격의 주역인 야마모토 이소로쿠를 전면 부각시켰다. 잡지와 신문과 라디오는 일제히 일본 연합함대 사령장관 야마모토를 국가 영웅으로 내세우며 승전보를 알리고 승리를 장담하는 데 급급했다.

그러나 실상은 달랐다. 일본은 단기간에 연합군 해군력을 격파하는

데 성공했고 동남아 일대와 태평양의 주요 섬들을 점령하여 말 그대로 태평양에서 최강으로 군림하게 되었다. 그러나 일본의 팽창은 미국이 2차 세계대전에 참전하게 만드는 결과를 낳았다. 그것은 일본군 작전부의 예상을 보기 좋게 뒤집어놓은 셈이 되었다.

일본 군부는 단기전을 원했었다. 초반에 미국의 기선을 제압한 후 유리한 상황에서 종전 협정을 체결하려는 속셈이었다. 짧은 시간 내에 전쟁을 승리로 마무리하려 했던 일본은 미국의 참전과 함께 격한 전쟁의 소용돌이 속으로 빨려들게 되었다.

일본 제국의 진주만 공습과 일본 해군 잠수함의 캘리포니아 주 산타바바라 엘우드 정유소에 대한 포격으로 미국은 큰 충격에 빠졌다. 이에 루즈벨트 대통령은 땅에 떨어진 미군의 사기를 높이고자 일본 본토를 폭격할 계획을 세웠다.

루즈벨트 대통령의 명령에 따라 지미 두리틀 중령이 이끄는 B-25 폭격기 16대는 항공모함 호넷 갑판에서 이륙하여 도쿄, 가와사키, 나고야, 욧카이치, 고베를 폭격했다. 그때까지 일본 본토는 13세기 여몽연합군의 일본 정벌 실패 이후 한 번도 침공을 받은 적이 없었기에 일본 국민들이 받은 충격은 실로 컸다. 일본 민족에게 하늘같은 존재인 천황이 거주하는 도쿄가 공격당한 것에 일본 군부는 크게 당황했다.

미국의 폭격에 야마모토 사령장관은 일본 본토의 안전을 확보하기 위해 전선을 일본으로부터 최대한 먼 곳에 구축해야겠다는 생각으로, 그리고 미군 항공모함을 섬멸하기 위한 교두보로써 미드웨이를 선택했다. 그러나 일본은 그들의 오판을 깨닫지 못하고 있었다. 진주만 공습의 승리가 가져온 자만심이 첫째 이유였다면, 그동안 미국의 산업이 전시체제로 바뀌면서 엄청난 군수물자를 쏟아내기 시작했다는 사실 또한 간과한 것이었다. 그뿐만 아니라 미국의 통신기술과 레이더와 전자전 기술은 일본에 비해 우월한 위치에 있었다. 일본의 다음 공세에 대비하고 있던 미국은 일본 해군의 암호화된 모든 통신문을 감청하여 해독해냈다. 일본의 공격 목표가 AF, 즉 미드웨이였던 것을 알게 된 미국은 철저한 기만전술과 준비된 작전으로 일본 항공모함을 격멸했다.

미드웨이 해전에서 일본은 막대한 피해를 입었다. 항공모함 4척과 3,500여 명의 병력 그리고 300기 이상의 비행기와 함께 우수하고 숙련된 해군조종사 대부분을 잃게 된 것이다. 그러나 미국은 여기서 멈추지 않았다. 일본이 차지하고 있는 솔로몬 군도를 점령하기 위해 과달카날 전투를 일으킨 것이다. 과달카날은 솔로몬 군도의 동남단에 위치한 일본의 점령지였다. 자원의 보고인 동시에 대양주와 각 대륙을 연결하는 해상교통의 요충지였기에 일본으로서는 중요한 점령지였다.

일본에게는 더없이 중요한 점령지였지만 미국의 시선은 달랐다. 미국은 미국과 호주 그리고 유럽 간의 병참선에 대한 위협을 제거하기 위해서, 또 비스마르크 군도 중에서 가장 큰 섬인 뉴브리테인에 속한 라바울기지를 공략하기 위한 포석으로 솔로몬 군도 상륙을 감행한 것이었다.

지상전에서 승전의 절정기에 이르렀던 일본이었지만, 1942년 8월 미국의 역습으로 시작된 6개월 간의 과달카날 전투로 일본군의 기세는 급격히 꺾이기 시작했다. 과달카날 상공의 항공전에서 일본 해군은 항공기뿐만 아니라 수많은 조종사를 잃었다. 게다가 연합군의 방해로 물자 보급에 지장이 따르면서 점점 전세가 불리해졌다. 이미 전쟁 주도권은 연합군 측으로 넘어오고 있었다. 하지만 일본은 물러서지 않았다. 연이은 수뇌부의 오판으로 일본은 점점 힘든 전쟁의 소용돌이 속으로 빨려 들어갔다.

전세가 불리해질수록 일본이 내세운 것은 '대동아공영권'이었다. 1940년 8월 1일 마쓰오카 요스케 일본 외상이 담화를 통해 처음으로 '대동아공영권'을 주창했다. 아시아 민족이 서양 세력과 식민지배로부터 해방되려면 일본을 중심으로 대동아공영권을 결성하여 아시아에서 서양 세력을 몰아내야 한다는 것이 요지였다. 그러나 정작 일본은 대동아공영권을 내세우면서 실제로는 점령지역의 주요 자원과 노동력 수탈을 일삼는 구실로 이용하고 있었다.

일본은 식민지 청년들에게 총칼을 쥐어주는 것을 두려워했다. 그래서 그동안 징병의 대상을 일본 본토인으로만 국한시켰던 것이다. 그러나 전쟁에서 수세에 몰린 일본은 식민지 청년들도 전쟁에 동원하기 위해 1943년 10월 20일 개정한 법령을 들고 나왔다. 이른바 '조선인학도육군지원병제도'를 실시한 것이다. 학도지원병제와 징병제는 일본과 조선에서 광범위하게 시행되었다.

일본은 교묘한 선전을 통해 조선의 어린 학생들을 일본군인의 길로 이끌었다. 친일문인과 예술가를 동원해서 항공열을 부추기는 격문을 쓰게 하거나 강연으로 분위기를 띄웠다. 그리고 '항공의 날'을 제정하여 학생들의 관심을 배가시켰다.

일본 본토도 예외일 수 없었다. 신문이나 라디오에서는 열세에 몰린 일본군의 현황을 알리는 보도는 단 한 줄도 없었다. 연일 승전 소식과

용감한 일본 군대의 자랑스러운 면면만 보여주었다.

일본군 수뇌부는 부족한 조종사 충원을 위해 대대적인 홍보와 모병에 나서기 시작했다. 전투기가 학교나 마을 상공을 선회하는 광경을 보게 한 다음 조종복을 갖춰 입은 조종사가 직접 주민이나 학생들을 만나게 하는 방법을 썼다. 교과서에는 모형 비행기를 만드는 순서를 싣기도 했다. 홍보 영향도 있었지만 학생들에게 조종사 자체가 선망의 대상이었기에 예상 외로 효과는 컸다.

조종사가 선망의 대상이 된 것은 일본 해군 항공대의 영향이 컸다. 일본 해군 항공대 소속의 조종사는 엘리트 의식이 상당히 강했는데 그것은 철저한 소수정예주의 때문이었다. 조종사가 되려면 우수한 머리와 강인한 체력을 갖추고, 치열한 경쟁을 뚫고 혹독한 훈련을 거쳐야 했기 때문이다. 그렇게 선발된 일본 해군조종사는 당연히 핵심전력을 차지할 수밖에 없었다.

그러나 미드웨이 해전과 과달카날 전투 그리고 라바울 전투에서 그동안 승리를 이끌었던 뛰어난 조종사들 대부분이 전사했고 미숙한 조종사만 남게 되었다. 전황이 불리하게 돌아가고 있었지만 군부는 현실을 받아들이지 않았다. 오히려 부족한 인력을 채우기 위해 대대적인 군 병력 모집에 발 벗고 나선 것이다.

거리 곳곳에 붙어 있는 포스터가 학생들의 시선을 끌었다. 어디에선가 라디오에서 군가가 흘러나왔다. 귀에 익숙한 군가는 빠르고 밝은 곡조로 쾅쾅 울려 퍼졌다. 육군항공본부에서 '육군소년비행병'을 모병한다는 포스터의 한가운데 진녹색 제로센이 날고 있었다. 동남아 일대의 정글을 날고 있는 듯 숲에 둘러싸인 제로센 사진에 학생들의 눈길이 집중됐다. 포스터를 읽는 치곤의 눈동자가 유리알처럼 빛났고 표정은 진지했다.

약한 바람에도 등잔불은 곧잘 흔들렸다. 파르르 떨다 옆으로 쏠린 불꽃은 금방 사그라질 것 같았다. 그러나 꺼질 듯 가물가물하던 등잔불은 금세 파란 불꽃으로 되살아났다. 등잔불 아래 드러난 치수의 얼굴은 거무죽죽했다. 1년 사이 두 뺨이 푹 파일 정도로 홀쭉해진 치수의 얼굴은 실제 나이보다 대여섯 살쯤 더 들어보였다.

"동생이 입대한다고 하니 휴가를 주더라. 나쁜 놈들!"

등잔에 물고기 기름을 채우던 어머니가 치수를 어른다.

"그동안 얼굴이 많이 상했네. 일이 힘든 모양이제."

벽에 머리를 기댄 채 치수는 어머니와 치곤을 번갈아 보았다. 움푹 꺼진 눈이 다소 신경질적으로 보였다.

"동생이 소년비행병학교에 합격해서 입대한다고 했더니 공장 사람들이 놀라더라. 축하한다는 사람도 있었지. 그런데 나는 암만 생각해도 이해가 안 돼. 그냥 일반 병사도 아니고 소년비행병을 뽑는데 합격했다고? 그것도 우리 같은 조선인을 뽑았다고?"

"형은 그게 불만이야?"

치곤은 형 치수가 집에 들어올 때부터 기분이 언짢았다. 거의 1년 만에 집에 왔으면서도 치곤을 보는 치수의 눈은 여전히 냉랭했다.

"불만? 그래, 불만이다!"

치수가 얼굴을 일그러뜨리며 치곤을 노려봤다. 치곤은 치수의 시선을 피해 버렸다. 자신을 향한 형의 불만을 알기 때문이었다. 어머니도 더 이상 치수를 제지하지 않았다.

"어느 자식은 공부를 시켜놓으니 신분이 상승하는구먼요."

치수는 기어코 불만을 터뜨렸다. 어머니가 한숨을 뱉으며 치수를 노려봤다.

"큰 아야, 인자는 그런 감정 내려놓을 때도 안 됐나? 언제까지 맨날 같은 불만만 늘어놓누, 응? 더구나 전쟁터에 나갈 동생 앞에서 말이제."

어머니가 혀를 찼다. 치수는 고개를 돌려 어머니를 외면했다. 번번이 그러지 말자고 마음을 다져먹는 치수였지만, 막상 어머니와 치곤을 보면 화가 났다.

"벌써 십 년이다. 아홉 살, 여섯 살인 너희 둘 델꼬 고향과 조선 땅을 떠난 게. 그때 나도 무척 간덩이 컸다만 고향땅에서 사람구실 못 하고 굶어죽을 수는 없었다. 처자식은 안중에도 없는 느그 아부지에게 더 이상 기댈 것도 없었고, 하나둘 고향을 떠나는 사람들 보면서 나도 용기를 가졌제. 어쨌든 먹고 살라고 부관연락선을 탔지. 시모노세키 거쳐 여기까지 왔다."

여기까지 왔다, 라는 어머니 입에서 바싹 마른 풀 내가 났다. 어머니가 사발을 들어 물을 들이켰다.

"큰애 니는 걸핏하면 학교도 안 보내고 동생만 공부 시켰다고 나를 원망해대는데 그때는 그럴 수밖에 없었던 것을, 그거는 네가 더 잘 알지 않나?"

아홉 살이었던 치수가 모를 리 없었다. 보퉁이 하나 머리에 인 어머니 손에 이끌려 도착한 곳이 와카마쓰 변두리였다. 어머니의 친척 몇 분이 사는 곳이었지만 각자 살기에도 빠듯해서 도움받을 형편이 아니었다. 어머니는 보퉁이를 풀 사이도 없이 친척들이 하는 일을 따라 나섰다. 어머니가 폐지와 고물을 주우러 다닐 동안 치수와 치곤은 낡고 어두컴컴한 방에 갇혀있다시피 지냈다.

치수가 열한 살 됐을 때 어머니는 그를 술 도매상 점원으로 보냈다. 도매상 사장 하루코가 재우고 먹이는 걸 책임지는 조건이었다. 어머니는 치수에게 당부했다. 무조건 주인 말에 순종해야 한다고, 큰 가게에서 장사하는 걸 배우려면 참고 견뎌야 한다고만 강조했다. 치수가 점원으로 들어갔던 그 해 치곤은 소학교에 들어갔다.

치수가 정작 불만을 가지기 시작한 건 치곤이 중학교에 진학하면서부터이다. 겨우 끼니를 해결하는 가정 형편이다. 그럼에도 까만 교복을 입고 학교에 가는 동생과 자전거로 술 배달을 하면서 낑낑거리는 자신의 처지가 비교되기 시작한 것이다. 밤늦게 치곤의 교복을 손질하는 어머니를 볼 때마다 치수는 야속하고 서운했다. 치곤이 눈이 시도록 미웠다.

"니도 알다시피 아를 중학교까지 보낼 생각은 애초에 없었다. 그럴 형편도 안 됐제. 그런데 조선인은 몇 명 들어가지 못한다는 학교에 덜컥 합격해버리니 어떡하누. 죽이 되든 밥이 되든 자식 하나만이라도 공부 시켜보자 하고 학교에 밀어 넣었지. 그리고 느그들을 모른 척 하는 느그 아부지한테 보여주고 싶었다. 나 혼자서도 아들 번듯하게 잘 키우고 있으니 똑똑히 보시오, 하는 오기가 발동한 것이었제. 큰아, 니한테는 정말로 미안하다."

미안하다는 어머니 말을 치수는 곧이듣지 않았다. 지금까지 어머니의 말이나 행동에서 한번도 살갑거나 온화한 구석은 찾아본 적이 없었기 때문이다.

힘든 건 치곤도 매한가지였다. 형의 눈치도 보였지만 학기가 바뀔 때마다 걱정이 짙어지는 어머니 눈치까지 살펴야 했다. 중학교는 소학교와 달리 제법 돈이 들었다. 수업료가 제일 큰 부담이었고 과목마다 사야 할 준비물도 일일이 돈이 들었다. 준비물을 챙겨가지 못할 때마다 선생님과 친구들 시선이 신경 쓰였다. 가난뱅이 조센징이라는 따가운 시선에 주눅이 들었고 갈수록 어깨는 처졌다. 오히려 방학이 기다려졌다. 방학 때는 긴 상의 생선가게 배달 일을 하거나 어머니와 함께 폐지를 줍다보면 걱정이나 근심에서 놓여날 수 있었다. 그렇다고 걱정에서 완전히 자유로웠던 건 아니었다. 과연 졸업할 때까지 학교를 계속 다닐 수 있을까 하는 의문과, 수시로 하야토 교장과 상급생들 얼굴이 떠오를 때마다 위축되는 감정은 떨쳐버릴 수 없었다.

"형!"

"……."

"형, 나도 힘들어."

"……."

치수는 계속 침묵했다.

"형은 학교 다니는 내가 부러웠을지 몰라도 나는 비참했고 고민이 많았어. 무사히 졸업할 수 있을까, 또 졸업한다고 해도 일자리는 찾을 수 있을까. 솔직히, 가난뱅이 조센징 신분인 우리가 이 바닥에서 뭘 할 수 있겠어? 그런데 기회가 온 거야. 어느 날 등교하면서 육군소년비행병을 모병한다는 포스터를 보고 눈이 번쩍 뜨였어. 포스터 어디를 봐도 조선인은 안 된다는 내용이 없었어. 나는 이 기회를 꼭 붙잡아야겠다고 생각했어."

치곤은 하늘을 날고 싶었다는 말은 하지 않았다. 그것은 듣기에 따라 배부른 소리가 될 수 있었다. 치수는 여전히 침묵을 지켰다. 그는 알고 있었다. 징병이나 지원입대를 앞둔 젊은이들에게 '소년병' 자체가 선망의 대상이었음을. 엄청난 경쟁을 뚫고 들어가야 했기에 소년병이 되어 조종사가 된다는 것은 대단한 신분상승이었다. 특히 조선인이 해군이건 육군이건 항공대에 들어갔다는 사실은 최고 엘리트로 대접받을 수 있는 길이었다.

"물론 우리가 일본인들과 어울려 생활하기 힘들었을 거라는 건 나도 짐작한다. 그런데 너는 내 입장이 아니니까 내 심정이 어떤지 몰라. 네가 소년병에 선발됐다는 연락을 받았을 때 나는 무슨 생각했는지 알기나 해? 나도 소학교라도 다녔더라면 소년병 지원이라도 해봤을 텐데 하는 생각이 들었다. 너는 화공약품 냄새 진동하는 공장에서 찌들어가는 형을 상상이나 해봤니?"

치수가 다니는 공장은 화학제품을 생산하는 곳이었다. 공장에서 만든 화학제품이 비행기와 선박에 쓰인다는 말만 들었다. 공장은 그리 원활하게 돌아가는 상황이 아니었다. 석유공급을 제때 받지 못하면서 기계가 멈춘 적도 있었다. 한 입 건너서 흉흉한 소문이 돌기 시작했다. 몇 천 명의 일본군이 바다에 수장 당했다느니, 일본 전투기인 제로센과 하야부사는 더 이상 미군 비행기의 적수가 될 수 없다는 평이 돌았다.

치곤이 소년병으로 입대한다는 연락을 받았을 때, 치수는 갑자기 많은 지원병을 받아들이는 것이 소문과 관련 있는 것은 아닌가 하고 의문을 가졌다. 그러나 라디오에서는 승전 소식뿐이었기에 정확한 진실을 알 리 없었다. 화학공장에서 일하는 것보다 조종사가 될 수 있는 치곤이 그저 부러울 뿐이었다.

"형, 미안해."

치곤이 미안하다고 했을 때 치수는 그제야 퍼뜩 제정신이 들었다. 집으로 올 때만 해도 이럴 생각이 아니었다. 군인의 길로 나가는 동생에게 부디 몸조심하고 잘 다녀오라는 말을 하기 위해 집에 온 것 아닌가. 이미 장기전에 접어든 전쟁은 언제 끝날지 기약할 수 없는 상황이었다. 훈련을 받고 나면 동생이 어느 전선으로 갈지 알 수 없는데, 묵은 불만을 쏟아내고 비아냥거린 자신이 치사해 보였다.

소금기를 품은 아침 공기는 무거웠다. 덩달아 잿빛 구름에 가려진 아침 해도 무거워 보였다. 빽빽하게 밀리는 소리와 함께 미닫이문이 열렸다. 어머니가 둥근 상을 들고 방으로 들어왔다. 치수가 얼른 일어나 상을 받았다.

"아, 밥 냄새! 이게 집밥이야."

김이 오르는 밥상 앞에서 코를 벌름거리는 치수 얼굴이 한결 밝았다. 치곤도 앉은걸음으로 다가와 상 위를 살폈다. 보기 드문 꽁치구이가 먼저 눈에 들어왔다.

"어제 생선가게 긴 상이 주셨다. 꽁치뿐 아니라 등잔불 켜라고 어유꺼정 함께 주더라. 작은 아가 소년병으로 입대한다는 소문 들었다고. 어딜 가더라도 잘 견디겠지만 그래도 몸 성히 잘 있다 오라 당부하시더라. 참말로 고마운 사람이제."

긴 상은 조선인들끼리 만나면 사투리를 그대로 썼다. 그러다가도 일본인이 오면 유창한 일본말에 행동까지 완벽한 일본인으로 변신했다. 치곤은 방학 때마다 긴 상의 생선가게 일을 도왔다. 드물기는 하지만 가끔 생선을 얻거나 낡고 부서진 생선상자를 얻어오기도 했다. 동네 공터에 시멘트 블록을 둘러쌓은 후, 치곤이 얻어온 생선상자를 쪼개 불을 피우면 땔감으로 요긴했다. 불을 피워 놓으면 주민들은 물을 데울 뿐만 아니라 된장국을 끓이거나 생선을 굽기도 했다.

치수가 젓가락을 들어 밥을 먹다가 상 위에 있는 접시를 가리켰다.

“어? 이건 뭐지? 두부는 아닌 것 같은데?”

치곤이 먼저 쟁반에 담겨 있는 회색빛 물체를 집어 들었다. 말랑말랑하지만 형 치수의 말처럼 두부는 아니었다.

“그게 메밀묵이다.”

어머니가 손으로 메밀묵 한 점을 왜간장에 찍어 바로 치곤의 입에 넣었다.

“이게 우리 조선 사람들이 만들어 묵는 음식이다. 먼 길 떠날 때 반드시 고향으로 다시 돌아오라꼬 메밀가루 쑤어갖꼬 이렇게 묵을 만들어 먹여 보낸다.”

“그래요?”

치수가 고개를 갸웃거렸다. 젓가락으로 능숙하게 메밀묵을 집어 한 입에 씹던 치수가 묘한 표정을 지었다.

“뭔 맛이 이러나? 들큼한 것도 아니고 텁텁한 맛이 나네.”

“나는 괜찮은데? 구수한 맛인데?”

“그럼 너 다 먹어라. 내 입에는 안 맞다.”

“처음 먹으니 입에 안 맞을랑가 몰라도 몇 점만 더 먹어봐라.”

어머니가 메밀묵을 집어 들고 치수를 쳐다봤다. 어머니의 눈과 마주친 치수는 마지못해 메밀묵을 받아 입에 넣었다. 우중충한 구름 같은 빛깔도 싫었는데 물렁하게 씹히는 식감마저 거슬렸다. 하지만 치수는 억지로 삼켰다. 메밀묵을 권하는 어머니 눈빛이 예전과 달랐기 때문이다. 치수와 달리 치곤은 아무런 소리도 없이 메밀묵을 묵묵하게 먹었다. 그런데 메밀묵을 먹는 방법이 특이했다. 젓가락으로 메밀묵 한 점을 먼저 집어 입에 넣은 다음 젓가락 끝으로 왜간장만 톡 찍어 혀끝에 대고 쪽 소리가 나게 빨았다.

"우째 먹는 방법도 별나다. 묵에 간장을 발라 먹어야 간이 맞제."

"나는 메밀묵만 씹는 게 더 맛있는데요?"

치곤이 메밀묵 접시를 거의 비워 갈 때 어머니가 바닥에 둔 냄비를 상에 올렸다.

"이게 메밀묵 숭늉이다. 죽으로 쑬 때 바닥에 눌어붙는 기 생기면 누룽지 같이 되는 기라. 거기에 물을 부어 끓이면 구수한 맛이 나제. 뜨끈할 때 한 사발씩 마시면 속이 시원한 기라."

어머니가 각자의 밥그릇에 숭늉을 부었다. 치수가 머뭇거릴 때 치곤은 벌써 밥그릇을 들고 후룩후룩 마시기 시작했다.

"형, 마셔 봐. 늘 마시던 찻물하곤 맛이 완전 다르네."

그때까지 못 미더운 표정을 짓고 있던 치수가 그릇을 들고 한 모금 마시는 시늉을 했다. 치수는 여전히 내키지 않은 표정이다.

"어때? 괜찮지?"

치곤이 물었으나 치수는 모르겠다는 듯 고개만 갸우뚱거렸다.

"같은 뱃속에서 나은 형제인데 느그는 별로 닮은 기 없는 기라. 성격도 그렇고 식성도 그렇고. 그런데 내가 와 메밀묵 만든지 아나?"

치수가 고개를 저었다. 치곤도 모르긴 매한가지였다.

"척박한 땅 어디에서나 메밀은, 사람이 돌보지 않아도 잘 자라는 기라. 큰아 니는 공장이 군수물자 만드는 데라서 징병은 안 당하지만 그래도 공장일이 힘들다는 거 내가 니 얼굴 보고 안다. 작은 아도 훈련받고 나면 어데로 갈 지 알 수가 없으니 에미 마음도 편하지 않다. 내가 암만 생각해봐도 에미가 해줄 수 있는 기 없더라. 그런데 갑자기 메밀묵 생각이 나더라. 내가 메밀을 쑤어 만들면서 수도 없이 빌었다. 조상신께도 빌고 부처님께도 빌었다. 제발 느그 둘이 어데 가서 무슨 일이 있더라도 배곯지 말게 해 달라꼬, 척박한 땅에서도 잘 자라는 메밀처럼 견뎌달라꼬 말이제. 뭔 일이 있어도 안 죽고 살아서 돌아오려면 풀뿌리, 들짐승이라도 찾아서 먹고 반드시 살아남아서……."

어머니의 말이 끊겼다. 일순 방안 공기가 가라앉았다.

"일본이 어떤 형세로 돌아갈 건지는 아무도 모른다. 조선이 식민지가 될 것을 몰랐던 것처럼 말이제. 에미로서 내가 오직 바라는 건 느그 형제는 꼭 살아 돌아와야 한다는 것뿐이다. 내가 느그 둘 데리고 먼 일본 땅까지 온 것도 어쨌든 살기 위해서였다. 느그들 고향은 조선에서도 골짜기에 있는 달성군 유가면이지만 땅 한 평 없는 가난한 소작농 집안이었제. 가뜩이나 곤궁하기 짝이 없는데 기름지고 목 좋은 땅을 일본사람들이 차지하면서부터 굶는 일이 다반사가 돼버렸다. 거기다 느그 아부지는 게을러빠졌다. 게으른데다 술을 좋아해서 처자식 건사할 줄 모르고 책임감이라곤 눈곱만큼도 없는 양반이었제. 나는 느그들만은 책임감 없는 남자로 만들기 싫었다. 어차피 고향땅에 있어봤자 굶어죽는 일밖에 없었으니 내가 털고 일어난 기라. 현해탄 건너면서 모진 결심을 했제. 용동댁은 현해탄 소용돌이에 던져버리고 느그들 위해서 남은 목숨 부지해야겠다 하고."

어머니가 지그시 눈을 감았다. 감은 두 눈가에 눈물이 묻어났다. 그러나 어머니는 오래 울지 않았다. 저고리 소매로 눈물을 훔친 어머니가 다시 냄비를 집어 남은 숭늉을 마저 들이켰다.

"하루 종일 들일하고 집에 왔는데 방안에 술내가 진동하더라. 술에 취한 느그 아부지 옆에 느그들도 잠들어 있었다. 아니, 잠든 게 아니라 술에 취해 쓰러져 있었제. 배고픈 느그들은 아부지가 얻어온 술지게미를 먹고 그대로 뻗어 있었던 것이제. 느그 둘의 뺨을 때리고 찬물을 억지로 먹였지만 좀체 몸을 못 가누고 픽픽 쓰러지더라. 그 꼴을 보고 나는 이를 갈았다. 왕과 그 밑에서 정치를 하는 대신들이 우리를 지켜주지 못한 나라였다. 한 집안의 지아비가 처와 자식을 내 몰라라 했다. 기댈 데도 비빌 언덕도 없는 사람들이 뿔뿔이 살 길을 찾아 흩어졌던 것처럼 나도 떠나기로 마음먹었다. 에미인 나만이라도 느그들을 지켜줘야겠다고 마음먹고 나니 고향과 조선에 대해 아무 미련이 안 남더라."

아는 것도 가진 것도 없는 용동댁이 일본을 택한 건 순전히 배는 곯지 않을 거라는 믿음 때문이었다. 조선을 식민지로 삼은 일본 아닌가. 조선 땅에서 나는 좋은 것은 모두 일본으로 가져가지 않는가. 일본에 가면 먹을 것과 일거리는 많을 것이라는 생각이 들었다. 일거리만 있다면 배는 곯지 않으리라. 그러나 현실은 크게 바뀌지 않았다. 일본 사회는 내선일체를 부르짖었지만 일본과 조선은 결코 하나가 될 수 없었다. 본토 일본인은 어디까지나 '선민'이었고 조선에 건너간 일본인은

'내지인'이었던 것이다.

"여기 와서 벌써 십 년 세월이 흘렀다. 나는 더 이상 용동댁도 아니고 느그들도 유치수, 유치곤이 아니다. 그러나 성을 바꿨다고 뿌리까지 바뀐 건 아니더라. 차별 안 당할라꼬 성을 바꾸었지만 어디까지나 일본은 일본이고 우리는 조선인이더라. 메밀을 일본사람들은 국수로 만들어 먹지만 우리는 묵으로 만들어 먹는다. 일본사람들은 섣달그믐날 밤에 장수하라는 기원을 담아서 메밀국수를 먹지만 우리는 반드시 돌아오라는 뜻으로 메밀묵을 먹는 기다. 이렇게 음식이 말하듯 우리와 일본은 엄연히 다른 민족인 기라. 치수야, 치곤아. 지금부터 에미가 하는 말 가슴에 꼭 새겨 놓거라. 느그는 척박한 땅에서도 자라는 메밀처럼 어데 가더라도 목숨은 부지해야 한다. 만일 본토까지 전쟁이 난다면, 서로가 연락할 길이 없어 행방을 모른다면, 그때는 한 곳만 향해서 달려오너라. 에미는 목숨이 붙어 있는 한 느그 둘이 돌아올 때까지 기다릴 끼다. 내가 느그 둘 손 잡고 내렸던 곳, 와카마쓰 항구. 그곳에서 기다릴 끼다. 알았제?"

입안이 바싹 타들어간 어머니 말속에 바람소리가 섞여 있었다. 지긋지긋한 전쟁이 언제 끝날지, 두 아들과 무사히 재회할 수 있을지 확신도 기약도 할 수 없었다.

교장실은 의외로 협소했다. 창문을 뒤로 한 탁자 앞에 나무의자가 마주보고 있었다. 흔한 장식품 하나 없는 교장실은 깔끔했다.

"나를 찾아오다니 뜻밖이군."

탁자에서 일어난 하야토 교장이 말문을 열었다. 치곤은 얼른 교장을 향해 거수경례를 올렸다.

"우선 앉지."

하야토 교장이 반대편 의자를 가리켰다.

"넵."

나무의자에 앉은 치곤은 허벅지 위에 동그랗게 주먹 쥔 양 팔을 올렸다. 자연스레 가슴이 내밀어졌다. 치곤은 턱이 위로 들리지 않도록 머리를 약간 뒤로 당겼다. 안경테를 매만지던 교장의 시선이 치곤을 향했다. 여전히 차가운 눈빛이었다.

"소식은 들었네. 이번에 소년비행병학교에 합격했다더군. 자네의 합격과 그 용기를 칭찬하는 바이네."

"넵!"

"미야모토라? 자네는 왜 미야모토를 택했나?"

"어머님이 정하셨습니다."

"그런가?"

하야토 교장이 고개를 갸웃거렸다.

"참으로 현명한 어머니를 두었군. 자네가 나아갈 길을 예견한 분이시네."

어머니를 치켜세우는 하야토 교장의 저의가 궁금했지만 치곤은 마른 침만 삼켰다.

"미야모토 무사시라는 검호가 있었지. 일본의 수많은 검객 중에서 단연 첫손에 꼽히는 무사였어. 오랜 세월이 흘러도 일본인은 그를 검성으로 부르며 추앙하고 있네. 왜 미야모토가 추앙받을까?"

하야토 교장의 어조는 여전했다. 운동장에 수많은 학생들을 세워놓고 훈시할 때나 치곤 한 명을 앞에 두고 할 때나 그의 어조는 한결 같았다.

"그는 일평생 60여 차례 결투에서 한 번도 패한 적이 없었지. 13세에 첫 대결에서 승리를 거둔 이후 64세에 생을 마감할 때까지 말이지. 오로지 낡은 도복 한 벌과 장검 한 자루만 가지고 무사 수업의 험한 여정에 오른 미야모토는 결전을 앞두고 이런 말을 했었지. '내 비록 100살까지 산다 하더라도 인생에서 아무런 빛을 남기지 못한다면 살아도 산 것이라 할 수 없지 않은가. 모두가 두려워 할 때 나설 용기가 있어야 한다.'고 말이지."

잠시 말을 멈춘 교장의 시선이 치곤의 왼쪽 가슴에 붙은 명찰로 향했다.

"미야모토 치곤!"

"넵!"

"자네가 택한 길은 옛날로 치면 무사의 길이네. 그러니 전장에 나가서 미야모토 무사시처럼, 모두가 두려워하더라도 자네만은 용기를 가지고 앞으로 나서야 하네. 그게 황국신민이 된 자세고 도리라네. 왜냐하면 이미 조선은 일본의 일부가 됐기 때문이지. 나는 말이야, 일본과 조선 민족은 하나의 조상을 가졌다는 일선동조론(日鮮同祖論)을 신뢰하고 있다네. 알겠는가!"

"넵!"

"할 말 있는가?"

하야토 교장은 여전히 냉랭했다. 치자색 회초리만 들고 있지 않을 뿐이었다. 치곤은 교장의 두 눈을 마주 쳐다보았다. 꽉 움켜쥔 두 손으로 허벅지를 꾹 눌렀다.

"저는 하늘을 날고 싶었습니다. 단지 그뿐입니다."

치곤의 담담한 어조에 교장이 눈살을 찌푸렸다. 치곤은 '나는 조선인입니다. 교장선생님과 몇몇 선생님 그리고 상급생들이 멸시했던 조선인 유치곤입니다. 나는 일본인들이 내세우는 일선동조론을 신뢰하지 않습니다. 신뢰한다는 교장선생님의 말씀도 신뢰하지 않습니다. 내가 소년병으로 가는 것은, 지금 내가 서 있는 이곳에서 내가 선택할 수 있는 가장 최상의 길을 찾았기에 가는 것뿐입니다.'라고 입에서 튀어나오려는 말을 침과 함께 안으로 삼켰다. 나무의자에서 일어난 치곤의 얼굴은 무표정에 가까웠다. 딱딱한 나무의자처럼 굳어버린 교장 하야토를 향해 치곤은 정중히 고개를 숙였다. 교장실 문을 열고 나올 때까지 교장은 앉은 자리에서 미동도 하지 않았다.

학생 한 명 보이지 않는 교정은 휑하니 넓었다. 치곤은 교장 하야토를 만난 다음 이치로를 만날 생각이었다. 그러나 전교생이 근로교육을 나간 학교는 괴괴할 정도로 텅 비어있었다. 복도를 지나 현관 입구에서 신발을 찾아 신은 치곤은 운동장으로 발길을 돌렸다.

"아, 미야모토 치곤!"

치곤은 걸음을 멈췄다. 히로시 선생이었다. 과학과 역사를 가르치면서 글라이더 특활반까지 맡고 있는 히로시였다. 히로시 선생은 준비물을 가져오지 않은 학생에게 핀잔을 주거나 뒤에 가서 서 있게 하는 법도 없이 무던했다. 치곤이 유일하게 선생에게 칭찬받은 적이 있다면 그건 히로시였다. 바로 글라이더 때문이었다. 치곤은 얼른 상체를 숙여 예를 표했다.

"치곤, 친구들에게 작별인사를 하러 왔는가? 그런데 오는 날이 장날이군 그래."

예상치 않은 만남이었지만 히로시 선생이었기에 내심 반가웠다.

"선생님께서는?"

"으응, 난 당직이야. 이제 집에 돌아가려는 참인가?"

"네."

히로시 선생이 주위를 살폈다.

"그럼 잠깐 이야기 좀 나눌까?"

히로시 선생이 앞서 걸었다. 교실 옆을 따라 조성된 화단에 선홍색 백일홍이 피어 있었다. 히로시는 평퍼짐한 돌무더기가 놓인 곳에서 멈췄다. 히로시 선생이 앉으면서 손가락으로 옆의 돌을 가리켰다. 치곤이 그 옆에 앉았다.

"언제 떠나는가?"

"10월 1일이 소집일입니다."

"그렇군. 미야모토는 훌륭한 조종사가 될 거야."

"감사합니다."

"와카마쓰를 떠나기 전에 한 군데 들러볼 데를 권하고 싶네만……."

"어딥니까?"

"다자이후."

"1학년 때 소풍 갔던 텐만구 신사 말씀하시는 겁니까?"

히로시 선생이 고개를 저었다.

"나는 다자이후 정부청사를 말하는 거라네."

"다자이후 정청?"

치곤이 되물었다.

“7세기경이었어. 후쿠오카에서 동남쪽으로 15km 정도 떨어진 곳에 백제 유민이 정부청사를 세우고 500여 년간 규슈지역을 다스렸네. 내가 말하는 백제 유민은 조선인의 조상을 말함이야.”

백제 유민, 조선인의 조상. 히로시의 말을 듣는 치곤의 심장에서 북채가 두드리듯 쿵쿵 소리가 났다.

“백제를 도우러 갔던 일본군과 멸망한 백제 유민을 쫓아 나당연합군이 일본까지 공략했지. 원래 정부청사는 바다쪽 가까이 있었는데 평야지역이라 방어에 불리할 수밖에 없었어. 그래서 산과 협곡이 있는 지금의 다자이후로 피신해서 새로이 정청을 세웠던 거야. 언제 닥칠지 모르는 나당연합군의 공격에 대비하기 위해 일본과 백제 유민이 힘과 기술을 모아 성을 쌓았지. 그때 쌓았던 성은 백제식 축성법에 따라 세웠다고 알려져 있어. 다시 설명하자면 평지에 성을 쌓고 그 앞에다가 해자를 파서 물을 채워 넣어 만든 미즈키 성과, 다자이후 북쪽 능선을 따라 흙과 돌로 방어시설물을 만든 오노노키 성이 있지. 결국 다자이후의 골격을 만든 것은 백제 유민이었어. 다자이후는 한 마디로 백제 망국의 한이 서렸던 곳이기도 하지만 언젠가는 돌아가기 위해 부흥의 꿈을 키웠던 곳이기도 하지.”

치곤은 머릿속이 어지러웠다. 히로시 선생은 도대체 무슨 말을 하고 있는 것인가.

“미야모토 치곤, 역사를 직시해야 한다. 그 당시 다자이후 정청은 무신들이 서로 다투는 전국시대를 맞이하면서 꿈을 이루지 못하고 결국 소멸했지. 그러나 그들이 다시 부흥하기 위해 품었던 꿈은 여전히 그곳에 남아 있다네. 지금도 별반 다르지 않은 상황이야. 일본은 자신들이 일으킨 전쟁으로 국력이 쇠잔해진 것을 조선으로부터 채우려 하고 있지. 조선을 전쟁물자 보급창으로 이용하기 위해 병참기지화 정책에다 민족말살정책까지 수행하고 있어. 민족말살정책, 도대체 그게 가능할까? 일본의 일부, 동일민족, 그런 주장을 펼치면서 황국신민화에 열을 올리고들 있지. 치곤, 지금 조선 땅에서 어떤 일이 일어나고 있는지 아는가? 곳곳에 신사를 지어놓고 신사참배를 강요하고, 일본 왕이 있는 동쪽을 향해 절을 하라고 강요하는 동방요배까지 실시하고 있다네. 그뿐인가, 황국신민서사를 만들어 어른은 어른대로 학생은 학생대로 일장기 머리띠를 질끈 동여맨 채 외우게 하거나 선서하게 한다네. 신사참배를 강요하고 충성을 다하겠다는 황국신민서사를 앵무새처럼 읊조리게 한다고 해서 과연 일본과 조선이 하나가 될까? 그게 가능할까?"

치곤은 히로시의 말에 점점 빨려 들어갔다. 가슴속 요동은 어느새 사라지고 알 수 없는 감동이 밀려들었다. 지금까지 누구에게서도 들어보지 못한 사실을 듣고 있지 않은가.

"치곤, 잘 들어. 역사는 가만히 있는 게 아니야. 돌고 돈다네. 만주, 중국, 저 멀리 미국에서 빼앗긴 조선을 되찾기 위해 고군분투하는 조선인들이 있지. 그들이 희망을 잃지 않는 한 조선은 언젠간 부활할 거야. 지금의 너는 미야모토 치곤이지만 뿌리는 조선의 유치곤임을 잊지 말아야 하네. 국가와 국왕 그리고 부모가 지켜주지 못했다고 영혼까지 빼앗겨서야 되겠는가. 치곤, 지금은 혼란스럽겠지만 극한 상황에 놓였을 때 내가 마지막으로 택할 곳, 내가 마지막으로 돌아갈 곳이 어딘지 그 해답을 다자이후에 가서 찾아보게."

히로시 선생이 일어났다. 치곤에게 손을 내밀어 악수를 청하는 히로시 얼굴에 엷은 웃음이 번졌다. 얼결에 히로시 손을 맞잡은 치곤은 뒤통수를 한 대 맞은 기분이었다. 백일홍 사이로 점점 멀어지는 히로시 선생의 뒷모습이 헛헛해 보였다. 그러나 치곤은 어렴풋이 느낄 수 있었다. 히로시 선생도 나처럼 조선인이 아닐까?

텐만구 신사 주변은 갖가지 나무와 꽃이 어우러져 평화로우면서도 고즈넉했다. 오래된 녹나무와 이끼 낀 돌은 마치 한 몸처럼 조화를 이루고 있었다. 치곤은 텐만구 신사 뒤편으로 매화나무 밭 사이에 난 좁은 길을 휘돌아 걸었다. 한참 걸어 올라가니 석축계단이 나타났다. 다자이후 정청이 있던 자리에 커다란 표지석이 있었다. 치곤이 계단을 밟고 오르자 곧 너른 평야가 눈앞에 펼쳐졌다. 넓고 편편한 바닥에 띄엄띄엄 주춧돌이 놓여 있을 뿐 사방은 고요했다. 치곤은 주변을 천천히 걸었다. 발바닥에 밟히는 자갈이 사그락사그락 소리를 냈다.

치곤의 머릿속은 히로시가 들려준 이야기로 가득 차 있었다.

'백제 유민, 조선인 그리고 나. 나는? 나는 조선인이다.'

치곤은 서둘러 계단을 내려왔다. 그리고 왔던 길을 되돌아 걸었다. 텐만구 신사 옆에 우람한 녹나무가 서 있었다. 녹나무 그늘 아래 회랑처럼 이어진 신사 벽에는 네모난 나무판이 주렁주렁 매달려 있었다. 신사를 찾은 사람들이 소원을 적어 걸어놓은 나무판이었다.

치곤은 바람에 흔들리는 나무판 앞에서 어머니를 생각했다. 치곤이 와카마쓰 중학교에 시험을 치러 갈 때 어머니는 텐만구 신사를 찾았다고 했다. 형편은 안 되지만 자식 중 한 명이라도 공부를 시키고 싶었다는 어머니는 치수의 눈치를 살피면서 치곤에게 털어놓았다. 학문의 신이 있는 텐만구 신사에 갔노라고, 거기서 간절히 기도를 했노라고. 기도가 영험이 있어서 합격했다고 믿는 어머니 얼굴이 나무판에 박혀 있었다.

"입대하는 군인에게 천인침을 만들어 준다더라만 내가 그럴 주제가 못 되니 이 방법밖에 없구나. 천 명, 아니 만 명이 만든들 이 에미 마음 하나만 하겠니. 어딜 가더라도 꼭 지니고 있거라."

천인침은 1m 넘는 빨간 천에 천 개의 둥근 도장을 찍고 천 명의 여자들이 도장 안에다 한 땀씩 술을 단 것이다. 전쟁에 나가는 병사가 천인침을 허리에 두르거나 머리에 감으면 총알도 비켜가고 무공도 세운다고 사람들은 믿고 있었다. 전쟁터에 나가는 사람에게 무사귀환을 염원하는 일종의 부적인 셈이었다. 와카마쓰에서 천 명이나 되는 사람을 알지도 못 하는 어머니는 고심 끝에 손바닥만한 빨간 천의 한가운데 빨간 술을 꿰매 놓아서 어머니만의 천인침을 고안한 것이다. 치곤은 앞가슴 주머니를 더듬어 작게 접어 넣은 헝겊을 꺼냈다. 빨간 헝겊 한가운데 달린 빨간 술을 빼낸 치곤은 나무판이 걸려 있는 사이에 천인침을 단단히 매달았다. 바람이 불었다. 나무판과 함께 빨간 헝겊도 나부꼈다.

'나는 목숨에 연연하지는 않을 것이다. 그러나 반드시 돌아올 것이다. 백제 유민의 숨결이 있고 어머니의 기도가 있는 이곳으로.'

02

소년병과 이국의 전쟁터

훈련소 주변은 활기가 넘쳤다. 도로 양편에 200여 개의 이발관, 사진관, 식당 그리고 여관이 늘어서 있었고 보도는 사람으로 북적거렸다. 스리쿼터 한 대가 요란한 소리와 함께 도로를 질주했다. 곧 군가와 함께 군용트럭이 나타났다. 한 대, 두 대, 세 대, 그렇게 끝없이 줄지은 트럭이 도로를 지나 훈련소로 들어갔다. 군가와 트럭의 행진에 가게에 있던 사람들이 하나둘 거리로 나왔다. 그들 중 몇 명은 트럭을 향해 손을 흔들었다. 트럭에 탄 군인들 중 몇 명도 손을 흔들었다.

그러나 대부분의 군인은 흔들리는 트럭에서 예외 없이 목검만을 꽉 붙잡고 있었다. 행여 손에서 놓칠까봐 목검을 잡은 자세는 여느 군인과 다를 바 없었다. 그럼에도 결코 숨길 수 없는 것은 다소 헐거워 보이는 군복과 군모 아래 드러난 10대 후반의 앳된 얼굴이었다. 2천 명의 그들은 '육군소년비행병학교 15기 을'로 선발된 제44교육비행대 '전속 아마기 생도대'였다.

트럭이 훈련소 정문을 통과할 때마다 정문 초병의 우렁찬 구호가 터져 나왔다. 그 구호는 군용트럭에서 울려 퍼지는 군가와 더불어 다치아라이 훈련소 주변을 긴장시키고 있었다. 치곤을 태운 군용트럭은 그렇게 훈련소 정문을 넘었다.

새벽 6시. 아마기 생도대 건물 전체를 땅안개가 감싸고 있었다. 어슴푸레 새벽 공기를 타고 힘찬 나팔소리가 구석구석 퍼져 나갔다.

"기상! 기상!"

교관들이 구둣발 소리도 요란하게 이 방 저 방에 대고 소리를 질렀다. 아마기 생도대 내무반에서 단잠에 빠졌던 소년병들이 하나둘 눈을 떴다. 낯선 환경이었지만 소년병들은 으레 해왔던 것처럼 침착하게 움직였다. 모포를 개고 줄지어 세면대로 가서 양치를 했다. 세수를 마친 생도대원들은 차례대로 다시 내무반으로 돌아와 군복을 갖춰 입었다. 복장을 갖춘 다음 내무반 입구에 서서 줄을 맞추고 구령에 맞춰 연병장으로 나갔다. 어느새 땅안개는 자취를 감춘 뒤였다. 스멀스멀 안개가 사라진 연병장 단상 높은 곳에는 욱일승천기가 바람을 타고 기세 좋게 펄럭이고 있었다.

연병장에 집합한 아마기 생도대 전원은 중대별로 정면을 향해 정렬했다. 모두 10중대로 결성된 생도대 전원은 훈련에 앞서 천황에게 예를 올렸다. 앞에 선 중대장이 목청 높여 외치는 소리가 연병장에 쩌렁쩌렁 울렸다.

"우향우!"

"궁성요배!"

"최경례!"

군모 대신 머리띠를 둘러맨 생도대 전원이 머리를 숙였다. 2천 명의 일장기 머리띠가 일시에 땅을 향했다. 2천 명이 동시에 오른쪽을 보고 동쪽에 있는 궁을 향해 천황에게 충성을 맹세하는 의식이었다. 의식은 맹세문을 낭독하고 나서야 끝났다. 의식이 끝나면 소년비행병학교 교가가 씩씩하게 흘러 나왔다. 아마기 생도대 전원은 교가를 부르며 보무도 당당하게 식당으로 향했다.

식당에서 풍기는 음식 냄새에 순서를 기다리는 소년병들 얼굴이 활짝 피었다. 조식은 밥 한 공기와 미소장국 그리고 절인 무짠지와 계란찜이었다. 미소장국 속에 든 돼지고기 살점을 본 소년병들이 서로 마주 보며 이빨이 보이도록 웃었다. 집에서는 구경도 할 수 없었던 고기였다. 밥 또한 배불리 먹을 수 있었기에 식사시간만큼은 소년병들에겐 지상낙원이나 진배없었다.

그러나 식사시간이 끝나면 그때부터 빡빡한 하루 일과가 그들을 기다리고 있었다. 조종사 양성이 시급했던 일본 군부는 원래 2년 걸리는 지상교육을 6개월 단축과정으로 시행하고 있었다. 그것도 육군소년비행병학교 15기 을에 한해 급조된 교육과정이었다. 6개월에 맞춰야 하는 속성 지상교육이었기 때문에 주말은 말할 것도 없고 휴일에도 수업이 강행되었다. 교육은 기초군사훈련과 학과교육으로 나누어 시행되었다. 중대별로 속성 주입식 교육을 강행했기에 생도대원들은 잡념을 가질 새도 없이 빡빡한 일정에 내몰렸다.

학과과목은 항공기상학·항공학·정비학·항공명조전·항공전술·기

재전 등 항공에 관한 것뿐만 아니라 군대교육령·작전요무령·군대예식령·육군형법·구급법 등 군인으로서 알아야 할 제반 내용이 포함되었다. 군사훈련은 군사교련부터 특수체조·검도·글라이더 활공훈련·후프돌리기·급보·행군·마라톤 등 대부분 체력강화 훈련으로 이뤄졌다. 연병장은 하루 종일 생도대의 구령소리와 굵은 땀방울을 흘리며 내뿜는 거친 숨소리로 가득 찼다. 한쪽에서는 검을 휘두르는가 하면 웃통을 벗은 채 연병장을 달리는 중대도 있었다. 그중에서도 생도대들의 관심을 한 몸에 받는 건 글라이더 활공훈련이었다.

글라이더 활공훈련은 전 생도대원들이 기다리는 과목이었다. 치곤도 예외일 수 없었다. 연병장은 글라이더를 띄우기엔 좁기 때문에 활공훈련을 하려면 넓은 곳으로 이동해야 했다. 조별로 나누어 활공훈련이 할당되면 글라이더를 끌고 훈련소에서 가까운 강가 모래밭으로 향했다. 모래밭에서 글라이더에 탈 생도의 순서가 정해지면 나머지 생도들은 글라이더 앞에서 끈을 잡고 달린다. 바람을 받은 글라이더가 그 힘으로 10m 이상 떠올랐다 여겨지면 생도들은 일제히 잡았던 끈을 놓는다. 그때부터 글라이더에 탄 생도는 방향을 조종해서 글라이더를 모는 것이다. 바람을 따라 조종하다가 일정 시간이 지나면 모래밭에 안전하게 착지를 해야 한다. 간혹 미숙한 조종 때문에 글라이더가 흔들리며 모래밭에 처박힐 듯 떨어질 때도 있었지만 그래도 생도들은 활공훈련이 즐거웠다.

오늘 글라이더를 성공적으로 조종한 히라누마는 교관의 칭찬에 한껏 흥이 올라있는 상태였다. 글라이더 활공훈련을 마치고 연병장으로 돌아오는 길에 옆에 선 히라누마 생도가 콧노래를 흥얼거렸다.

"히라누마, 그 노래 조선 노래지?"

김두만 생도의 물음에 히라누마 생도가 의외로 놀라는 표정을 지었다.

"너, 이 노래 아니?"

"가끔 작은아버지가 약주 한 잔 하신 날에는 무릎을 두드리며 부르시더라."

"맞아. 도라지타령."

"그럼 너도 조선인?"

"응."

치곤은 둘의 대화를 들으면서 왠지 모를 안도감을 느꼈다. 아마기 생도대원 2천여 명 중에 조선인 생도가 60여 명 된다는 소문은 들었지만 히라누마가 같은 조선인인 줄은 몰랐기 때문이다. 히라누마는 전혀 주눅 들지 않는 성품을 갖고 있었다. 일본인 생도들의 눈치를 보지 않고 조선노래를 흥얼거리는 것만 봐도 알 수 있었다. 김두만 생도는 창씨개명을 하지 않았기 때문에 처음부터 조선인인 걸 알고 있었던 터였다.

"1중대 야마모토 고오헤도 조선인이고……."

히라누마는 그 외에도 몇 명의 이름을 들먹였다. 천성이 적극적인 히라누마는 사람을 잘 사귈 뿐만 아니라 매사에 열의가 많았다. 그래서 교관이 생도들에게 히라누마를 본받으라는 말을 자주 했다.

"어쨌든 반갑다. 앞으로 친하게 지내자."

김두만과 히라누마는 서로 마주 보며 씨익 웃었다. 치곤은 잠시 망설였다. 식사시간이나 훈련받을 때 히라누마와 같은 조에 속하는 경우가 거의 없었기 때문에 서로 말을 나눌 기회가 없었다. 그래서 가끔 마주쳐도 데면데면 했는데 그가 조선인이라는 사실을 알고 나니 마치 전부터 알던 사이처럼 반가움이 솟았다. 그러나 원래 천성이 무뚝뚝한 편이라 선뜻 먼저 손을 내밀기가 쉽지 않았다.

"미야모토 치곤도 조선인이야."

김두만이 먼저 히라누마에게 치곤을 소개했다.

"아, 그래? 후프 회전 운동은 정말 잘 하던데?"

"연병장을 후프 하나로 한 바퀴 돌면서도 전혀 선을 벗어나는 법이 없어. 손발을 원형 안의 고리에 고정시키고 빙글빙글 돌아야 하는데 어지럽지도 않은가 봐. 특히 팔 힘이 좋아. 유도도 우리 조에서 따라잡을 사람이 없어. 운동에 있어선 대단한 생도야."

"마라톤 완주도 거의 선두 대열에 속했지? 부럽다."

둘의 칭찬에 치곤은 머리를 긁적이며 어색한 웃음을 지었다. 한편 치곤은 활달하고 잘 웃는 그들이 좋았다. 더욱이 같은 조선인이라지 않은가. 매사에 빈틈없이 일을 처리하는 김두만과 낙천적이면서도 야무진 히라누마 덕분에 아마기 생도대 생활이 외롭진 않을 것 같다는 생각이 들었다.

야간 점호는 언제나 '군인칙유'를 암송하는 것으로 시작되었다. 교관은 때에 따라 무작위로 생도를 호명하여 군인칙유를 복창하게 하거나 내무반 전원이 똑같이 암송하도록 지시하기도 했다. 누구 한 명이라도 우물쭈물하거나 끝까지 자신 있게 외우지 못하면 교관은 눈꼬리를 치뜨며 엎드려뻗쳐를 시켰다.

"군인칙유란?"

교관이 엎드려뻗친 생도에게 재차 묻는다.

"넵! 우리나라의 군대는 대대로 천황이 통솔하고 있다……."

엎드린 채 생도가 '천황을 위해 목숨을 바치는 것이 최고의 영예이다, 적의 포로가 되기보다 죽음을 택하라, 의는 산보다 무겁고 죽음은 새털보다 가볍다고 생각하라' 등을 목청껏 제대로 복명했을 때, 비로소 교관의 기합은 풀리고 생도들은 잠자리에 들 수 있었다.

다치아라이 훈련소에 들어올 때는 가을이었으나 금세 겨울이 들이닥쳤다. 북규슈의 겨울바람은 세차고 매웠다. 동해에서 불어닥치는 세찬 바람이 얼굴에 닿으면 피부가 찢어질듯 아렸다. 생도들은 기합보다 혹독한 추위를 더 무서워했다. 석유 자체가 귀하니 내무반은 난로 하나 없었다. 거기에 동해에서 불어오는 바람은 살을 파고드는 칼바람이었다. 다다미도 아닌 볏짚 매트 위에서 담요 두 장으로 체온을 유지해야 하는 내무반의 겨울은 말 그대로 얼음장이었다.

웬만한 추위쯤은 익숙한 치곤이었다. 와카마쓰 변두리 골목길은 언제나 바닷바람이 들어찼고 난방유는 꿈도 못 꿀 처지였다. 간신히 데운 물을 고무주머니에 넣어 발바닥 아래에 두고 긴 겨울밤을 보내며 자랐다. 아무리 추워도 이를 떤 적은 없었다. 그런데 생도대 내무반의 냉골에서는 이가 저절로 마주쳐졌다. 치곤은 틈이 날 때마다 두 손바닥을 비비거나 귓불을 문질렀다. 마찰열로 추위를 피하려는 행동이었지만 살벌한 바람 앞에서는 전혀 도움이 되지 않았다.

포슬포슬 함박눈이 떡잎같이 내려앉았다. 그래도 훈련은 강행군이었다. 군가를 부르거나 구령에 맞춰 뛰는 생도들의 낡은 군화가 폭설에 푹푹 빠졌다. 줄맞춰 행군하는 치곤의 입에서도 연신 허연 입김이 뿜어져 나왔다. 그러나 치곤은 뺨에 닿는 바람에서 훈훈한 기운을 느낄 수 있었다. 쌓인 눈이 녹으면 곧 봄이 오리라는 희망을 안고 치곤은 눈밭을 달렸다. 눈밭에 햇살이 쏟아지고 있었다. 다가올 봄을 위해 무더기무더기 쌓여있는 눈을 녹이기라도 할 듯 강한 햇살이었다.

연병장 너머 벚꽃이 탱글탱글 꽃망울을 터뜨리기 위해 대기하고 있었다. 따스한 햇살과 맑은 바람이 어루만지면 금세 여기저기에서 꽃망울을 팍팍 터뜨릴 태세였다. 연병장 분위기도 한결 밝았다. 생도들의 훈련과 기합소리로 떠들썩하던 연병장은 부모와 친지의 방문으로 들썩거렸다. 졸업식이 끝나고 각 중대별로 단체 기념사진을 찍은 다음 자유시간이 주어졌다. 사진촬영이 끝나기 바쁘게 히라누마가 치곤에게 번쩍 손을 들어보이곤 연병장 구석으로 달려갔다. 보나마나 그는 어머니에게 달려갈 것이다. 히라누마 어머니는 며칠 전부터 훈련소 근처 여관에 와 계셨다. 멀리 조선 땅에서 아들 히라누마를 보러 오신 것이었다. 먹을 것을 잔뜩 싸오신 그의 어머니 덕에 치곤도 갱엿과 육포를 맛볼 수 있었다. 그러나 입안이 달콤한 것과 달리 마음은 씁쓸했다. 치곤의 집에서는 아무 소식이 없기 때문이었다. 어머니와 형이 졸업식에 올 수 없는 형편임을 알지만 막상 동기들의 가족이 온 걸 보니 기운이 빠져버렸다.

졸업식 때문에 한동안 훈련소 앞 상가는 흥청거렸다. 가족과 기념촬영을 하기 위해 밀려드는 손님으로 사진관은 정신이 없었고 여관은 방잡기가 어려울 정도였다. 생도들이 신나는 외출을 즐기고 있을 때 치곤은 혼자였다. 혼자 연병장을 한 바퀴 돌다가 벚나무 아래에서 발걸음을 멈췄다. 우두커니 서 있다가 막 꽃망울을 터뜨리려는 가지 하나를 꺾었다. 꺾어진 꽃가지나 치곤의 마음 모두 시들해 보였다. 탱탱한 꽃망울을 하나씩 따서 바닥에 던지던 치곤에게 비로소 후회가 밀려들었다. 아쉽고 허전했다.

그러나 치곤은 스스로를 다독였다. 기초군사과정을 마치고 마지막 관문이었던 적성검사 기간을 떠올렸다. 지금까지의 점수와 체력검사 그리고 몇 가지의 정밀 테스트를 통하여 조종사가 될 수 있는지 없는지 최종 결정하는 과정이다. 생도들의 최종 목표는 하늘을 나는 조종사가 되는 것이기에 모두들 최선을 다했다. 그런 만큼 정밀 테스트에서는 다들 긴장하지 않을 수 없었다. 치곤도 예외가 아니었다. 턱걸이나 빨리 달리기 같은 체력검사는 그리 걱정하지 않았다. 대신 군의관이 지켜보는 곳에서 치러지는 테스트가 은근 신경 쓰였다. 후딱후딱 넘기는 책장에서 보이는 숫자를 얼른 보고 답해야 하는 것이라든지, 숨을 얼마나 오래 참을 수 있는지 알아보는 호흡테스트는 엄청난 부담이 되었다.

최종 판정을 하는 면접관 앞에 섰을 때 치곤은 긴장으로 턱이 굳어버렸다. 원하는 조종분과가 안 되면 어떡하지? 통신분과 혹은 정비분과로 갈 수도 있으니 긴장되는 건 당연했다.

"미야모토 치곤, 갑종 합격! 조종분과!"

치곤의 가슴에서 두둥 북소리가 났다. 그는 애써 태연한 표정으로 경례를 올린 후 그 자리를 벗어났다. 복도로 나오자마자 치곤은 그 자리에서 풀쩍 뛰었다. 오랜만에 느껴본 성취감에 정신이 아뜩할 지경이었다. 그토록 손꼽아 기다리던 비행훈련을 받을 수 있게 된 것이다.

메타바루 제1항공교육대 전속 비행교육대대로 향하는 치곤의 가슴은 기대로 한껏 부풀었다. 그러나 막상 사가 현의 메타바루 비행교육대대에 도착한 치곤은 눈앞에 펼쳐진 광경에 실망하고 말았다. 비행교육대대는 전답의 한가운데 있었다. 멋진 활주로와 전투기를 머릿속에 그렸던 치곤으로서는 풀밭에 덩그러니 있는 비행장이 오히려 황당하기까지 했다. 대량의 조종사를 양성해야 했던 일본 군부는 다급한 나머지 농촌의 전답을 밀어 급히 비행훈련장으로 만든 것이었다.

비행교육대 주변에 연습기 95식 중련기(中練機)가 있었지만 실제 연습은 독일제 '융구망'이었다. 가솔린이 절대적으로 부족했던 일본은 기본 비행훈련기로 연료소모가 적은 기종을 선택했던 것이다. 융구망은 날개와 동체가 헝겊인 쌍엽 잠자리 비행기였다. 거기에 엔진도 100마력 밖에 안 되었기에 연료가 아주 적게 들었다.

모든 비행교육대대가 융구망으로 연습하는 건 아니었다. 비행기 사정에 따라 어느 곳에서는 95식 훈련기로 비행연습을 하기도 했다. 95식 훈련기는 붉은 잠자리로 불렸는데 메타바루 비행교육대대에서는 주로 간부급이 연습용으로 탔다. 치곤은 3개월 동안 40시간의 비행시간을 메타바루 비행교육대대에서 이수해야 했다. 비행연습뿐만 아니라 전 조종학생들은 돌아가면서 식사 당번도 맡았다. 청소와 빨래는 물론 끊임없이 이어지는 훈련을 받아야 했다. 그럼에도 치곤은 융구망 앞에 서면 정신이 번쩍 들었다. 아키오 교관의 설명이 있으면 한 자라도 더 듣고 기억하기 위해 눈빛을 빛냈다. 계기판을 들여다보며 단독비행을 펼칠 그날을 고대하는 표정은 언제나 진지했다. 식사당번 때 밥을 푸면서도 머릿속엔 계기판을 그려나갔다. 모래주머니를 차고 달릴 때도 계기판 순서를 외웠다.

비행연습은 순번에 따라 시행되었다. 이론에 뒤이은 비행연습은 아키오 교관이 뒤에 타고 지도를 했다. 시동을 걸고 계기를 조작하는 차례를 지켜보는 아키오 교관의 시선 때문에 신경이 곤두서지만 그럴수록 침착이 우선이었다. 교관이 지켜보는 비행실습을 10차례 이상 해야만 단독비행을 할 수 있기 때문에 조금이라도 실수하거나 허둥대는 모습을 보여서는 안 되는 것이다.

아키오 교관은 엄격했다. 조종학생들 앞에서 이를 드러내고 웃은 적이 없었다. 하루 일과가 끝나면 조종학생을 일렬로 세워놓고 그날 연습했던 것 중에서 잘못된 부분을 일일이 지적했다. 그리고 마지막에 덧붙였다.

"우리는 신국(神國)이다. 전쟁을 하면 신이 우리를 돕기 때문에 반드시 이긴다!"

한 명씩 동기가 단독비행을 성공할 때마다, 초조한 시선으로 지켜보던 동기생들은 마치 자신이 이루어낸 양 크게 박수로 환호해주었다. 단독비행을 하는 동기를 볼 때마다 치곤은 착륙하는 모습을 유심히 살폈다. 이륙보다 매끈한 착륙이 더 어렵기 때문이다.

메타바루 비행교육대대로 온 지 두 달 지난 6월 초여름 날, 드디어 아키오 교관이 치곤에게 단독비행을 허가했다. 학수고대했던 단독비행이었지만 막상 허가를 받고 보니 긴장이 온몸을 엄습했다. 융구망 앞으로 다가선 치곤은 하늘을 쳐다보았다. 답답하고 긴장됐던 마음이 스르르 풀렸다. 하늘은 자신에게 항상 넉넉한 가슴을 내어 주리라는 믿음이 생겼다. 아키오 교관이 앉아 지켜보던 뒷좌석에는 모래주머니가 놓여 있었다. 단독비행임을 알리는 빨간 천이 비행기 날개에서 펄럭거렸다. 치곤은 융구망에 올라탔다. 치곤의 비행기가 가벼이 하늘로 날아오르기 시작했다.

치곤의 눈에는 나무도 집도 보이지 않았다. 오로지 계기판과 텅 빈 하늘뿐이었다. 이대로 텅 빈 하늘을 마음껏 날고 싶었다. 혼자 하늘을 날았다는 사실이 감격스러웠다. 그러나 치곤에게 주어진 시간은 짧았다. 치곤은 정신을 가다듬고 주어진 과제를 수행해나갔다. 과제를 무사히 끝내고 기수를 돌려 착륙할 준비를 했다. 그때 바람이 세게 불었다. 동체 자체가 가벼운 비행기는 오른쪽으로 쏠리며 흔들렸다. 치곤은 활주로 중심에서 벗어나려는 기체를 조종하면서 착륙을 시도했다. 그러나 비행기는 치곤의 의도와는 달리 가까스로 활주로 끝에서 멈추고 말았다. 매끄러운 착륙을 꿈꿨던 치곤은 적잖이 곤혹스러웠다.

치곤에게 달려온 아키오 교관의 얼굴빛은 붉으락푸르락이었다. 아키오 교관은 연습기에서 내려 경례를 하는 치곤의 가슴을 향해 냅다 주먹을 갈겼다. 가슴 한가운데가 날카로운 금속에 찔린 듯 쩌릿했다. 치곤은 정신이 번쩍 들었다.

"전쟁을 할 때만 신이 돕는다. 그 외는 본인 책임이다. 진정한 조종사는 바람을 잘 타야 하는 거다."

말이 끝남과 동시에 아키오 교관이 구둣발로 치곤의 정강이를 걷어찼다. 얼얼하게 아팠지만 치곤은 열중쉬어로 몸의 중심을 잡았다. 걱정 어린 동기생들의 시선이 치곤에게 쏟아졌다. 단독비행은 그렇게 혹독하게 치러졌다.

정신없이 달려온 3개월이 지났다. 동기들은 비행교육대대를 떠날 준비를 했다. 일본 본토와 조선 그리고 만주와 남방지역까지 누가 어느 나라의 어떤 부대에 갈지 알 수 없었지만 어디로 가든 그들은 이제 조종사였다. 군모에는 하사 계급장이 붙었다. 비행학교를 수료했다는 표식인 셈이었다. 각 중대별로 배속명령이 하달되었다. 히라누마는 자바 섬의 반둥으로 배치되었고, 김두만과 치곤은 말레이시아의 쿠알라룸푸르였다. 남방지역은 일본 본토로 보면 최전선인 곳이었다. 그러나 소년병들은 그런 사실을 알 리 없었다.

쿠알라룸푸르는 전혀 생소한 곳이었다. 이 지구상에 그런 이름을 가진 곳이 있다는 사실을 치곤은 처음으로 알게 되었다. 쿠알라룸푸르는 바다 건너 말레이시아 내륙에 있는 곳이라고 했다. 군용 가방을 싸던 치곤은 불현듯 어머니가 보고 싶었다. 졸업식 날 어머니께 연락하지 않았던 것이 못내 후회 되었다. 치곤은 한동안 멍하니 앉아 있었다.

나가사키에 있는 사세보 항은 일본에서 세 번째로 꼽을 만큼 큰 군항이었다. 부두에는 몇 척의 구축함과 한 대의 고속전함이 정박해 있었다. 치곤을 포함한 소년병 15기 을 조종사는 3만 톤 고속전함인 하루나에 승선했다. 각각 최종 배치된 부대는 달라도 1차 목적지인 싱가포르까지는 함께 이동하여야 했다. 그러나 이미 제해권은 미 연합군이 차지한 터라 싱가포르까지 항해하는 것은 모험을 감수한 출발이었다. 구축함 두 척의 호위 속에 하루나 호는 바닷물을 가르며 항해를 시작했다. 바다도 하늘도 위험한 줄 모르는 신참내기 소년병들은 처음 타본 전함이 마냥 신기하기만 했다.

혼자 함상으로 나온 치곤은 눈을 바로 뜰 수가 없었다. 캐노피에서 보는 햇살만큼이나 푸른 바다에 쏟아지는 햇살 또한 너무 강렬했기 때문이다. 하얗게 쏟아지는 강렬한 햇살을 피해 치곤은 뱃전에 부서지는 물살을 보았다. 구름을 헤치고 나아가는 비행기처럼 물살을 가르고 전진하는 고속전함의 우람한 몸짓에 치곤은 이내 매료되었다. 하얀 포말을 일으키며 두 줄로 갈라섰던 물길은 배가 지나가고 나면 금세 합쳐지곤 했다.

갑자기 후드득 소리와 함께 비가 내렸다. 굵은 빗줄기는 함상과 부서지는 파도 위 그리고 하얀 포말 위에도 떨어졌다. 빗속에 서 있던 치곤이 불현듯 어머니 얼굴을 떠올렸다. 항상 허연 머릿수건을 두른 채 발목을 친친 동여맨 왜 바지를 입어 더욱 깡똥해 보였던 어머니. 리어카를 끌며 골목길이나 시장통을 누비던 어머니. 어머니를 생각하면 치곤의 심정은 처연했다. 때때로 찾아오는 허허로움의 밑바닥에는 언제나 어머니의 고단한 삶이 깔려 있었다. 그러나 치곤은 오래 감상에 젖거나 어머니를 그릴 시간을 여유롭게 가질 수도 없었다. 그것은 훈련을 받을 때나 함상에서도 마찬가지였다. 바다는 고요했지만 하루나 전함 내에서는 미 연합군의 잠수함이나 어뢰 혹은 하늘의 전폭기에 대해 항상 비상대기 상태였다. 배 안에서도 크고 작은 소동이 언제 일어날지 알 수 없기에 전 군인은 긴장의 끈을 늦출 수 없었다.

하루나 호가 항해를 시작한 사흘 째 되던 날, 갑자기 전함 전체에 비상벨이 요란하게 울렸다. 곧 이어 함장의 지시가 스피커를 타고 흘러나왔다.

"전 대원들은 각자 위치에서 비상대기하라!"

함상에 있거나 선실에 있던 군인들이 일사불란하게 움직였다. 미 잠수함의 갑작스런 출현이다. 치곤은 그대로 함상 바닥에 바짝 엎드렸다. 때마침 엎드린 치곤의 등 위로 스콜이 사정없이 쏟아졌다. 세찬 빗물은 푸른 물결 위에도 어김없이 떨어졌다. 거대한 전함이 급하게 항로를 틀었다. 그 바람에 갑판 위에 떨어진 빗물이 배가 기우는 쪽으로 주르르 쏠렸다. 치곤의 몸도 따라 쏠렸다. 미 잠수함을 빨리 발견한 덕에 하루나 호는 무사히 대피에 성공했다.

사세보 군항을 떠난 지 꼭 일주일 만에 이름도 보석 같은 조호르 해협을 건넜다. 그리고 마침내 싱가포르 항구로 진입했다. 싱가포르 항구에 정박한 하루나 호를 향해 여러 척의 배들이 재빨리 다가왔다. 나무로 만든 작은 배 위에는 천막이 쳐져 있었는데 치곤은 하루나 호를 환영하러 나온 배로 착각했다. 그러나 가까이 다가온 배 안에는 바나나며 파인애플이 잔뜩 쌓여 있었다. 일본 군인들에게 과일 하나라도 더 팔기 위해 원주민들은 저마다 군함을 향해 소리소리 질러댔다.

싱가포르 항만에 내리자마자 자바 섬의 반둥으로 가는 히라누마와 짧은 작별인사를 나누었다. 사람 좋은 웃음으로 손을 흔들던 히라누마가 커다란 군용가방과 함께 점점 멀어져갔다. 곧이어 치곤이 속한 부대도 신속하게 움직였다. 싱가포르에서 열차를 타고 말레이시아로 이동하기 위해서였다. 말레이시아 내륙에 있는 쿠알라룸푸르 44훈련교육대를 향해 치곤을 태운 기차는 더운 김을 토했다. 치곤은 빠르게 지나가는 기차에서 우거진 야자수 숲을 신기하게 보았다. 부채같이 넓고 푸른 잎사귀에서 반사되는 햇살이 부드러웠고 차창을 스치는 바람이 싱그러웠다.

44훈련교육대 역시 급하게 조성된 비행훈련대였다. 비행훈련대 치고는 규모나 시설이 엉성한 편이었다. 그러나 너른 들판에 펼쳐진 활주로와 나카지마 97식 전투기가 치곤의 눈길을 사로잡았다.

나카지마 97식 전투기는 일본 육군 최초의 단엽전투기였다. '하늘의 저격병'이라 불릴 정도로 사격 안정도가 뛰어난 97식 전투기는 1938년에 처음으로 실전에 참가했다. 다음 해 일본 육군과 해군이 몽골의 노몬한 전투에서 소련군과 맞닥뜨리게 되었을 때 97식 전투기의 우수한 성능이 입증되었다. 하늘에서 소련군의 1-153 전투기와의 공중전에서 대승리를 거둔 것이다. 특히 선회 능력이 뛰어난 97식 전투기는 공중전을 치를 때 오른쪽으로 이탈하는 전투기가 없을 정도로 운동성이 우수했다.

만주사변 때는 중국의 한커우기지에서 일본 육군과 해군이 합동 공습전을 치렀는데 그 때 일본 해군은 96식 함상공격기를 윤용하고 있었다. 그러나 실전에서 해군의 미츠비시 96식 함상공격기보다 육군의 나카지마 97식 전투기가 속도와 상승력이 우수했고 격투전까지 승리를 거둬 해군의 부러움을 받았다. 일본 육군의 대표격인 나카지마 97식 전투기는 우수한 안전성 때문에 조종사 양성용 연습기로서 또 기지방어용으로 그 명성을 이어가고 있었다. 일본 군부가 97식 전투기를 최전선인 남방지역에 배치한 또 다른 이유는 여차하면 미 연합군과 대적하기 위해서였다.

밤은 소리 없이 깊어갔다. 쉽게 잠을 이루지 못하는 치곤의 귀에 두두두 창문 두드리는 소리가 들렸다. 이어서 세찬 바람과 함께 굵은 빗줄기가 건물 전체를 사정없이 내리쳤다. 소나기는 마치 양동이로 물을 들이붓는 것처럼 요란했다. 한 시간 이상 거칠게 퍼붓던 소나기가 물러나자 언제 그랬냐는 듯 사방이 고요해졌다. 비가 그친 자리에 바람이 찾아들었다. 더위를 식혀준 소나기가 물러간 뒤에 부는 바람은 기분 좋은 청량제 구실을 톡톡히 했다. 서늘한 바람 탓이었을까. 치곤도 스르르 잠속으로 빠져들었다.

아침에 눈을 떴을 때, 맑고 깨끗한 바람에 흔들리는 나뭇잎마저 여유로워 보였다. 뜨거운 햇살 아래에서도 사람들의 표정은 밝았다. 사람들의 밝은 표정에서 알 수 있듯 쿠알라룸푸르에는 물자가 풍부했다. 일본 본토에서 생활할 때와는 판이했다. 기름을 아끼기 위한 야간등화관제훈련이 필요 없었고 쌀을 배급받기 위해 줄을 서야 할 필요도 없었다.

한때는 영국의 식민지령이었던 말레이시아는 곳곳에 영국풍의 분위기가 남아 있었다. 치곤은 처음으로 커피를 마셔 보았는데 쓰고 검은 물에 하얀 설탕가루를 넣어 마시는 것이 그리 신기할 수가 없었다. 일본 본토에서는 구경하기도 어려웠던 하얀 설탕이었다. 어쩌다 배급으로 나와도 어머니는 설탕 대신 쌀을 원했고, 사카린으로 대신했다. 부대 내에서 마시는 커피 한 잔에 설탕을 몇 스푼씩 넣어도 눈치 볼 필요도 없었다. 커피와 설탕 뿐 아니라 열대과일도 마찬가지였다. 어느 가게를 가든 일본 군표(軍標) 한 장을 주면 람부탄이나 바나나 아니면 파인애플이 한 소쿠리였다.

먹는 것도 풍부했지만 날씨도 치곤의 마음을 사로잡았다. 해가 떠 있는 낮에는 덥지만 나무 그늘을 찾아들거나 건물 안으로 들어가기만 하면 금세 시원해지는 것이었다. 거기에다 하루에 몇 번씩 쏟아지는 스콜은 오히려 더위를 식혀주는 청량제였다. 스콜이 더욱 고마운 건 밤 10시 전후에 내릴 때였다. 더위에 잠 못 이루고 있을 때 스콜이 한

바탕 쏟아지고 나면 뒤이어 서늘한 바람이 불었다. 치곤은 시원한 바람 때문에 오히려 기분 좋게 잠자리에 들 수 있었다.

일본 본토와 달리 일요일에는 훈련을 하지 않아서 외출이 자유로웠다. 휴일을 무료하게 영내에서 보내기보다 대다수의 군인은 영화관과 술집이 있는 부대 밖에서 시간을 보냈다. 그뿐만 아니라 부대 밖에는 얼마 전 영국의 식민지령일 때 번성했던 식당과 커피집 그리고 양과자점까지 있어서 군인들의 호기심을 끌었다. 일본과는 비교가 안 될 정도의 자유와 풍요에 반한 소년병들은 일요일 오후를 맘껏 즐기느라 월급을 펑펑 쓰기도 했다. 그러나 쿠알라룸푸르에서의 생활이 꼭 지상낙원인 것만은 아니었다.

비행훈련용 97식 전투기는 개량용이었다. 동체만 97식이었고 엔진은 450마력의 2식 고등연습기로 변형했다. 별도의 연습기 대신 전투기를 단좌 고등훈련기로 개조한 것이다. 일본 본토에서 전투기를 추가로 보내주지 않았기 때문에 취해진 고육지책이었다. 연료는 현지에서 얼마든지 조달할 수 있었다. 하지만 전투기 보충은 답보 상태였기 때문에 실습훈련은 빽빽하게 짜여 있었다.

44훈련교육대에서 본격적인 전투비행훈련이 시작되었다. 융구망 연습기와 달리 97식 전투기는 실전에 임할 수 있는 비행기이기 때문에 이론과 실습을 겸한 교육이 동시에 이뤄졌다. 항법에서부터 이착륙 훈련 그리고 편대비행과 특수비행까지 비행에 관한 교육과 실습은 반복훈련의 연속이었다.

마츠다 교관과 선임 조종사 그리고 장교들은 항상 매의 눈으로 훈련받는 신임조종사들을 지켜보았다. 언제 불려나갈지 또는 잘못을 지적당할지 몰라 신참 조종사들은 잠시도 긴장을 늦추지 않았다. 치곤도 훈련에 임할 때만은 온 정신을 집중했다. 그러나 의욕만큼 훈련이 잘 되지 않을 때도 있었다. 특히 실수가 잦은 것이 브레이크였다. 자신이 생각해도 발바닥 감각이 무딘 편이었다. 전투기 안에서 아예 신발을 벗고 브레이크를 밟기도 했지만 착륙할 때 고도를 맞추며 조정하는 게 쉽지 않았다. 그럴 때는 전투기에서 내릴 때부터 이미 맞을 준비를 단단히 가져야 했다.

편대비행훈련 때는 걸핏하면 뺨을 맞았다. 마츠다의 손은 메타바루 교육대의 아키오 교관보다 몇 배 더 매웠다. 대부분 교관들은 조종사의 고막을 건드릴까봐 얼굴을 건드리지 않는데 마츠다는 꼭 얼굴을 손바닥으로 후려쳤다. 그의 손바닥이 얼굴에 지나가면 눈물부터 핑 돌았다. 마츠다에게 몇 차례 지적당하고 뺨을 맞는 횟수가 늘어날수록 치곤은 점점 의기소침해졌다. 차라리 완전무장한 채 구보를 시킨다면 하루 종일 뛸 수 있을 텐데, 하는 생각이 들었다. 그만큼 치곤은 뺨 맞는 것이 싫었다. 처음 44훈련교육대에서 97식 전투기를 보고 흥분했던 기쁨은 조금씩 절망으로 바뀌어 갔다.

냉정한 마츠다 교관은 칭찬에도 인색했다. 그의 칭찬을 듣기란 하늘의 별따기만큼 어려웠다. 그러나 치곤은 공중사격훈련에서 그동안의 실수를 만회하리라 각오를 다졌다. 다른 건 몰라도 공중사격은 동기들보다 앞서고 있었기 때문이다.

공중사격훈련은 비행기 꽁무니에 매달린 원통형 안에 그려진 표적을 맞추는 것이었다. 원통형은 대략 200m의 줄로 연결돼 있어서 정확하게 표적을 맞추려면 비행기와의 간격 조정을 잘해야 했다. 하늘은 눈부시게 아름다웠고 꽁무니의 표적은 선명하게 치곤의 눈에 들어왔다. 치곤이 표적을 맞출 때마다 지상에서 지켜보던 동기들의 박수와 함성이 터져 나왔다. 자신이 생각하기에도 만족스러웠다. 과제 수행을 마치고 홀가분하게 비행기를 돌렸다. 활주로에 내리는 마음도 한결 가벼웠다. 그러나 마츠다 교관은 말 한 마디 없이 채점표를 들여다보고 있었다. 무표정한 교관의 얼굴에서 어떤 변화도 읽을 수 없었다. 치곤의 가슴에는 여전히 냉랭한 바람이 일었다.

공중전 훈련을 마지막으로 모든 전투훈련 과정이 끝났다. 신임조종사 앞에 선 마츠다 교관은 채점표를 든 채 명령을 하달했다.

"내일부터 3개조로 나눈다. 명단은 공고문을 통해 확인할 것. 이상!"

마츠다 교관이 돌아서서 훈련교육대 건물로 들어갔다. 서로 눈치를 보던 동기들이 우르르 공고문이 붙어있는 게시판으로 몰려갔다. 공고문에는 3개조로 편성된 신임조종사의 명단이 적혀 있었다. A조에 김두만의 이름이 들어있었다. 치곤은 C조였다. 동기들은 조 편성 이유를 몰랐기에 다들 의아한 눈으로 서로를 쳐다보았다. 부대마다 갈수록 전투기 수가 부족했다. 본부에서는 조종사 양성을 독려했지만, 절대적으로 부족한 전투기 때문에 일선 부대에서는 기본 전투훈련을 마친 다음에야 임의로 조를 편성한 것이다. A조는 매일 비행기 훈련에 동원되었다. B조는 일주일에 두세 번 훈련에 참가했고 C조는 외곽 경비를 배정받았다. 가끔 참호를 파는 데 동원되기도 했다.

C조에 포함된 이후 치곤의 어깨는 더욱 처졌고 말수는 현저히 줄어들었다. 참호를 파고 있을 때 하늘에 떠 있는 전투기를 보노라면 들고 있는 삽을 내던져버리고 싶었다. 초소의 경비를 서다가 전투기 엔진소

리가 들리면 가슴이 벌렁거렸다. 다치아라이에서 조종분과 합격이라고 분명히 들었지 않았는가. 그동안 얼마나 열심히 훈련에 임했던가. 치곤은 당당한 조종사가 되기 위해 엄지발가락이 빠지도록 달렸고 열이 나도 의무실 한 번 찾지 않았다. 그런데 먼 이국에서 전투기를 조종하는 것이 아니라 삽질을 하고 초병으로 있으니 치곤은 미칠 지경이었다. 그렇다고 속내를 있는 대로 내보일 수도 없었다. 군인은 명령에 따라야 하기 때문이었다.

치곤의 답답한 마음과는 상관없이 시간은 무심히 흘러갔다. 쿠알라룸푸르는 겨울이 없는 따뜻한 곳이었지만 치곤의 마음은 춥고 쓸쓸했다. 이듬해가 되어도 치곤에게는 별다른 변화가 일어나지 않았다. 전선지역이었지만 44훈련교육대는 평화롭고 여유로웠다. 그러나 3월로 접어들면서부터 부대에 심상치 않은 기류가 감돌았다. 비상이 걸리고 부대원들의 움직임이 부산했다. 조종사와 정비사가 한달음에 본부로 달려가고 있었다.

경비를 서고 있던 치곤은 본부에서 초소로 연락이 오기 전에는 자리를 뜰 수 없었다. 치곤은 경계경비 자세로 목검을 든 채 주위를 살폈다. 그때 치곤의 눈에 들어오는 거대한 물체가 있었다. 하늘을 뚫고 유유히 유영하는 물체의 실체를 확인한 순간 치곤의 두 눈은 그대로 얼어버렸다. 지금까지 말로만 들었던 미 공군기 B-29였다. B-29의 위용은 보는 것만으로도 가히 압도적이었다. 일본이 자랑하는 97식 전투기 혹은 하야부사와는 감히 견줄 바가 못 되었다. 치곤의 입에서 저도 모르게 감탄사가 터져 나왔다. 미 공군기 B-29 두 대는 일본 비행훈련부대는 안중에도 없다는 듯 상공을 날아 내륙으로 향했다. 그리고 잠시 뒤 폭탄이 터지는 소리가 들렸다. 쿠알라룸푸르의 철도에 폭탄을 떨어뜨린 것이다. B-29의 출현과 폭탄 소리를 듣고 난 뒤에야 치곤은 현실을 깨달았다. 지금 자기가 있는 곳이 싸움터라는 사실을.

B-29의 출현 이후 부대 분위기는 180도 달라져버렸다. 정비사와 조종사의 비상대기가 길어졌고 전쟁의 한가운데 있다는 긴장감이 부대원들 사이에 팽배했다. 서서히 44훈련교육대에도 전운의 그림자가 다가오고 있었다. 부대에 또 다시 비상이 걸린 건 B-29 출현이 있고 난 며칠 후였다. 영국 함대가 인도양을 건너 수마트라로 오고 있다는 정보였다. 조종사와 정비사가 부산하게 움직였다. 정비사들은 97식 전투기에 폭탄을 매달고 기관총을 장착하느라 정신이 없었다. 노련한 조종사 세 명이 편대를 이루어 출격할 태세를 갖추었다. 마침내 출격할 준비를 마친 세 조종사가 가케루 부대장 앞에 섰다. 부대장은 출격신고를 하는 조종사의 손을 일일이 잡으며 그들의 얼굴만 쳐다볼 뿐 말 한마디 붙이지 않았다. 돌아서는 부대장 가케루의 이마 주름이 더 깊게 보일 뿐이었다. 전투기에 올라탄 조종사의 얼굴은 하나같이 비장해 보였다. 활주로를 박차고 날아오르는 전투기가 보이지 않을 때까지 하늘을 쳐다보는 정비사들의 얼굴도 비장했다. 전투기가 떠난 활주로 주위의 공기는 무거웠고 부대원들은 한동안 자리를 떠나지 않았다.

"저리 노련한 조종사들이 특공에 지원하다니, 쯧쯧."

"저들을 다시 볼 수나 있을까?"

치곤은 정비사들이 주고받는 대화에서 '특공'이란 말을 들었지만 그것이 무엇을 의미하는지 정확한 뜻을 알지 못했다.

그날 오후 내내 부대는 팽팽한 긴장감에 휩싸였다. 출격한 전투기가 과연 임무를 완수할 수 있을지 부대원들은 궁금했다. 그러나 거기에 대해 먼저 말을 꺼내는 사람은 없었다. 오후 늦은 시각, 비가 내리기 시작했다. 검은 구름이 잔뜩 낀 하늘은 금세 부대 전체를 안개로 가려버렸다. 안개 낀 부대 분위기는 더욱 음산했다. 비가 그치자 훨씬 가벼워진 구름 사이로 햇살이 조금씩 비치었다.

"온다, 온다!"

정비사 한 명이 서쪽 하늘을 가리키며 소리를 질렀다. 우중충한 구름사이로 전투기 불빛이 별처럼 반짝였다. 건물 여기저기에서 부대원들이 달려 나왔다. 부랴부랴 폭탄을 매달고 출격했던 세 대의 97식 전투기는 무사히 부대로 돌아왔다. 입수한 정보에 따라 출격했지만 수마트라 근처에서 영국 함대를 발견하지 못하고 회항한 것이었다. 무사히 돌아온 전투기를 보기 위해 부대원들이 활주로 주위로 몰려들었다. 착륙 후 안전모를 벗은 조종사들의 얼굴은 땀투성이였다. 그러나 오랜 시간 비행기와 함께한 베테랑다운 연륜이 얼굴에서 물씬 풍겨났다. 부대장 앞에서 회항 보고를 올린 한 명의 조종사가 호기롭게 외쳤다.

"영국 함대를 만났으면 멋지게 박아 버렸을 텐데 말입니다."

가케루 부대장은 묵묵부답이었다. 조종사의 어깨를 툭툭 친 뒤 숙소로 발걸음을 옮기는 가케루의 보폭이 평소보다 넓었다.

치곤이 특공의 뜻을 알게 된 건 그로부터 서너 달 지난 7월 초 무렵이었다.

"남방지역에 있는 14기 소년병, 15기 갑과 을 소년병 그리고 특별조종 견습사관까지 조종사는 다 집결시킨 것 같아. 자바, 뉴기니, 사이공

등 각 지역에 배속돼 있던 조종사들이 한 부대에 모였지. 그리고 우리는 거기서 명령을 하달받았어. 모두 '특공대' 대원이 됐다더군."

"특공대?"

"응."

"그래서?"

치곤은 두만의 다음 말이 궁금했다. 44훈련교육대의 전 조종사에게 싱가포르로 집결하라는 명령이 내려진 건 3일 전이었다. 그리고 3일이 지난 뒤에 전 조종사는 수송기로 복귀했다.

"특공이 뭐 하는 건지 자세히는 모르겠어. 천황의 명령이라니까 질문 하는 조종사 한 명 없었어. 나 역시도 그랬지. 특공대 지원서에 서명한 다음날 천황의 하사품이라는 걸 받았지. 술, 담배, 돈, 이런 거."

부대에서 술이나 담배가 지급된 적은 없었다. 필요하면 개인적으로 외출 나갔을 때 일본 군표로 구입해서 쓰곤 했을 뿐이었다.

"조종사들 분위기가 일순간에 바뀌더라. 암암리에 죽음이 가까워졌다는 걸 느낀 거지. 나도 그렇지만 우린 아직 세상 물정을 제대로 모르잖아. 그런데도 특공대로 편성됐다는 한 마디에 모두들 정신줄을 놓아버리더군. 아무도 말하지 않았지만 다들 어렴풋이 알고 있는 눈치였어. 특공이 됐다는 것은 곧 죽음이 가까워졌다는 뜻이란 걸. 싱가포르에 있는 3일 동안 우리는 술을 진탕 마셨지. 그렇지 않으면 담배를 피우거나 술에 취해 곯아떨어졌어. 그중에는 시내에 나가 방탕하게 노는 조종사도 있었어. 그래도 누구 하나 기합을 주거나 제지하지 않더군. 그것은 특공대원에게 천황이 베푼 은혜겠지."

두만의 말대로 아직 세상 물정 모르는 10대 후반의 조종사가 대부분이었다. 가치관이 형성되기도 전에 조종사가 된 소년병들은 기초군사 훈련을 받을 때부터 천황의 명령을 신이 내린 명령이라 여겼다. 야간 점호 할 때마다 군인칙유를 암송하면서 천황에 대한 절대복종 교육을 받은 그들이었다.

"그런데 왜 돌아왔어?"

"다들 별도 명령이 내려올 때까지 각자 부대로 돌아가서 훈련에 임하라더군. 곧 본토로 소집명령이 내려질 거야. 치곤, 너도 감지했겠지만 전쟁이 쉽게 끝나진 않을 것 같아."

"나도 그런 생각이 들어."

점점 전운의 그림자가 긴 꼬리를 늘이는 게 느껴졌다.

"전황이 불리하게 전개되는 모양이야. 우리만 아직 실상을 모르고 있을 뿐이지. 처음 44훈련교육대에 와서 조종훈련 받을 때 선임조종사들끼리 하던 말에 의하면 심상치 않아. 처음엔 특공을 지원자에 한해 받아들였다고 해. 그런데 어느 순간 명령으로 바뀌었다고 불만을 토로하더군. 저번에 영국함대 폭격한다고 출격했던 조종사들 알지?"

"응."

"다들 선임하사관이지만 비행경력이 우수한 조종사라서 군에서는 아끼는 인재래. 그런데도 천황의 명령이라는 한 마디에 그들 모두 특공이 되었지."

"그랬구나. 그런데 그들은 결혼한 사람들이잖아."

"가정도 있고 비행경력도 화려해. 그런데도 특공 명령이 떨어지면 어쩔 수 없나봐."

"그래서 밤만 되면 선임조종사들이 만취하여 고래고래 노랠 불렀구

나. 어쩐지 가케루 부대장이 그 소란에도 제지를 하지 않더라니…….
그게 그들이 특공이기 때문이었구나."

"너는 아니?"

"뭘?"

"특공훈련은 지금까지와는 다르다는 거."

치곤은 고개를 저었다.

"낮게 떠서 배를 들이박는 훈련만 하면 된대. 그것도 폭탄을 매단 채 말이야. 우리는 결국 총알을 조종하는 폭탄인간인 거지."

특별한 감정의 동요도 없이 두만은 덤덤하게 말했지만 얼굴에 드리운 그늘은 숨길 수 없었다. 낮게 떠서 배를 들이박는 훈련을 한다고? 특공 임무로 출격했던 선임조종사가 귀환하여 '영국 함대를 만났으면 멋지게 박아 버렸을 텐데'하고 가케루 부대장에게 말했었지. 바람이 불거나 추운 것도 아닌데 등 뒤가 오싹했다. 본능적인 공포가 치곤의 몸을 움츠러들게 만들었다.

안개가 자욱했다. 초소와 내무반과 전투기 그리고 활주로가 안개에 싸여 한 치 앞도 보이지 않았다. 그러나 구름과 함께 몰려온 스콜이 한바탕 지나가고 나면 부대 내의 물체들이 서서히 윤곽을 드러냈다. 소나기가 한 차례 지나간 44훈련교육대는 겉으로 보기엔 여느 날과 다를 바 없었다. 그러나 부대는 예전 같지 않았다. 7월 이후부터 모든 비행훈련은 특공훈련으로 바뀌었고 지상 방어훈련도 강화되었다.

문제는 전투기와 무기가 턱없이 부족한 데 있었다. 전투기는 특공대로 선발된 조종사만을 위한 훈련용으로 운용되었다. 97식 전투기는 저공비행을 하다가 순간적으로 급강하하면서 기수를 아래로 향했다가 다시 하늘로 솟구쳤다. 97식 전투기는 기동이 빨랐다. 조종사들이 하늘에서 훈련할 때 남은 부대원들은 지상 방어훈련에 돌입했다. 그러나 부대에 소총과 권총이 턱없이 부족해서 대부분 죽창을 만들어 대체했다.

죽창대련 후 부대원들은 나무그늘을 찾아 휴식을 취했다. 활주로 위에서는 연신 전투기가 뜨고 내렸다.

"소문 들으니 미 연합군이 본토 깊숙이 공습을 퍼붓는다는데 그게 사실일까?"

한껏 경계하는 목소리의 주인공은 일본인 오장 구로다였다. 그도 치곤처럼 C조에 속해 있었다. 치곤 다음으로 마츠다 교관에게 많이 맞은 인물이기도 했다. 계산이 빠른 구로다는 부식자재 담당을 맡고 있었기에 평일 외출도 자유로운 편이었다.

"누가 그래?"

옆의 누군가가 다소 투박하게 되물었다.

"쉿, 목소리 낮춰. 어제 부식 사러 나가서 원주민에게 들었어. 미 연합군의 합동 공격에 본토가 수세에 몰리고 있다고 하더군."

부대원들 사이에 잠시 침묵이 흘렀다. 어렴풋이 느끼는 불안감이 없지는 않은 터였다. 부대 상공을 지나가는 정체 모를 비행체 수가 점점 늘어나고 있음을 알기 때문이다. 그러나 가케루 부대장이 침묵하고 있는 이상 명확한 사실을 알기는 어려웠다.

"분위기로 봐서는 원주민 말이 맞을 수도 있어. 전투기만 봐도 알 수 있지 않아? 여기 우리 부대는 명색이 비행훈련 부대인데, 한 번도 비행기가 보충된 적이 없었어. 원주민의 말이 맞는다면 본토 공습으로 공장을 돌릴 수 없어서 비행기를 만들지 못해 그럴 거야. 틀림없어."

본토의 공장이 원활하게 돌아가지 않을 거라는 것은 치곤도 같은 생각이었다. 다치아라이 훈련소에 들어가기 전에 형 치수도 그와 비슷한 말을 하지 않았던가. 와카마쓰 집을 떠난 지도 거의 10개월로 들어서고 있는데 그때보다 상황이 더 나아졌을 리는 없을 터였다.

"설령 원주민 말이 맞다 해도 여기 있는 우리가 뭘 어쩌겠어. 본토보다는 우리가 있는 이곳이 걱정이지."

"이곳? 이곳으로 적이 오면 우린 우리대로 여기서 싸우는 거지."

"싸운다고? 무엇으로? 설마 죽창으로?"

"에이, 모르겠다. 될 대로 되라지 뭐."

부대원 한 명이 팔베개를 하며 바닥에 드러누웠다. 나무그늘 아래 부는 바람은 시원했지만 부대원들의 심경은 그렇지 못했다. 치곤도 그들과 다르지 않았다.

"전 부대원 연병장에 집합! 집합!"

연병장 곳곳의 스피커에서 반복 지시가 잇달아 들렸다. 44교육대 부대원들이 속속 연병장으로 모여들었다. 이글거리는 태양이 부대원 머리 위로 쏟아지고 있었다. 곧이어 가케루 부대장이 도열해 있는 부대원 앞에 모습을 드러냈다. 그의 걸음은 평소보다 빨랐다. 단상에 선 부대장은 욱일승천기를 향해 경례를 올린 다음 전 부대원을 훑어보았다. 평소 근엄했던 그의 표정은 여전히 흐트러짐 없이 반듯했다. 마이크를 통해 들리는 부대장 가케루의 목소리에 힘이 잔뜩 들어 있었다.

"우리는 천황의 부름을 받으면 그곳이 어디건 옥쇄를 할 각오가 돼 있는 대일본 제국의 황국군인이다. 나, 부대장 가케루는 지금부터 44 훈련교육대에 내려진 명령을 전달하겠다. 먼저 특공 전 부대원은 본토로 이동하라는 명령에 따를 것을 알리는 바이다. 수단과 방법을 가리지 말고 이동하라는 명령이다. 우선 본토로 가기 위해 특공대원 전원은 1차로 수송기를 타고 캄보디아의 프놈펜에 집결할 것이다. 그다음 이동 방법은 프놈펜 집결지에서 결정될 것이다."

가케루 부대장이 잠시 숨을 가다듬었다. 미 연합군과 일전을 치러야 할지도 모르는 급박한 상황이 전개되고 있었다. 그러나 결코 부하들에게 그런 상황을 드러낼 수 없었다. 다시 아랫배에 힘을 넣은 가케루 부대장의 목소리가 마이크를 타고 쩌렁쩌렁 울렸다.

"나머지 부대원은 싱가포르 창이로 이동한다. 거기서 지상방어전을 대비한 진지구축에 나설 것이다. 이 시각 이후로 너희들은 하늘과 땅에서 옥쇄의 각오로 일전을 불사해야 한다. 우리 모두 황국신민으로서의 공명심과 충절을 위하여 죽음 앞에 깨끗하고 당당하게 나아가자. 나, 가케루도 너희들과 함께 창이로 이동할 것이니 그리 알라. 전원 해산하는 즉시 각자 짐을 정리하기 바란다. 이상!"

결연한 의지를 내보인 가케루 부대장의 명령에 부대원은 숨소리도 내지 않고 부동의 자세로 서 있었다. 그들이 서 있는 머리 위로 검은 구름이 서서히 몰려오고 있었다. 한바탕 비가 내릴 모양이었다.

전세가 기울자 초조해진 일본 군부는 남방지역에 배치되었던 전 조종사를 본토로 집결시키라는 명령을 내렸다. 일본 대본영은 마지막 발악의 수순을 밟고 있었던 것이다. 그러나 이미 일본 본토 상공은 미 연합군이 장악하고 있었다. 미 공군은 B-29의 폭격을 앞두고 일본 중요대도시에 대대적으로 삐라를 뿌렸다. 삐라 뒷면에는 B-29의 폭격 예정인 12개 도시 이름을 표시했고 앞면의 글은 '일본 국민에게 알림'으로 시작했다.

당신은 자신이나 부모형제, 친구들의 목숨을 살리고 싶지 않습니까? 살리고 싶다면 삐라 내용을 잘 읽기 바랍니다.
며칠 안에 미 공군은 뒷면에 적혀 있는 모든 도시 혹은 일부 도시의 군사시설을 폭격합니다. 이 도시에는 군사시설과 군수품을 제조하는 공장이 있으며 일본 군부가 승산 없는 이 전쟁을 계속하기 때문에 여기에 관계된 모든 시설을 미군은 파괴합니다.
그러나 '폭탄에는 눈이 없기 때문에' 어디로 떨어질지 알 수 없습니다. 잘 알고 계시는 바와 같이 인도주의적인 미국은 죄 없는 사람들을 다치게 하고 싶지 않으므로 '삐라 뒷면에 적혀 있는 도시'로부터 피난하십시오. 미국의 적은 당신들이 아닙니다. 당신들을 전쟁으로 몰고 가는 군부야말로 우리의 적입니다.
미국이 생각하는 평화라는 것은 군부의 압박으로부터 당신들을 해방시키는 일입니다. 그렇게 하면 더 좋고 새로운 일본이 탄생하게 됩니다. 전쟁을 끝내려는 새로운 지도자를 선택해 하루 빨리 평화를 회복하도록 하면 어떨까요? 여기 뒷면에 적혀 있는 도시 외에도 폭격될 수도 있을지 모르겠으나 적어도 여기에 적혀 있는 곳 전부 혹은 일부는 반드시 폭격합니다. 미리 주의를 드리는 바와 같이 뒷면에 쓰여 있는 도시로부터 피난하시길 바랍니다.

미국은 삐라에 예고한 대로 일본 본토의 도시들을 공습했다. 미도, 마이쯔루, 나가오카, 후쿠야마, 토야마, 쿠루시메, 나가노, 마에바시, 타카자키 그리고 나가사키와 히로시마였다.

더글라스 맥아더가 이끄는 미군이 필리핀 중부 레이테 만에 상륙하여 진격하기 시작했다. 일본군은 일본 본토를 향해 북상하는 미 연합 함대를 막아내야 했다. 그뿐만 아니라 본토 방어를 위해 손실을 입은 항공 전력을 만회할 방법도 찾아야 했다. 그때 일본 제1함대 사령관 해군 중장 오오니시 다키지로 제독이 자살특공대 편성을 지시했다.

특공은 250kg의 폭탄을 매단 항공기를 조종하여 항모에 돌격하는 공격법이다. 일본 해군의 공격 목표는 미 항공모함이었다. 항모 갑판이 손상되면 함재기를 띄울 수 없기 때문에 연합군의 항공 전력이 상대적으로 약화될 것이라는 계산이 깔려 있었다. 이 작전을 수행함에 일본 해군은 교란 작전을 병행했다. 자살특공 비행기가 임무를 완수하도록 편대 호위 전투기를 함께 띄웠다. 일본의 호위전투기가 연합군 함재기와 교전을 벌이는 동안 자살특공대는 목표물인 미 항모를 향해 그대로 돌진했다. 전투기의 자살공격에 연합군은 크게 당황했고 오오니시 다키지로 제독과 일본 군부는 환호했다.

비록 일본 군부는 레이테 해전에서 패하면서 필리핀 방어에 실패했지만 특공의 새로운 가능성을 보게 되었다. 일본 대본영은 특공작전을 전체 육군과 해군으로 확대시켰다. 레이테 해전의 자살공격으로 미군의 카사블랑카급 항모 1척을 침몰시켰고, 6척의 항모와 40여 척의 전투함을 파괴했다. 미군에 큰 손실을 입혔다는 사실에 일본 언론은 특공을 '가미카제'라 부르며 영웅적인 행동으로 미화했다. 이에 일본 군부의 사령작전과에서는 특공을 정규전 방식으로 채택하기로 결정을 내렸고 명칭까지 확정하기에 이르렀다.

가미카제 특공대는 언론과 군부에 의해 고귀한 희생으로 미화되었지만 실상은 비참한 죽음이었다. 미 연합군은 특공대의 출현에 당황했으나 곧 새로운 함대 보호전술을 개발했고 대공화력을 증강했다. 가미카제는 더 이상 미 연합군에게 위협적인 존재가 아니었다. 그러나 일본 군부는 그 사실을 모른 채 어리고 미숙한 조종사들을 가미카제로 동원했다. 100대의 자살특공대가 투입되면 95대는 공중에서 미 공군기에게 격추당하거나 조종 미숙으로 해상에 충돌하여 희생되었다. 겨우 5대 정도만 가까스로 항모에 근접하지만 그마저도 대공화기에 막히기 일쑤였다. 막상 목표물인 항공모함에는 이르지도 못하고 애꿎은 희생자만 늘어나고 있었다. 1944년 10월 25일 첫 가미카제가 미 항모를 공격한 이후 1945년 8월 15일까지, 일본 군부의 광기를 보여준 자살특공작전에 해군 조종사 2,525명, 육군항공대 조종사 1,387명이 희생되었다. 그 외 다른 형태의 자살특공대까지 합산하면 10개월 사이에 가미카제 희생자는 6천여 명에 이르렀다.

싱가포르의 기후도 쿠알라룸푸르에 있을 때와 큰 차이가 없었다. 거의 여름에 가까운 기온이 1년 내내 이어졌고 하루에 몇 차례씩 비가 내렸다. 다만 창이비행대 기지는 바다와 가까워서 무덥고 습한 기운이 조금 더 강했고 천둥번개를 동반한 폭우가 내리는 게 큰 차이였다. 해안도로를 따라 변변한 장비도 없이 참호를 파는 진지구축 작업은 지지부진했다. 더구나 우기에 접어든 여름 한낮의 맹렬한 땡볕은 젊은 병사들의 진땀만 쥐어짤 뿐이었다.

아침을 먹자마자 참호 작업에 동원된 치곤은 삽자루를 거머쥐고 다른 부대원들과 구덩이 속으로 들어갔다. 부대 밖으로 구덩이의 흙을 파내고 방벽을 쌓는 일은 하루도 쉬지 않고 이어졌다. 구덩이 주변은 삽자루와 시멘트 포대 그리고 참호에서 파낸 흙덩어리로 너저분했다. 흙덩어리 위에 비가 쏟아지면 주변은 금세 흙탕물 범벅이 되었다.

참호 쪽으로 자전거를 탄 병사가 다가왔다. 땀에 전 상등병의 얼굴은 구겨진 종이 같았다.

"모두 작업을 중지하고 본대 앞에 집결하랍니다!"

자전거에서 내리지도 않고 전달사항만 외친 뒤 병사는 다음 참호 쪽으로 내달렸다. 구덩이 속에 있던 부대원들은 서로를 쳐다보았다. 아직 점심시간도 아닌데 무슨 일로 집결시키는지, 치곤을 비롯한 모든 부대원은 영문을 알 수 없었다.

서둘러 집결장소에 도착했다. 이미 많은 부대원들이 모여 있는 곳에 창이비행대 소속의 모든 지휘관들도 나와 있었다. 마이크를 잡은 총지휘관 다이치 대좌가 앞으로 나와 무겁게 입을 열었다.

"곧 천황의 옥음이 방송될 것이다. 전 부대원들은 겸허히 경청하기 바란다."

부대원들이 술렁거렸다. 옥음이라니. 그것은 '신의 목소리'가 아니던가. 지금까지 천황의 목소리를 들은 적이 없었던 부대원들이었다. 시계가 12시를 넘었을 때 건물 앞에 설치된 스피커가 위이잉거렸다. 부대원들은 저마다 귀를 세워 들었다. 그러나 스피커의 잡음 때문에 천황의 목소리는 거의 들리지 않았다. 어쩌다 간신히 들리는 목소리는 여자처럼 가냘팠는데, 그조차 떨림이 심해서 무슨 말인지 알아들을 수 없었다.

"무슨 말씀이신지 알아들었어?"

"보나마나 적과 열심히 싸워 모두 물리치라는 독려를 한 것일 거야."

"분위기를 보면 그게 아닌 것 같아. 지휘관들 표정이 이상해."

천황의 옥음 방송이 끝난 뒤 가만히 서 있던 지휘관 다이치 대좌가 다시 마이크를 들었다. 다이치의 헛기침에 마이크가 쿵쿵 울렸다.

"전 부대원들은 방금 천황의 옥음을 통해 일본은 '무조건 항복한다'는 항복문서 낭독을 들었다."

다이치 대좌의 말에 부대원 몇 명이 땅바닥에 털썩 주저앉았다. 충격을 받은 부대원들 입에서 탄식이 쏟아져 나왔다. 부들부들 떨며 눈물을 훔치는 이도 있었다. 잠시 말을 끊었던 다이치 대좌가 손에 든 종이를 들고 읽기 시작했다.

"짐은 세계의 대세와 제국의 현 상황을 감안하여 비상조치로써 시국을 수습하고자 충량한 너희 신민에게 고한다."

천황의 항복문서였다. 다이치 대좌의 낭독 첫 부분이 끝나기도 전에 집결해 있던 부대원 사이에서 고함이 터져 나왔다.

"이건 아니오! 무조건 항복이라니!"

"우리는 결사항전이오."

"나는 천황을 위해 죽을 수 있소!"

두 주먹을 움켜쥐고 부르르 떠는 병사, 고래고래 고함을 지르는 위관급 장교, 엉엉 목 놓아 우는 상등병까지 부대원들의 반응은 살벌하기까지 했다. 그 광경을 지켜보던 다이치 대좌가 부대원들을 향해 꿇어앉았다. 두 손을 땅바닥에 짚고 엎드린 다이치 대좌의 어깨가 들썩거렸고 상체는 심하게 흔들렸다. 모여 있던 부대원들도 하나둘 엎드렸다. 그들의 통곡소리가 끝없이 이어졌다. 치곤은 어안이 벙벙했다. 전혀 예상하지 못한 사태가 눈앞에 펼쳐진 것이다. 장차 앞날이 어찌 될 것인가. 갑작스러운 변화에 두려움과 걱정이 치곤을 엄습했다.

도쿄만에 정박해 있던 미 함대 미주리함에 더글라스 맥아더가 승선했다. 수많은 미 함대의 수병과 연합국에서 파견된 대표들이 미주리함에서 일본 대표들을 기다렸다. 잠시 후 모습을 드러낸 일본 수뇌부는 미군의 안내를 받아 승선했고 마침내 일본의 항복식이 거행되었다. 천황을 살려준다는 조건하에 무조건 항복하겠다는 문서에 서명한 이는 일본의 마지막 외무대신 마모루 시게미쓰였다. 항복문서 조인식이 끝난 이후부터 연합군은 일본이 점령한 지역에 대한 본격적인 인수절차에 돌입했다.

싱가포르 창이비행대에 영국군이 모습을 드러낸 건 항복문서 서명일인 9월 2일이 지난 후였다. 수송기를 타고 일본군 부대를 찾아온 영국군은 소수였다. 그런데도 수송기에서 내려 성큼성큼 걷는 영국군의 모습은 위풍당당했다. 일본군은 경직된 자세와 경계의 눈초리로 영국군을 지켜봤다. 전 부대원과 지휘관을 집결시킨 영국군은 항복식을 거행했다. 다이치 대좌는 순순히 절차에 응했다. 부대의 관할권을 넘겨주는 서류에 서명한 뒤 허리에 찬 권총을 영국군에게 넘겨주었다. 그 모습을 지켜보던 일본 부관이 눈물을 훔쳤으나 정작 다이치 대좌는 담담했다. 영국군이 도열해 있는 일본 부대원의 몸을 일일이 수색했다. 부대원들은 각각 소장하고 있던 무기들을 반납했다.

병사들은 서 있는 자리에서 소지하고 있던 무기들을 내려놓았다. 일본군은 1905년에 개발한 38식 소총과 1939년에 보급되었던 99식 소총이 주무기였다. 그나마 제때 보급이 안 되었기에 소총은 몇 자루 되지 않았다. 그러나 대부분 군도를 차고 있었기 때문에 무기의 절반은 칼이었다. 군도는 개인적으로 형편에 따라 구입할 수 있었기 때문에 각양각색이었다. 긴 칼에서부터 아주 짧고 화려한 문양을 새긴 것도 있었다. 이름을 새겨 넣거나 좌우명을 새긴 군도도 더러 눈에 띄었다. 전형적인 일본 군도는 집안 대대로 내려오는 명품이었다. 일본인은 그걸 자랑으로 여겼다. 치곤은 눈앞에 벌어지는 일들을 믿을 수 없었다. 고함 소리 한 마디에 모두가 벌벌 떨었던 다이치 대좌였다. 부릅뜬 눈을 쳐다만 봐도 오금이 저렸던 대머리 상사였지만 그들 어디에도 예전의 모습은 보이지 않았다. 영국군 지시에 고분고분 따르는 그들은 이미 모든 것을 체념한 듯했다.

"치곤, 한 판 둘까?"

조장 노리오가 물었다. 치곤은 얼른 일어나 구석에 있는 바둑판을 들고 노리오 앞에 내려놓았다. 노리오의 '한 판 둘까'는 치곤의 의향을 묻는 것이 아니었다. 한 판 두자는 명령이나 다름없었지만 그럴 때마다 치곤은 기꺼이 응했다. 기약 없는 포로생활 가운데 그나마 위안이 되는 것 중의 하나는 조장 노리오를 통해 바둑을 익혔다는 사실이다. 노장들은 마작이나 바둑으로 무료한 날을 채우고 있었다. 노장끼리 둘 때도 있지만 틈틈이 부하들에게 가르쳐 주기도 했다.

조장 급이나 준위 급 부사관은 대체로 부하들에게 온화한 편이었다.

장교 급의 교관이나 부대장은 마주치기도 어려웠지만 어쩌다 마주쳐도 경례만 올리고는 그 자리를 벗어나기 바빴다. 무장해제 할 때 소지하고 있던 무기만 내려놓은 게 아니었다. 자랑스럽게 달고 있던 계급장도 함께 뗐기에 서로 부닥치는 게 부담이었다. 부대 내에서 상관들을 마주칠 때도 어려웠지만 그보다 더한 어려움은 배고픔이었다. 부대에는 일본군의 군량미만 남아 있었는데 시간이 갈수록 배급량이 줄어들었다. 포로들은 배고픔을 잊기 위해서 잠을 자거나 바둑에 빠져들기도 했다.

"미야모토, 조선인이라고 들었다."

돌을 놓던 노리오가 뜻밖의 말을 던졌다. 치곤은 대답 대신 검은 돌을 든 채 노리오를 쳐다보았다.

"소년병 조종사로 왔지만 자넨 참호만 파고 있었더군."

순간 치곤은 얼굴이 화끈거렸다. 조선인을 얕잡아보는 일본인의 근성을 내보이는 건가 싶어 속이 부글거렸다. 그러나 참았다. 노리오는 상사 이전에 중년으로 접어든 어른이라는 점이 첫째 이유였다. 그리고 겉으론 평온해 보이는 포로생활이지만 언제 무슨 일이 터질지 모르는 부대 안이라는 점이 두 번째 이유였다. 사실 일본인과 조선인 사이에 묘한 흐름이 조성되고 있었다. 단지 서로가 감정을 드러내지 않고 조심하고 있는 정도였다. 힐끗 치곤의 달아오른 얼굴을 본 노리오는 개의치 않고 말을 이어갔다.

"참호를 파고 있었던 게 자네에게는 전화위복이 된 셈일세. 적어도 특공은 면하지 않았는가. 군부에서는 단시간에 비행기를 잘 몰 줄 아는 조종사가 필요했으니 자넨 그런 면에선 교관들에게 고마워해야 하네. 그들이 채점을 야박하게 주었기 때문에 특공으로 뽑히지 않은 행운을 얻은 것이라고 할 수 있지."

노리오가 하는 말의 진의를 얼른 알아차릴 수 없었다. 그러나 자신을 얕잡아보는 건 아닌 듯했다.

"그럴 일이 없겠지만 만일 무슨 일이 생기면 즉시 내게 알리게. 조선인이지만 우리 일본을 위해 군에 왔고 또 같은 포로니까 자중하라고 병사들에게 주의를 주긴 했어. 하지만 젊은 혈기에 시비를 거는 놈이 있을 수도 있어."

"네."

돌 놓을 자리를 찾은 치곤은 조심스레 한 점 놓았다.

"미야모토는 운이 좋아."

뜬금없는 노리오의 말에 치곤은 숙였던 고개를 들었다.

"특공으로 선발된 동기들이 본토로 가기 위해 프놈펜으로 갔다지? 프놈펜으로 간 동기들도 천우신조로 목숨을 건지긴 했지만 말이다."

"그게 무슨 말씀입니까?"

치곤으로서는 점점 모를 말만 하는 노리오였다.

"특공으로 간 자네 동기들이 본토로 들어가기 위해 프놈펜에서 기다리고 있었더라네. 그런데 미 연합군이 하늘과 바다를 장악하고 있으니 그들을 본토로 태워갈 비행기도 군함도 프놈펜으로 들어올 수 없었지. 본토의 치란이나 반세이로 가기만 하면 곧바로 특공으로 투입될 운명이었거든. 그런데 수송기를 기다리는 중에 천황이 항복했고 그들은 더 이상 죽음터로 내몰리지 않아도 된 거지. 아마 그들도 프놈펜에서 억류생활을 하고 있을 거야."

"조장님은 어찌 그리 잘 아십니까?"

"여러 전장을 다니다 보니 느끼는 게 많아. 애초에 전쟁을 일으킨 것부터가 잘못이지만 가미카제 자살특공대를 만든 건 기가 막힐 일이지. 필리핀 레이테 전투에서 내 눈으로 똑똑히 보았네. 내가 정비한 전투기를 타고 나간 그들이 돌아오지 않았어. 내가 정비를 잘못한 건 결코 아니었는데 말이야."

치곤은 숨이 멎는 것 같이 답답했다.

"윗대가리들은 대대적으로 인간폭탄을 만들기 위해 소년병 14기부터 본격적으로 모병했지. 너를 비롯한 소년병 15기 갑과 을, 장교조종사인 특별조종견습사관 1, 2기 등등 수많은 소년과 청년들을 조종사라는 미명 아래 끌어들였어. 그들에게 천황을 위해 죽는 것이 군인으로서는 가장 영예로운 죽음이라고 믿게 했지. 야스쿠니 신사에 안치된다는 사실에 가미카제에 선발되는 자체를 영광으로 여겼거든. 아직 전쟁 중이었다면 계속 전투기에 태워진 채로 날아갔겠지. 참으로 어이없는 희생이 계속될 뻔 했던 전쟁이었어."

뭔가 되묻고 싶었으나 치곤은 무얼 물어야 할지 혼란스럽기만 했다. 흰 돌을 쥔 노리오는 바둑판을 뚫어져라 응시했다. 그러나 어디에 돌을 놓을지를 고민하는 것 같진 않았다.

"다시 한 번 말하지만 자네는 운이 좋았던 거야. 내 동기가 있었지. 그는 이타즈케에서도 뛰어난 정비사였어."

이타즈케? 정비사? 치곤의 두 귀가 빳빳이 섰다. 노리오는 대체 무슨 말을 하려는 걸까?

"그는 아들만 셋이었어. 아들에 대한 자부심이 대단했던 친구였지.

그는 아들을 조종사로 만들고 싶어할 정도로 군과 조종사를 좋아했어. 그런데 이타즈케에서 치란으로 부대를 옮긴 뒤부터 그의 고민이 깊어지기 시작했지. 폭탄을 매달고 출격한 후 돌아오지 않는 전투기가 늘어나는 걸 보면서 아들 생각이 난 거야. 겨우 휴가를 얻어 집에 갔는데 아들은 이미 특조로 입대한 뒤였어. 아들은 제가 특조로 가는 걸 아버지도 자랑스럽게 여기실 것이라고 어머니에게 말했다는군. 미야모토, 내 친구가 어찌 됐겠나?"

노리오가 물었다. 치곤은 머리가 어지러웠다. 이타즈케, 정비사, 이치로……. 이치로가 특별조종견습사관으로 갔단 말인가?

"그는 집 마당에서 목을 맨 채 발견되었지."

치곤은 그만 눈을 질끈 감고 말았다. 운동장에서 뛰어오던 이치로의 해맑은 얼굴이 선연히 떠올랐다.

"젊은 혈기를 이용해서 희생을 강요한 거야. 숙련된 조종사들의 고갈로 자네 같은 어린 소년에게까지 마수를 뻗친 거라네. 10대 후반의 소년비행병, 20대 초반의 특별조종견습사관을 조종석에 앉혔지."

노리오가 검지와 중지 사이로 잡은 돌을 든 채 긴 숨을 뱉었다.

"그들은 짧은 비행교육을 받았을 뿐이야. 전투 상황도 제대로 인지하지 못한 어린 조종사들에게 목표로 정해둔 함대에 정확하게 날아가서 그대로 꽂히기만을 바랐지. 그러나 그건 애초부터 무리수였어. 미숙한 조종사들은 고속으로 활강하던 중 엄청난 대공포화에 조종능력을 상실했고 그대로 바다에 추락하는 게 부지기수였거든. 내 친구는 치란 비행장에서 매일매일 일어나는 충격적인 현실과 마주했던 거지. 오키나와 전투에 투입된 대부분의 가미카제 특공대원들은 치란에서 교육을 받았고 거기에서 출격했으니까. 치곤, 생각해보게. 제 아들 나이 또래 소년병들이 어떤 몰골로 전투기를 탔는지, 아니 전투기에 태워졌는지를 누구보다 잘 아는 아버지 심경을 말일세."

그랬구나. 그래서 내가 소년병이 될 수 있었구나. 내가 자랑스러워했던 조종사가……. 치곤의 가슴은 체한 것같이 먹먹해졌다.

"남은 건 상처뿐이라네. 자네가 거쳐 갔던 다치아라이 훈련소도 완전 쑥대밭이 되었다더군. 본토의 공장지대는 말할 것도 없지만."

와카마쓰는 괜찮을까? 형이 있는 공장에도 폭격이 떨어졌을까? 군수물자를 만드는 공장이라고 했는데. 아아, 어머니와 형은 어디 있을까? 그리고 이치로는? 치곤의 머릿속이 복잡하게 돌아갔다. 그러나 포로 신세인 치곤이 할 수 있는 일은 아무 것도 없었다. 치곤이 억류생활로 접어든지 8개월이 지났지만 아직까지 포로에 대한 어떤 지침도 내려오지 않았고 무심한 시간만 흘러가고 있었다.

"어리석은 전쟁이었어."

돌을 놓는 조장 노리오에게서 과학 선생 히로시가 겹쳐 보였다. 치곤은 모두가 그리웠다. 어머니, 형 치수, 생선가게 긴 상과 심지어 자신을 학대했던 하야토 교장까지. 그리고 이치로. 아아, 친구 이치로는 과연 어디 있을까?

동남아시아 현지에는 조선인 동포들이 꽤 살고 있었다. 조선인들은 동남아시아 구역을 담당하고 있던 영국군 총사령관에게 탄원서를 올렸다. 일본이 패망한 후에도 조선인이 포로수용소에서 일본군과 함께 있어서는 안 되며, 일본군에게 학대를 받고 있으므로 석방과 귀국을 원한다는 탄원을 올린 것이었다. 영국군 총사령관 마운트바튼은 현지 조선인 교포들의 탄원을 받아들였다. 억류생활 하는 포로 중에 조선인이 있다는 사실을 알게 된 그는 별도의 장소에 조선인을 수용했다.

치곤은 사이공으로 이동하라는 명령을 전달받았을 때 선뜻 따를 수 없었다. 그는 가능하다면 일본으로 가고 싶었다. 아니 일본으로 돌아가야 했다. 일본에는 어머니와 형이 기다리고 있을 것이기 때문이다. 그러나 치곤 개인의 사정으로 버틴다고 될 일이 아니었다. 치곤은 내키지 않았지만 새로운 집결지 사이공으로 떠나야 했다.

집결지에는 일본 육군 출신이 제일 많았고 군속과 그들의 가족이 있었다. 그리고 징병으로 끌려온 학도병과 젊은 여자들과 노무자로 보이는 일반 남자들도 다수 있었다. 무엇보다 반가운 건 함께 소년병으로 입대했던 동기들을 다시 만났다는 것이었다. 거의 1년에서 8개월 만의 만남이었다. 그러나 치곤은 동기들과의 해후보다도 어머니 생각에 착잡함을 가눌 길 없었다.

조선인만 모아놓았다고 해서 수용소 생활이 나아진 건 없었다. 치곤은 말라리아, 뎅기열 등의 풍토병을 예방하는 키니네를 먹고 급식표에 따라 고픈 배를 채우는 무료한 나날을 보내야만 했다. 밤이 되면 순차적으로 경비를 맡기도 하고 연합군 몰래 식량을 구하러 나서는 일에 합류하곤 했다.

"드디어 귀국선이 온답니다. 귀국선이요!"

젊은 군속 한 명이 뛰어오면서 소리쳤다. 천막 여기저기에서 사람들이 튀어나왔다. 그동안 무료한 일상과 배고픔에 절어 있었던 사람들의 얼굴에 모처럼 활짝 웃음꽃이 피어났다. 승선하는 시간은 의외로 오래 걸렸다. 코가 길고 허여멀건 피부색의 연합군 군인들이 일일이 승선하는 사람들의 소지품을 검사했기 때문이다.

"우리가 타고 갈 귀국선이 원래는 일본 구축함이었대."

사람들은 구축함이라는 말에 눈을 동그랗게 떴다. 전쟁에 동원되었던 배를 탄다는 사실에 사람들은 호기심과 두려움의 눈길로 구축함을 보았다. 바다에 떠 있는 귀국선 요이츠키 호는 3천 톤급 구축함이었다. 함대 호위 임무를 맡아야 할 구축함 요이츠키는 패전 후 패잔병과 귀국민을 수송하는 역할로 전락해버렸다. 구축함에 있는 모든 무기시설은 해제되었고 최대한 승선인원을 늘리는 구조로 변경되었다. 기본 승선인원은 300여 명이었지만 귀국선에는 600여 명 가까운 조선인이 타게 되었다.

요이츠키 호는 남중국해의 해로를 따라 출항했다. 치곤은 더운 선실을 벗어나 갑판으로 나왔다. 이미 갑판에는 많은 사람이 나와 있었다. 남중국해의 덥고 습한 바람이 치곤의 가슴으로 안겨들었다. 치곤의 가슴은 덥고 습한 바람의 몇 배로 무겁기만 했다. 혼자 조선으로 돌아가면 어디로 가야 하는가? 여섯 살 때 부산항에서 관부연락선을 타고 떠났다는 조선 땅인데 치곤은 아무리 쥐어짜도 떠오르는 기억이 없었다. 어머니가 달성군 유가면이 고향이라고 했지만 혼자 찾아갈 수나 있을까? 11년 만에 돌아가는 귀국길은 불안하기만 했다. 치곤의 불안한 심경을 알 길 없는 귀국선은 앞으로 나아갔고 연신 더운 바람이 얼굴을 때렸다.

"항구다! 부산항이다!"

갑판에 나와 있던 누군가가 소리쳤다. 사람들이 우르르 그쪽으로 몰려들었다. 갈매기가 날고 있는 아래로 크고 작은 집들이 보이기 시작했다. 5월의 싱그러운 햇살과 달리 부산항은 어수선했다. 널빤지로 만들어 붙인 계단이 배와 부두 사이에 연결되었다. 널빤지 계단 아래 바닷물이 철썩철썩 부둣가 방벽을 때렸다가 밀려나고 있었다. 부두로 내려오던 치곤은 현기증을 느꼈다. 땅에 발을 딛자마자 눈을 질끈 감았다. 그때 바로 옆에서 쉬이익 쉬이익 하는 바람소리가 들렸다. 치곤이 눈을 떴을 때 덩치 큰 흑인 병사가 그를 보며 웃고 있었다. 흑인 병사는 은빛 나는 네모 통을 메고 긴 호스를 든 채였다. 흑인 병사가 손을 들어 신호를 보냈다. 치곤은 돌아섰다. 그의 머리에서부터 등으로 그리고 다리 아래와 신발까지 허연 가루가 쏟아졌다. DDT 세례였다. 조국 땅에 와서 처음 받은 선물이었다.

여자들은 흑인 병사에게 DDT 가루를 더 뿌려줄 것을 요구했다. 머리와 가슴을 들이민 여자들에게 호스를 갖다 대는 미군병사는 뭐가 좋은지 싱글벙글 웃었다. 여자들은 콜레라에 걸리지 않으려고, 또는 머릿니 때문에 DDT 가루를 듬뿍 뿌려주길 원했던 것이다. 낡은 군복에 허연 가루를 뒤집어 쓴 치곤은 군인들이 서 있는 줄로 옮겨갔다. 신분을 확인한 미군이 치곤에게 천 원을 내밀었다. 돈을 받고 돌아서면서도 치곤은 믿을 수 없었다. 말이 통하지 않으니 왜 주는지 물어볼 수도 없었다.

"집으로 잘 돌아가라고 이렇게 여비까지 주는구먼."

치곤처럼 돈을 받아든 군인이 혼자 중얼거렸다. 그때서야 귀국한 사람들에게 여비로 준 돈이란 것을 안 치곤은 돈을 꼭꼭 접어 호주머니에 넣었다. 그러나 막막했다. 어디로 가야 할지 쉽게 발걸음이 떨어지지 않았다. 한참 망설이던 치곤은 무작정 걷기 시작했다. 바다 위 갈매기가 끼룩끼룩 내지르는 울음이 점점 멀어져 갔다. 어둑해진 거리에 하나둘 상점의 불이 켜지기 시작했다. 지나가던 사람들이 곁눈질로 치곤을 쳐다보곤 했다. 치곤은 자신을 쳐다보는 눈길이 곱지 않다는 것을 직감했다. 그것은 낡은 군복과 군용가방 때문일 것이다. 계급장을 뗀 군복은 남루하기 그지없었다.

치곤은 작은 가게 문을 밀고 들어갔다. 식당 안은 좁았지만 깔끔했다. 일본인이 운영했을 것 같은 식당이었다. 그러나 그를 맞이한 식당 주인은 쪽진 머리의 한국여자였다. 배가 고팠기에 뭐라도 주문을 해야 하는데 차마 입이 떨어지지 않았다. 무슨 말로 주문하지? 일본말? 우리말? 간신히 우리말 '밥'이 떠올랐다. 어머니가 무심코 하던 말 중에서 기억되는 단어였다.

"밥."

주인여자가 되물었다.

"밥 달라고요? 술은 안 마시나요?"

치곤은 고개를 흔들었다. 그러나 주인은 밥과 함께 술 한 잔을 담아 내놓았다. 치곤은 개의치 않고 우선 밥부터 먹었다. 고국으로 돌아온 첫날에 먹는 밥이 잘 넘어가지 않았다. 치곤은 옆에 놓인 술잔을 들어 반 모금이나 마셔버렸다. 그때 남자 한 명이 가게로 들어섰다. 키가 크고 상체가 단단해 보이는 남자는 가게로 들어서자마자 주인 여자에게 물었다.

"연락 받은 사람 더 없소?"

"없어요. 이젠 점점 뜸해지네요. 돌아갈 사람은 얼추 떠난 모양이에요."

남자가 의자에 털썩 앉았다.

"우동이나 한 그릇 만들어 주소. 국물 좀 넉넉하니 담아주고."

"우동 먹고 되겠어요? 먼 길 갈 거면서."

"요즘 벌이가 시원치 않으니 별 수 있나. 그래도 김 씨 쪽은 벌이가 괜찮은가봐. 일본인보다 우리나라 사람들을 태워 보낸다는데 도로 일본으로 가겠다는 사람들이 의외로 많대나."

거리낌 없이 주고받는 그들의 대화를 듣던 치곤은 벌떡 자리에서 일어났다.

"혹시 일본으로 갈 수 있습니까?"

남자가 치곤을 위아래로 훑어보았다. 허름한 군복을 입은 치곤을 경멸하는 눈빛이었다.

"조선인? 일본인?"

"나, 조선 사람이오. 일본에 어머니가 계셔서 꼭 돌아가 봐야 해요. 도와주시오."

"돈은 있소? 설마 빈손으로 말 꺼낸 건 아닐 테고."

치곤은 얼른 주머니를 뒤졌다. 미군에게 받은 현금을 꺼내 남자에게 건넸다.

"이것뿐이오?"

치곤은 고개를 끄덕였고 남자는 시큰둥한 표정을 지었다.

"행색을 보아하니 군에 있었던 양반 같은데 받은 월급은 있을 거 아니오?"

남자의 묻는 투가 형사 같았다.

"일부분만 월급으로 받았고 나머지는 모두 반강제적 예금형태로 두었기에 지급받지 못했소. 일부분 받았던 군표는 현지에서 쓰기에도 빠듯했기에 수중에 가진 돈은 없소."

"일본에 다시 가면 거기서 살 거요?"

"아니오. 어머니를 찾아서 함께 돌아올 겁니다."

돌아올 겁니다, 라고 하는 순간 치곤의 가슴에서 뜨거운 것이 치받혀 올라왔다. 히로시 선생이 그랬다. 극한 상황에 놓였을 때 마지막으로 택할 곳, 마지막으로 돌아갈 곳이 어딘가를 생각해 보라고. 내가 돌아갈 곳은 분명히 고국인 조선이다. 그러나 어머니를 일본에 두고 여기 있을 순 없었다. 백제 유민의 한이 서렸던 그곳에서 어머니도 평생 한을 안고 살아가게 둘 수는 없었다. 마지막은 어머니와 함께 고국으로 돌아와야 하는 것이었다. 치곤의 눈앞에 텐만구 신사가 어른거렸다. 바람에 나부끼던 빨간 천인침도 함께 눈앞에서 펄럭거렸다.

"운이 좋은 줄 아슈. 어차피 오늘 밤에 출항할 배이니 내가 이것만 받고 태워주는 거요. 원래는 이 돈의 서너 배는 내야 탈 수 있는 거요."

남자는 선심 쓰듯 말했다. 우동 그릇을 단숨에 비운 남자는 앞서 가게를 나섰다. 남자는 걸음이 아주 빨랐다. 부두에 들어선 뒤론 더욱 빨라졌다. 치곤도 빠른 편이었지만 남자를 따라잡는 게 벅찼다.

배는 어두운 바다에 떠 있었다. 목선이었지만 생각했던 것보단 컸다. 남자가 안내하는 대로 계단을 타고 내려갔다. 이미 배 안에는 사람들이 빼곡히 들어앉아 있었다. 치곤은 사람들 틈을 비집고 앉았다. 차츰차츰 앉아있는 사람들의 얼굴윤곽이 드러났다. 거의 남자들이었고 노인부터 조그만 사내아이까지 백여 명 되는 얼굴들이 어깨를 붙인 채 앉아 있었다.

"치곤아, 치곤아!"

어머니는 치곤의 손을 문지르고 쓰다듬으며 거푸 아들의 이름만 불렀다. 그 외 무슨 말이 필요할까. 어머니를 만난 치곤은 말문이 막혀버렸다. 그새 중늙은이처럼 변해버린 어머니는 다 쓰러져가는 집 앞 공터에 거적때기만 깐 바닥에서 아들을 기다리고 있었다.

"느그 형이 귀국선 타고 같이 가자고 화를 버럭버럭 냈지만 나는 약속한 기 있어서 여기를 안 떴다. 니가 반드시 여기로 올 거라고 내는 믿었다. 내는 틈만 나면 항구 앞에 나가서 니를 기다렸다. 치곤아, 고맙다. 참말로 고맙다. 이렇게 살아 돌아와 줘서 정말로 고맙다."

어머니가 울었다. 좀체 눈물을 보이지 않았던 어머니가 소리 내어 울었다.

"내가 을매나 후회했는지 모른다. 니 떠나고 나서, 니 훈련받으러 간 뒤에 야와다 철강회사에 폭탄이 떨어졌었제. 미군의 어마어마한 비행기가 하늘을 새카맣게 덮은 채 날아와서는 규슈를 암흑천지로 만들었제. 진즉 알았더라면, 싸움하는 비행기가 그렇게 무서운 건 줄 알았더라면 니를 소년병에 안 보냈제. 안 보냈고말고."

치곤은 깊은 자책에 빠진 어머니를 우선 진정시켜야 했다.

"어머니, 괜한 걱정 하셨어요. 저는 훈련받을 때도 잘 먹고 잘 자고 지냈어요. 그리고 커다란 군함을 타고 따뜻한 남방지역에 가서 근무했어요. 거긴 어머니가 걱정했던 것처럼 위험한 전쟁터가 아니었구요, 제가 있었던 곳은 과일도 풍부하고 날씨도 좋았고 배도 안 고팠어요. 거기보단 본토가 더 위험해서 오히려 어머니가 걱정이 됐어요."

"너는 비행기 안 탔느냐?"

치곤의 말을 끊고 어머니가 물었다. 치곤은 어머니의 손을 꼭 잡고 잠시 망설였다.

"탈 때도 있었지요. 그런데 부대에 비행기 수가 적어서 많이 타질 못했어요."

어머니가 깊은 숨을 내쉬었다. 안도의 한숨이었다.

"사람들이 어찌나 떠들어대는지 애간장이 다 녹아버렸다. 비행기 타고 나가면 못 돌아온다고들 해대니 내가 정신이 다 나가버렸다."

그동안 속 끓이며 아들을 기다리느라 어머니는 폭삭 늙어버린 것이었다.

"니가 왔으니 빨리 돌아가자. 여기 더 지체 못한다. 조선 사람들 패죽입네, 돈 다 빼앗네 하면서 뒤숭숭하다. 내는 가진 게 없지만 그래도 그동안 조마조마하니 보냈다. 날 밝으면 얼른 배편부터 알아보자."

어머니는 또다시 깊은 한숨을 뱉어냈다.

미군은 정기운항선이 다니던 시모노세키를 잠정 폐쇄시켰다. 그러자 시모노세키에 모인 한인들은 관부연락선이 출항하는 걸 기다리느라 노숙을 했고 부두 앞은 일대 혼잡이 벌어졌다. 시모노세키에서 노숙하던 한인들 중 일부는 배가 뜰 만한 다른 항구를 찾아 떠나기도 했다. 하카다, 센자키, 사세보, 마이즈루, 하코다테 등 조선과 왕래가 가능한 항구에는 귀국하려는 조선인들로 발 디딜 틈이 없었다.

그러나 귀환 길은 쉽게 열리지 않았다. 일본에서 돈을 모았던 사람들일수록 불안했다. 하루라도 빨리 귀국하기 위해 다른 방법을 택하기 시작했다. 직접 배를 빌려 귀국하기로 한 것이다. 그뿐만 아니라 기다리는 것이 불안했던 사람들은 더러 소형선을 이용해서 떠나기도 했다.

일본 해안에는 일본군과 미군이 깔아놓은 기뢰가 많았지만 아직 제거가 안 된 상황이었다. 작은 배는 기뢰를 감지할 능력이 없었다. 크고 작은 기뢰폭침사고가 있었지만 그런데도 소형 배를 빌린 사람들은 출항을 강행했다. 일본 내에 떠도는 온갖 풍문이 한인들을 위험한 바다로 나가게 만들었다. 바다는 결코 우호적이지 않았다. 60톤급 목선은 때마침 불어닥친 초특급 마쿠라저키 태풍에 조난당하고 말았다. 태풍으로 인근지역의 와카마쓰 항에서 22척, 하카다 항 21척, 모지 항에서 13척 등이 피해를 입었다.

"태풍이 가라앉은 다음날, 해안가로 시체가 떠밀려 왔었제. 80여 구의 시체가 떠밀려온 기라. 작은아야, 바다에서 돌아오지 못한 사람들은 얼마나 됐을꼬? 숱하게 죽었을 텐데 배에 몇 명이나 탔는지 모르니 정확한 숫자를 알 수 없었단다. 나는 울음을 삼키며 시체 치우는 일을 거들었제. 이곳 주민들과 함께 오다야마 묘지에 가여운 시체들을 묻은 기라. 하루라도 빨리 돌아가려고 했던 그들은 한 발짝도 나아가지 못하고 말았제."

그랬구나. 그런 일이 있었구나. 치곤은 그런 일이 얼마든지 일어날 수 있다고 생각했다. 군함을 타고 갈 때도 위험한 순간이 있지 않았던가. 와카마쓰 항구에 내려 어머니를 찾느라 이 잡듯 부두를 훑고 다닐 때 치곤이 본 것은 버려진 사람들이었다. 조선으로 돌아가지 못한 그들은 다 낡은 천막 혹은 거적때기 위에 시체처럼 늘어져있었다. 급조한 판잣집이나 창고 혹은 마구간에라도 들어가 지내고 있는 사람들은 양호한 편에 속했다. 치곤이 보았던 노숙자들의 얼굴은 사람 몰골이 아니었다. 어머니 얼굴도 별반 다르지 않았다. 아아, 내가 다시 돌아오길 잘했지. 어머니를 찾은 건 정말 하늘이 도운 거야. 치곤은 자신의 결정이 헛되지 않음에 감사했다.

"나는 배가 부두에 닿으면 내리는 사람들 하나하나 살폈다. 혹시 너를 못 알아보고 놓칠까 싶어서 말이제. 그런데 돌아오는 사람들은 모두 조선 땅에 가서 살던 내지인뿐이더라. 즈네들 땅으로 돌아온 사람들은 부두에서부터 환대를 받더라. 국방부인회나 원호처에서 나온 간부들이 안내도 하고 고향 가는 철도표도 나눠주고 그러더라."

어머니가 들려주는 내용은 치곤도 알고 있는 사실이었다. 부두에서 어머니를 찾느라 헤맬 때 치곤을 보고 다가온 사람은 하룻밤 재워줄 수도 있다는 호의를 베풀기도 했다. 차비 하라며 돈을 쥐어주는 부인도 있었다. 남루한 군복을 입은 치곤을 일본인 귀환자로 알았던 것이다.

"귀환자들이 속속 돌아올 때마다 부인들이 커다란 주먹밥과 토란이 든 도시락을 챙겨주고 완장 찬 남자들은 짐을 내려 차에 실어주기까지 하고 그랬다. 어린 여자애들은 따뜻한 주먹밥을 받아들고 울기도 하더라. 그렇게 우는 거 보니 자기네 땅에 다시 돌아오는 길도 쉬운 건 아니었던가 보더라."

비단 일본인 여자들만 울었을까. 요이츠키 귀국선이 부산항으로 들어갈 때 배 안에 있던 한인 남자들도 울지 않았던가.

작은 어촌이었던 센자키 항이 사람들로 붐비기 시작한 것은 배를 타고 내리는 사람이 늘어나면서부터였다. 일본으로 귀환하는 사람과 조선으로 귀국하려는 사람들로 항구 주변은 늘 붐볐다. 미 연합군 군인 몇 명이 부두에 마련된 검색대에 서서 일본 세관원의 행동을 지켜보고 있었다. 조선인들은 차례차례 소지품 검사를 받은 다음 정박해 있는 소형 선박으로 올라탔다. 조선인들을 실은 소형 선박은 앞바다에 떠 있는 귀국선 우시시마마루 호로 다가갔다. 귀국선에 다다른 소형 선박 위로 길고 가파른 널빤지가 내려왔다. 보따리를 등에 진 사람들이 배 위로 오르기 시작했다. 고국으로 돌아가는 긴 행렬을 5월의 따스한 햇살이 지켜보고 있었다.

한때는 부관연락선으로 운행했던 우시시마마루 호가 귀국하는 한인들을 가득 싣고 힘차게 물살을 갈랐다. 배가 점점 센자키에서 멀어지고 있었다. 아쉬움도 미련도 없을 테지만 그래도 사람들은 배 위에서 쉽게 자리를 떠나지 못 하고 멀어져 가는 일본 열도를 보고 서 있었다.

"내가 저 바다 한가운데서 죽다 살아난 사람이요."

한 남자가 바다를 가리켰다. 사람들이 바다와 남자를 번갈아 쳐다보았다.

"지난달 마이즈루에서 조난당했다가 겨우 구조됐소. 다들 알다시피 바다 천지에 기뢰가 깔려있다 하지 않소. 그나마 마이즈루 만은 안전한 뱃길로 알려져 있었는데 갑자기 폭발음이 들리더니 침몰하더라 이 말이오."

사람들은 동정과 경이가 담긴 눈길로 남자를 바라보았다. 지난달 우키시마 호가 침몰했을 때는 충격을 받지 않은 사람이 없었다. 항구에서 이제나 저제나 하고 떠날 배를 기다리던 사람들에게는 하늘이 무너지는 소식이었다. 어쩌면 고국으로 영영 못 돌아가는 게 아닌가 하는 불안이 그들을 괴롭혔다.

"나도 그 일을 잘 아오. 나는 아오모리 현의 군속으로 있었는데 하마터면 나도 그 배를 탈 뻔했소. 그 배에는 강제징용으로 끌려왔던 우리 조선인 노동자가 많았소. 우키시마 귀국선을 못 타면 영원히 고국에 돌아가지 못한다는 소문이 돌았었소. 그러니 서둘러 귀국하려는 사람들이 몰려들었지요. 4천 명 수용한다는 배에 7천 명 넘는 인원이 탔다는 소문이오만 정확히는 몇 명인지 모르겠소. 어쨌든 우키시마 호는 마이즈루 만 해상에서 폭발음과 함께 침몰해버리고 말았소."

"그 배 침몰 때문에 온갖 흉흉한 소문이 다 돌았지요. 강제 징용된 사람들 중에 일본 내부에서 벌인 공사에 관한 비밀을 알고 있는 사람이 많아서 누군가 일부러 배를 폭파했다느니, 일본군 아니면 미군이 깔아놓은 기뢰에 부딪혀 폭발했다느니 말이오. 도대체 어느 소문이 맞는 거요?"

"글쎄 그걸 누가 알겠소? 나중에 진실이 밝혀지면 다행이겠지요."

"여기 있는 사람들 죽을 고비 한두 번씩 안 넘긴 사람이 어디 있겠소. 나만 해도 오사카 조선소에서 양 손을 다 잘릴 뻔 했는데 보다시피 한 손만 잃고 이렇게 살아 돌아가잖소."

해쓱해 보이는 남자가 손이 없는 팔을 내밀어보였다.

"탄광 생활은 그야말로 지옥이 따로 없었소. 나는 후쿠오카 탄광에 있었는데 참 어렵게 여기까지 왔다오. 후쿠오카에서 해저터널을 통해 시모노세키에 갔다가 마지막에 이리로 왔지요. 고국에서 돈에 팔려 왔는데 아직 빚도 다 못 갚고 고생은 고생대로 하고 골병은 골병대로 들고."

탄광에 있었다는 남자는 자신의 신세를 늘어놓았다. 배 안에 있던 사람들은 너나없이 자신이 겪은 일을 털어놓기 시작했다. 나가타 현에서 전기 공장에 다녔다는 곰보 남자, 이와테의 제철공장과 가고시마 제련소에 있었다는 고향지기 두 남자에 야마구치 탄광소에서 왔다는 머리통 굵은 남자까지 그들이 풀어놓는 이야기는 끝이 없었다.

어머니는 갑판에 서 있었다.

"좀 괜찮으세요?"

속이 울렁거린다며 갑판에 나간 어머니가 걱정되어 치곤도 뒤따라 나왔다.

"나도 늙긴 했나보다. 일본으로 건너올 때는 뱃멀미라고는 몰랐는데 말이다. 그때는 작은아 니가 토했었제. 밤에 현해탄을 건너는데 하도 배가 요동치니까 잠도 못 자고 토하더라. 그때 일이 까마득한데 지금 생각하니 손에 잡히는 것처럼 가깝다."

어머니는 여섯 살 때의 치곤을 이야기하지만 치곤은 그 당시 일이 떠오르지 않았다. 왜 여섯 살 이전의 기억은 하나도 머릿속에 남아있지 않은지 모를 일이었다.

"치곤아."

어머니가 나지막이 불렀다.

"나는 저 현해탄 건너올 때 마음 참 독하게 먹었다. 느그들 먹이고 공부시킬 수 있으면 죽어서도 고향에 안 돌아갈라 했다. 그만큼 힘들게 살던 곳이었제. 이제는 어쩔 수 없이 돌아가는 입장이 됐지만 고향이라고 돌아가도 아무 것도 없는 건 매한가지이다. 땅 한 뙈기 없을 거고 게으른 느그 아버지만 있을 거다. 작은 아야, 내가 부탁 한 가지만 하자. 느그 형한테도 이야기해 놓은 거지만 느그는 밥값 지대로 하는 사내로 살아야 한다. 처자식 눈에 눈물 나게 하면 안 된다. 유치곤, 니 이름 석 자 앞에 부끄럽지 않게 살아야 한다."

어머니의 투박한 말속에 숨은 뜻을 치곤은 알 수 있었다. 그때는 어머니 치마꼬리를 잡은 어린애였지만 이제는 어머니보다 큰 청년이 되었다. 혹독한 군대 생활과 포로생활도 견뎌냈기에 몸으로 하는 일은 무엇이든지 해낼 자신이 있었다. 짙푸른 현해탄을 넘는 귀국선 위로 5월의 마지막 해가 지고 있었다.

대견봉 정상이 지척에 있었다. 그러나 가까워 보이는 것은 허상일 뿐이었다. 왜냐하면 다가가고 또 다가가도 대견봉은 그 자리 그대로 있었기 때문이다. 쉽게 접근을 허락하지 않는 정상이지만 치곤은 포기하지 않았다. 오늘은 꼭 대견봉까지 올라갈 작정이었다.

산 아래에서 비슬산을 보면 남과 북으로 길게 뻗어 산세가 완만해 보였다. 태백산맥 줄기의 한 부분이지만 펼쳐진 산등성 때문인지 부드럽고 포근했다. 그러나 산에 들어오면 어느 곳으로 올라가는가에 따라 산세가 달라졌고 보는 느낌도 각양각색이었다. 유가사(瑜伽寺) 방향으로 올라가는 길을 택한 치곤은 부지런히 걸었다. 등에 진 빈 지게가 치곤이 걷는 대로 따라서 흔들렸다. 잡목이 듬성한 오솔길을 벗어나니 깊고 넓은 골짜기가 나타났다. 골짜기에는 기이한 형태의 암괴가 널브러져 있었다. 골짜기 위쪽 깊은 곳에서 아래를 향해 물을 들이부은 것처럼 거대한 돌덩어리들이 흘러내렸다. 물이 아닌 돌이 흘러내리는 광경은 신비하기까지 했다. 암괴는 다양한 형태로 깔려 있는데 각지거나 삐죽한 돌에서부터 둥그스름하고 넙데데한 형태까지 다양했다.

치곤은 암괴 무리를 지나 산길로 꺾어 들었다. 산길 따라 지천으로 핀 참꽃이 치곤과 나란히 걸었다. 진분홍 치마가 펼쳐진 듯 흐드러지게 핀 참꽃을 따서 질겅질겅 씹으면 달달하면서도 시큰했다. 산길이 끝나면 바로 유가사가 나타났다. 유가사의 대웅전 앞 삼층석탑은 점잖은 선비처럼 서 있었다. 치곤은 삼층석탑 옆에서 일단 멈췄다. 석탑에서 산등성을 바라보면 정상을 떠받치고 있는 거대한 바위 능선이 우뚝 솟아 있는 것이 한눈에 들어왔다. 비슬산, 산꼭대기 바위의 모습이 마치 신선이 거문고를 타는 모습과 닮았다고 하여 붙여진 이름이다. 참 예쁘다. 그러나 마을 사람들은 산 모양이 꼭 닭의 볏처럼 쭈삣쭈삣하게 생겼기 때문에 벼슬하는 사람이 이 지역에서 많이 나올 거라고 믿는다. 닭의 머리 즉 계관을 가리키는 볏은 벼슬을 뜻하기 때문이다.

산 하나를 두고도 해석은 각각이었다. 가쁜 숨을 고른 치곤은 대웅전을 지나 정상을 향해 다시 발걸음을 옮겼다. 7부 능선을 지났을까? 완만한 산길이 나타났다. 걷기 편한 산길은 오른쪽과 왼쪽에서 바라보는 풍경이 완전히 달랐다. 정상으로 가까워질수록 서남쪽으로 흐르는 강줄기가 조금씩 보인다. 저 멀리 희미하게 보이는 산이 가야산인지 덕유산인지 아니면 화왕산인지 정확히는 알 수 없었다. 다만 비슬산 꼭대기에서 볼 수 있는 산이라는 사실만 알 뿐이었다.

정상에 선 치곤은 사방을 둘러보았다. 하늘과 발아래 펼쳐진 산등성과 낙동강 줄기가 한눈에 들어왔다. 바람이 불었다. 산 정상에서 온몸을 휘감는 봄바람은 차가웠다. 치곤은 가슴을 펴고 크게 숨을 들이마셨다. 입과 코로 들어온 바람이 가슴까지 빨려 들어왔다. 그러나 꽉 막힌 가슴은 체증 걸린 듯 좀체 뚫리지 않았다. 치곤은 두 손을 입에 대고 냅다 소리를 지른다.

"야호! 야호! 야호!"

소리칠 때마다 길게 메아리가 쳤다.

"나다! 유치곤이다."

목청껏 소리를 질렀으나 답답한 속은 그대로였다. 앞날이 보이지 않았다. 어머니 말대로 아버지는 변한 게 없었고 여전히 땅 한 뙈기 없는 빈한한 살림이었다. 두 칸짜리 집에 치곤은 거처할 방이 없었다. 형 치수가 결혼한 뒤 치곤은 채 영감네 집으로 들어갔다. 동네 부자인 채 영감은 아들의 교육을 개인선생에게 맡기고 있었다. 채 영감의 배려로 개인선생이 쓰는 방에 치곤은 몸만 들어갔다. 어려운 형편에 어쩔 수 없이 신세를 지긴 했지만 치곤은 채 영감네 집에서 공짜밥을 먹고 빌붙을 생각은 처음부터 없었다. 틈만 나면 나무를 해 나르거나 밭일을 거들었다. 그러나 희망 없는 시간이 흐를수록 치곤은 답답했다. 이대로 살아야 하는가에 대한 회의감이 고개를 들수록 치곤은 산속을 헤매고 다녔다. 인적 드문 골짜기나 바위에 누워 하늘바라기를 했다. 하늘은 또 그만한 높이로 멀리 넓게 펴져 있었다. 선택의 여지없이 택했던 길이었지만 하늘을 누비겠다는 그의 꿈은 가슴 안에 오롯이 들어앉아 있었다. 날자, 날자. 메아리가 퍼져가는 산등성 아래 무더기로 핀 진달래가 치곤의 열정인 양 유독 붉었다. 그럼에도 하늘은 손닿을 수 없는 높고 높은 곳에 있었다.

"자네는 어디서 나무를 해오기에 항상 나뭇단이 큰가?"

마루에 앉아 있던 채 영감이 부엌 뒷벽에 지게를 부리는 치곤에게 물었다.

채 영감의 칭찬에 넙죽 고맙다는 인사라도 해야 하는데 치곤은 그러지 못했다. 입을 열면 자꾸 일본말이 불쑥 튀어나오기 때문이다. 일본말을 쓰는 것이 흉이 되는 건 아니었다. 아버지와 어머니도 일본말이

반 이상 섞여 있었고 동네 사람들도 태반이 뒤죽박죽 섞인 말을 쓰고 있었다. 한글말살 정책과 창씨개명의 영향은 곳곳에 남아 있었다. 치곤이 말 없음은 서툰 한국어 때문이기도 하지만 숫기 없는 성격 탓이기도 했다. 그러나 채 영감은 그것마저 입이 무겁고 남자답다며 치곤을 추켜세웠다.

"이리와 막걸리 한 사발 마시게. 자네한테 할 얘기도 있고."

채 영감이 할 얘기가 있다는 말에 치곤은 조심스럽게 마루 끝에 걸터앉았다.

"자네, 군에 있었다고 했던가?"

"예."

"그렇다면 내가 자네를 추천해야겠네. 나라가 시끄러우니 여기 작은 동네까지 쑥쑥하잖은가."

채 영감은 여수 · 순천 사건 이후 혼란한 시국을 말하고 있었다. 지난 가을 여수 · 순천의 국군 제 14연대 소속 좌익계 군인들이 제주도 출동을 거부하고 봉기를 일으켰다. 정부진압군의 작전으로 밀려난 잔류 봉기군은 지리산으로 숨어들어 유격전을 전개했다. 지리산에 인접한 마을은 빨갱이들의 게릴라전에 대비하고자 마을자치대 혹은 의용대를 조직하였다. 지리산으로 숨어든 빨갱이 잔당들은 주로 야밤에 활동했다. 또 태백산을 루트로 하여 남으로 내려오고 북으로 올라가고 했기에 마을마다 그에 대비한 자치대가 필요했다.

"빨갱이들이 설치니 우리 마을에도 자치대를 조직하기로 했네. 그래서 자치대원들 기본훈련을 자네가 맡으면 어떻겠는가?"

"제가요?"

"자네만 괜찮다면 내가 적극 추천하겠네."

치곤은 자신에게 마음 써주는 채 영감이 한없이 고마웠다. 채 영감네 머슴도 아니고 아들의 친구도 아니었기에 치곤은 틈틈이 땔감을 구해오거나 바쁜 농사철에 일손 거드는 정도로 밥값을 하고 있던 터였다. 채 영감 역시 치곤에게 눈치를 주거나 일부러 농사일을 시키지는 않았다. 우직하지만 제 스스로 일을 찾아 하는 것이 채 영감에게는 미덥게 보였기 때문이다.

"쇠뿔도 단김에 빼라 했으니, 이 김에 나랑 읍내 지서로 가세."

얼떨결에 치곤은 채 영감 뒤를 따라 대문을 나섰다. 어디까지나 얼떨결이었지만 자치대 훈련 정도는 치곤도 자신이 있었다.

좁은 지서 앞마당에는 쓰러져 있는 자전거 두 대와 구석진 곳에 묶어 놓은 개 한 마리가 먼저 눈에 띄었다. 훈련하러 나온 남자들은 지서에서 가까운 학교 운동장에 모여 있었다. 20여 명 남짓한 남자들은 핫바지 차림에 무기로 쓰일 만한 쇠스랑 혹은 곡괭이를 든 채 잡담 중이었다. 행색이 각각인 그들의 반 이상은 치곤보다 연배가 많아보였다.

"모두들, 이쪽으로 모여 보래."

채 영감이 남자들을 불러 모았다. 마지못해 모인 남자들의 표정은 대부분 떨떠름했다.

"우리가 마을을 지키자고 이래 모이고 하는데 모이면 뭐 하노? 잡담이나 하고 여게 와서 담배나 피우고 돌아가는 건 시간 낭비제. 이왕 모여서 마을 지킬라하면 제대로 해보자하고 내가 사람 하나 데리고 왔네. 쌍계리 사는 유치곤이라 하는데 아는 사람 있는가 모르겠네. 참고로 이 사람은 일본에서 육군 오장까지 했던 군인이었다네."

남자들의 반응은 의외로 시큰둥했다. 치곤은 직감적으로 눈치를 챘다. 일본에 대한 반감 때문이리라. 거기에 일본 군대에 있었다는 사실이 그들로서는 심히 거슬렸을 것이다. 그러나 치곤은 여기까지 온 이상 되돌아가고 싶지 않았다. 치곤은 불쑥 그들 앞에 나섰다. 숫기 없는 치곤의 어디에서 그런 용기가 났는지 모를 일이었다.

"여러분은 제가 마음에 들지 않으면 제 말을 안 듣겠지요. 그래서 한 가지 제안합니다. 지금부터 운동장 달리기를 합시다. 몇 바퀴를 돌든지 시간은 정하지 말고, 만약 제가 달리기를 포기할 때까지 달리는 분이 있으면 저는 이곳에 나오지 않겠습니다."

치곤의 말은 상당히 어눌했다. 그러나 최대한 정확하게 뜻을 전달하고자 한 마디 한 마디 힘주어 말했다. 남자들은 어안이 벙벙한 채 서로를 쳐다보았다. 그러나 치곤은 개의치 않고 운동장으로 천천히 뛰어갔다. 치곤 혼자 운동장을 반쯤 돌고 있을 때 남자들이 하나둘 따라 돌았다. 엉거주춤 망설이던 남자들도 들고 있던 연장을 내려놓고 운동장을 달렸다. 20여 명의 남자들이 몰아쉬는 숨소리가 점점 거칠게 운동장으로 퍼져나갔다. 그 모습을 지켜보며 채 영감이 허허 웃었다.

03
6·25전쟁과 정찰비행대

"자네가 유치곤이라고?"

각진 어깨가 다부진 서한호 중위가 반색을 한다.

"소비(少飛) 15기 을이라 들었는데 왜 이제야 나타났나? 국군창설 소식도 못 들었나?"

"넵. 촌에 처박혀있다 보니 군에 대한 정보를 듣지 못했습니다."

"야 인마, 나도 촌놈이야. 누가 현풍 골짝 촌놈 아니랄까봐."

서한호 중위는 웃으며 말했지만 치곤은 선배 앞에서 한없이 긴장했다. 세상은 넓고도 좁았다.

"자치대 훈련대장 안 맡았더라면 내 소식도 못 들을 뻔했겠군."

"넵!"

치곤은 바로 이웃의 용동에 소년비행병 출신의 대선배가 있다는 사실을 몰랐던 것이다. 자치대 훈련 중 휴식시간에 누군가가 서한호를 아느냐고 물었다. 덧붙여 서한호가 소년병 6기 출신이라는 사실까지 들려주었을 때 치곤의 가슴에는 작은 흥분이 파도처럼 일어났다. 더구나 공군부대가 창설되었다는 소식은 마치 캄캄한 밤에 촛불을 켠 것처럼 환한 빛으로 치곤에게 다가왔다.

"어쨌든 잘 왔다. 반갑다. 남방에서의 억류생활은 힘들지 않았나?"

"크게 힘든 건 없었습니다!"

"그건 다행이군. 그런데 가만 있자, 소비 출신이니까 당연히 육군항공사령부로 들어와야겠지? 지금 군에서는 항공인력을 키워야 하니 곧 모집이 있을 거야. 진작 알았더라면 일찍 입대해서 벌써 장교가 됐을 텐데 그게 아쉽군. 자네 동기들, 그러니까 소비 15기 몇 명은 현재 소위로 근무하고 있어. 여기 김포기지에도 있고 여의도비행부대에도 있다네. 이왕 여기 온 김에 시간 내어 동기들 만나보는 건 어때?"

"알겠습니다."

군대에 선배가 있고 동기들이 있다는 사실에 치곤은 적이 마음이 놓였다. 긴장했던 어깨가 어느새 스르르 풀렸다.

격납고와 활주로 그리고 비행기가 있는 여의도비행단도 김포비행단과 별반 다르지 않았다. 여의도 비행장은 일본이 중국 대륙 침략의 교두보로 활용할 속셈으로 건설했었다. 항공부대는 김포기지와 여의도비행단 두 곳을 기반으로 자리를 잡아가고 있었다.

"어? 유치곤!"

여의도비행단에서 반갑게 다가오는 사람이 있었다. 바로 김두만이었다.

"여긴 어떻게 왔어?"

"으응, 항공대에 입대할까 하고."

치곤은 뒷말을 흐렸다. 김두만의 어깨에서 반짝이는 중위 계급장이 유난히 눈부셨다.

"왜 이제야 나타났어? 진작 군에 들어오지 않고."

"사실은 시골에 있다 보니 전혀 몰랐어. 우리나라에 비행부대가 있으리라곤 생각도 못 했거든."

"그래서 이렇게 깜둥이처럼 탔구나. 하여튼 잘 찾아왔어. 우리는 비행기를 몰도록 태어난 사람들이잖아. 이제 우리 공군도 육군항공사령부에서 독립했고 정식으로 창설됐으니 앞으로 할 일이 많을 거야."

두만의 말대로 치곤 역시 그런 생각이 들었다.

가야할 길을 이제야 찾았다는 생각에 주눅 들었던 가슴이 조금씩 펴졌다. 아주 익숙한 곳에 찾아들어온 안도감이 이런 것일까. 줄지어 있는 잠자리 같은 비행기. 그 뒤로 둥그스름한 격납고와 긴 활주로가 오랜 친구와 해후한 듯 익숙하고 편안했다.

1945년 9월 13일부터 군정업무를 시작한 미 군정청은 한국군의 임무를 국가방위가 아닌 국내 치안유지로 제한한 한반도 정책을 펼쳤다. 패전국 일본의 항공기 전량 폐기로 말미암아 한 대의 항공기도 보유하지 못한 우리 군의 실정으로는 국가방위를 목적으로 항공부대나 공군을 독립시켜 창설한다는 것은 매우 기대하기 어려웠다.

1946년 8월 10일 각종 항공단체를 통합한 '한국항공건설협회'가 창립했다. 국방의 일익을 담당할 수 있도록 군의 일원으로서 국방의 책무를 다할 것을 결의하고 미 군정청과 미 군사고문단을 상대로 항공부대 창설 문제를 협의했다.

1948년 미 군정청은 미 군사고문단 경항공기부대 창설을 전제로 미군식 훈련을 제안했다. 조선경비대 내에 항공부대를 창설한다는 전제 아래, 항공부대 창설간부 7인(최용덕, 장덕창, 이영무, 박범집, 김정렬, 이근석, 김영환)은 조선경비대 보병학교에 입교하여 1개월간의 기본군사훈련을 받았다. 창설간부 7인은 다시 조선경비사관학교에 입교하여 육군 소위로 임관, 본격적인 항공부대 창설을 준비했다.

항공부대 창설을 위한 다방면의 노력으로 경기도 고양군 수색에 위치한 조선경비대 제1여단사령부 기지에 공군의 모태인 항공부대가 통위부 직할부대로 창설되었고, 1948년 7월 12일 항공계 유경험자 78명을 항공병 1기생으로 입대시킴으로써 단 한 대의 항공기도 없이 공군의 교육훈련사는 시작되었다.

미 7사단 비행대로부터 10대의 L-4 연락기를 인수하여 여의도에서 비행부대를 창설했고 김정렬 대위를 초대 비행부대장으로 임명하기에 이르렀다. 부대원들은 인수받은 날부터 비행을 시작했다. 1948년 9월 15일 태극표지를 단 우리 항공기 10대가 역사상 최초로 서울 상공에서 전시비행을 했으며, 여의도기지를 중심으로 조종사 양성교육을 시작하게 되었다.

여수·순천사건 진압작전에 참가한 L-4는 항속거리가 매우 짧아 작전수행에 많은 애로가 있었다. 이러한 문제점을 해결하기 위해 공군은 1948년 10월 14일 미군 L-5 연락기 2대를 양도받아 여수·순천사건 잔당 토벌작전과 제주 4·3사건 진압작전에 참가했다. 후방석 승무원이 눈으로 보며 수류탄과 박격포탄을 적진에 투하하여 살상의 효과는 미미했다. 그러나 적들에게 심리적인 공포와 위압감을 안겨주어 전세를 아군에게 유리하게 이끄는 데 일조했다.

1949년 1월 14일 독립된 공군을 전제로 정규 장교, 항공간부를 전문적으로 양성하기 위해 육군항공사령부 예하 항공사관학교(현 공군사관학교, 공군 독립 시 개칭)를 경기도 김포에서 발족했다. 동년 6월 10일, 20세 미만의 중학교 6학년 졸업생 및 재학생으로 구성된 1기 사관생도 97명이 입교하면서 본 모습을 갖춰 나갔다. 항공사관학교는 3·1운동에 힘입어 건립된 대한민국 임시정부 무장 독립투쟁의 기본정신을 계승하고, 대한민국 정부의 기본이념인 자유민주주의 실현을 통하여 조국의 평화적 통일 실현이라는 민족적 대업의 최선봉에 설 공군 정예장교를 양성하게 되었다.

1949년 10월 1일 공군은 대통령령 제254호 '공군본부직제'에 의해 L-4와 L-5 그리고 1,100여 명의 병력으로 독립했다. 이로써 항공력 강화의 기틀을 마련했으며, 육군항공사령부를 개칭한 공군본부를 국방부 별관내에 설치하고 작전부에 교육과를 창설했으며 각 예하부대로 하여금 기존임무 외에 특기교육 임무를 담당하게 하여 부대임무와 교육임무를 병행토록 하였다.

공군본부 발행《6·25전쟁 참전용사 증언록》

치곤은 육군항공사령부의 항공병으로 입대했다. 1948년 8월 24일, 김포기지의 신병교육대에 입소한 치곤은 정식 군복을 지급받았다. 말이 좋아 군복이지 후줄근한 포대자루 질감에 청색을 물들여 만든 것이었다. 군복 앞가슴에 자신의 이름 유, 치, 곤, 석 자를 붙이고 그렇게 기다렸던 입소식을 치렀다. 대한민국 국군 유치곤을 대신하는 군번은 3201640이었다.

신병교육은 새벽 기상에서부터 호되게 치러졌다. 기상 나팔소리가 들리면 일제히 똑같이 일어나 막사 앞에 정렬했다. 단 한 명이라도 빠지면 다시 막사에 들어가서 동시에 뛰어나오는 훈련을 반복했다. 훈련용 무기는 낡은 38식 장총이었다. 각자에게 지급된 장총을 들고 20km를 행군하고 나면 허기가 졌다. 10명씩 줄지어 서서 둥근 통나무를 들고 내리는 훈련을 반복하고 나면 어깨는 나무 등걸처럼 굳어버려 움직일 수 없을 지경이었다. 식사량은 부족하지 않았지만 영양이 부족했기에 돌아서면 금세 배가 고팠다. 그래도 즐거운 건 저녁 먹은 후 나오는 빵이었다. 동그란 팥빵은 유일한 간식이었다.

신병교육을 마친 항공병 중에 소비 출신은 조종교육으로 배치되었다. 조금이라도 비행기에 대한 지식을 가진 병사는 조종 혹은 정비로 우선 선발되었다. 1949년 10월 1일에 육군항공사령부에서 독립한 공군은 김포기지와 여의도비행단으로 규모를 갖췄다. 김포기지에는 비행기가 없었지만 여의도비행단에는 비행기가 있었다. 그러나 여의도비행단에도 전투기는 한 대도 없었다. 겨우 연락 업무와 정찰임무를 수행할 수 있는 수준의 비행기, L-4기 10대와 L-5기 2대뿐이었다. L-4와 L-5는 미군정으로부터 인수받은 연락기였다.

"소문 들었지? 북한 비행기가 귀순했다는 거?"

아침부터 김포기지 안은 술렁거렸다. 북한군 조종사 한 명이 비행기를 몰고 김해 비행장에 불시착했다는 소식이 순식간에 영내로 퍼졌다.

"북한엔 비행기가 많이 남아 있었다는 거야?"

"정확한 정보를 알 수 없지만 조사해보면 밝혀지겠지."

"우리도 해방 후에 일본군 비행기가 상당히 남아 있었잖아. 그런데 남한 비행장에 남아있던 일본군 비행기 Ki-51이나 Ki-36 같은 기종들을 모두 팔아버렸어. 그것도 미군의 통제 하에 도끼로 부순 다음 민간인에게 고철로 불하했다는데 지금 생각해보면 그렇게 한 건 잘못된 일 아냐? 나라를 지키려면 우선 무기가 있어야 하는데 있는 무기마저 그렇게 고철덩어리로 처분해버리다니."

"나도 그건 잘못한 처사라고 봐. 공군의 역할이란 게 뭐겠어. 하늘을 지키는 거잖아. 일본이 패망하는 데 결정적인 역할을 한 것도 결국 미국이 하늘을 장악하고 군수시설을 초토화했기에 가능했던 거지. 그런데 우리는 전투기 한 대는커녕 훈련연습기도 국민헌납 운동으로 모아서 살 형편이니……."

"그나마 그것도 국민들 마음을 움직인 김정렬 참모총장님의《항공의 경종》덕분이었지."

"넌《항공의 경종》읽었니?"

"응, 한 마디로 요약하면 가상전쟁 보고서랄까? 북한의 전쟁 도발과 구체적인 방법을 예측하면서 우리 국민에게 물었잖아. '노예생활이냐, 영광의 독립이냐'고. 만일 전쟁이 일어났을 때를 생각해보라는 것이지. 북한의 전투기가 서울 시내를 폭격하는 상황을 생생히 묘사하면서 한시바삐 공군의 독립과 장비의 현대화 필요성을 강조하고 역설하신 거지."

"책 한 권의 영향이 컸어. 그 때문에 형편이 어려운 국민들이 너도나도 헌금운동에 동참했지."

"그런데 여의도비행단에서 극소수 조종사만 T-6을 조종한대."

"왜?"

"아직 비행기에 장착할 기관총이 들어오지 않아서라는 이야기도 있고, 여수·순천사건 후 비행대 소속으로 조종교육을 받던 백흥룡 하사가 L-4기 한 대를 몰고 월북한 사건, 춘천호 상공에서 삐라 살포 임무수행 중이던 이명호 중위가 박용만 상사를 권총으로 협박해서 북으로 기수를 돌린 것도 영향을 미치니 않았나 해. 또 언제 그런 일이 있을지 모르잖은가. 누가 빨갱이인지 속을 모르니 10여 명의 한정된 조종사들만 훈련을 한다는군. 훈련 끝나면 연료 탱크의 기름을 죄 빼고 조종석도 잠가 놓고 보초가 지킨다 하더군."

"그 밑의 조종사들은 T-6 날개도 못 만져 봤겠군."

"그림의 떡이지. 조종사에겐 비행기가 있어야 하는데 말이야. 말은 안 해도 다들 T-6기를 몰고 싶을 거야."

"두말하면 잔소리. 그런데 미국은 왜 우리가 전투기를 갖는 것에 그렇게 반대하지?"

"조용한 게 좋다 이거겠지. 괜히 비행기 사들이고 그렇게 하는 건 북한이나 소련을 자극하는 꼴이 된다, 그러면 시끄러워질 수 있다, 뭐 그런 생각들 같아."

"우리만 조용하면 뭐 하나. 지금 북한은 전쟁준비 태세를 완전히 갖췄다는 말도 심심찮게 들리는데 말이야."

신병교육을 마친 치곤은 일등상사 계급을 달고 공군사관학교 경비지구대에 배치되었다. 조종훈련을 받으러 갈 때까지 치곤에게 내려진 그 보직은 사관학교 생도대대장 서한호 중령의 배려였다. 그러나 조종훈련은 요원한 상태였다. 여의도비행단에 가야 비행조작을 해볼 수 있는데 연습용 비행기는 한정돼 있어서 좀체 파견 명령이 떨어지지 않았다. 치곤은 이제나저제나 훈련받을 날을 기다리며 김포기지에 머물렀다.

여의도 비행기지는 3개 비행대대로 조직되었다. 그러나 이름만 거창하게 비행부대일 뿐 실상은 열악하기 그지없었다. 비행기도 제대로 갖춰지지 않았고 그나마 있는 비행기도 한정된 일정과 지원계획에 따라 운용되었다. T-6기는 선배조종사 10여 명만이 운용할 수 있었다. 거기에 L-4와 L-5기의 교관 조종사들도 후배조종사를 양성하기 위한 기본 비행훈련인 이착륙과 공중조작 그리고 편대비행에 주력했을 뿐이었다. 그런 문제 외에도 공군 비행기는 육군의 임무 수행에 운용되기 일쑤였다. 육군의 일선 부대에 파견되어 정찰 혹은 전투지역에 대한 전단 살포 등의 임무를 수행하는 일에 항공기가 활용되었다. 그러니 공군조종사 양성을 위한 비행기 운용은 요원할 수밖에 없었다.

치곤은 머릿속으로 비행기들을 떠올렸다. 명명식 날 보았던 반짝이는 T-6와 여의도비행단에서 마주했던 L-4와 L-5였다. L-4와 L-5는 일본에서 타보았던 연습기와는 비교도 할 수 없을 만큼 작은 잠자리 같은 비행기였다. 그러나 작고 볼품없는 비행기라도 괜찮았다. 독립된 내 나라의 비행기를 몰고 푸르고 넓은 하늘을 날아보고 싶었다. 언제쯤 L-4의 조종석에 앉아볼까? 메뚜기라는 별명을 갖고 있는 L-4는 비행기의 기본 기능만 갖춘 경항공기였다. 주로 연락을 할 때 또는 관측과 정찰용으로 만든 것이다. 조종사와 정비사 2명이 탑승할 수 있지만 무장 능력은 전무한 비행기였다. 시속 136km에 항속거리는 305km에 불과했다. 하지만 치곤은 조종석에 앉아 마치 소중한 물건을 어루만지듯 조종간을 잡은 자신의 모습을 상상해보곤 했다.

북한 공군 이건순 중위가 IL-10 슈토르모빅 지상공격기를 몰고 김해 비행장으로 귀순한 것은 1950년 4월 28일이었다. 남한은 귀순 조종사를 통해 북한 공군의 항공력을 알게 되었다. 북한 공군은 훈련용 전투기를 포함해 야크(Yak) 전투기 100여 대, IL-10 공격기 70대, PO-2 정찰기 8대, 미제 연락기 2대를 보유하고 있다고 털어놓았다. 그러나 미군 측은 큰 관심을 두지 않았고 결국 북한 상황에 관한 중요한 정보를 놓쳤다.

남한 공군 관계자들은 IL-10 지상공격기를 해체하여 분석한 후, 깜짝 놀라고 말았다. IL-10 공격기는 중장갑과 중무장의 능력을 가진 비행기였던 것이다. 북한이 남한 공군의 비행기와는 비교할 수도 없는 막강한 전투기를 보유하고 있다는 사실을 알고 관계자들은 긴장했다. 그래서 남한 공군력 양성의 중요성을 알리고 무스탕 같은 전폭기를 지원받기 위해 노력했으나 미군정의 반대로 허사가 되었다.

대한민국 정부는 북한의 공군력이 급격하게 성장한 사실에 주목했다. 남북한의 군사력 균형 유지를 위해서도 전투기 확보가 절실했다. 그래서 정부는 국회와 언론을 앞세워 '우리 비행기는 우리 힘으로 구입하자'는 항공기 헌납 운동을 전개했다. 그 결과 30만 불 이상의 성금이 모였고 캐나다에서 T-6기 10대와 기관총 0.5인치 20정과 실탄 5,000발, 1년분의 항공기 부속품을 구입할 수 있었다.

드디어 여의도기지에서 T-6기 헌납 및 명명식을 거행했다. 이승만 대통령은 국가건설과 애국심을 표상하기 위해 항공기를 '건국기'라 명명하고 항공기 구입에 헌신적인 공헌을 한 각 도와 사회단체의 이름을 항공기에 표시하도록 지시했다. 그러나 북한은 이미 모든 전쟁준비를 마친 상태였다. 북한군은 1개 전투기 연대와 1개 습격기 연대 그리고 1개 비행교육 연대로 이루어진 1개 혼성비행사단으로 공군력을 통합했다. 거기에 소련군의 지원까지 더해졌다.

1950년 6월 25일 새벽 4시경. 소련제 T-34 전차를 앞세운 북한은 기습공격으로 남침을 했다. 북한 지상군은 38도선 전 지역에서 동시에 공격을 개시했다. 황해도 옹진, 양원, 강령 일대에서는 인민군 제6사단 외 1만 6천명이 국군의 방어선을 돌파했고, 개성 문산지구에서는 인민군 제1, 제6사단 2만 1천명의 병력과 제203전차연대, 제206기갑보병연대가 서울을 향해 진군했으며, 의정부지구에서는 포천 방면으로 인민군 제3사단과 제105전차여단이, 동두천 방면으로는 인민군 제4사단과 제107전차여단이 침공하면서 순식간에 국군의 방어선을 돌파했다. 또 춘천, 홍천지구로는 인민군 제2, 제7, 제15사단의 4만여 명의 병력과 전차 39대가 침공했다. 대한민국 전체를 피비린내 나는 전쟁터로 내몬 6·25전쟁이 발발한 것이다.

그날, 북한 공군의 첫 움직임이 포착된 것은 오전 10시 경이었다. Yak-9 전투기 2대가 여의도와 김포기지 상공을 정찰한 후 북쪽으로 사라졌다. 굉장한 폭음과 함께 쌩, 쌩 날아든 비행기를 보고 사람들은 고개를 갸우뚱했다. 굉장히 빠른 속도로 날아와서 구름 속으로 사라져 버렸기에 무슨 비행기인지 정체를 알 수 없었다. 그러나 곧 비행기의 정체가 밝혀졌다. 12시 경 다시 나타난 야크기 4대가 여의도 기지와 용산역 상공을 비행하면서 서울 철도공작창과 통신소에 기총사격을 가했으며, 용산역 앞 육상운송국 청사에도 기총사격과 폭탄공격을 퍼부었다. 오후 4시 경에는 5대가 나타났다. 그중 2대가 석유저장 탱크에 기총공격을 가했다. 김포기지 입구에 휘발유 드럼통이 잔뜩 쌓여 있었는데 정통으로 맞히지는 못하고 비켜갔다. 그리고 관제탑에도 공격을 퍼부은 후, 미국인 철수를 위해 활주로에서 대기 중이던 미군 항공수송단 소속 C-54 스카이 마스터 수송기 1대를 공격해 파손시켰다. 일단 물러났던 야크기 6대는 오후 7시에 재차 나타났다. 그리고 미군 C-54 수송기를 완전히 파괴시켰다.

요란한 기총 소리에 놀란 사람들은 서로 몸을 숨기느라 허둥댔다. 치곤도 식탁 옆 바닥에 납작 엎드렸다. 그러나 치곤은 똑똑히 보았다. 김포기지에 낮게 날아든 야크기가 폭탄을 떨어뜨리고 다시 날아오르기 직전이었다. 붉은 별이 그려져 있는 야크기와 야크기를 몰고 있는 조종사의 얼굴이 번개처럼 지나가는 것을. 치곤은 야크기가 물러간 뒤에도 한동안 그대로 엎드려 있었다. 충격과 불안으로 머릿속이 혼란스러웠다. 조금 전에 스쳐간 야크기의 위용과 자신만만해 보였던 소련 조종사의 얼굴이 눈앞에서 사라질 줄 몰랐다. 간신히 찾은 내 나라에서 조종사가 되기를 희망했건만 조종간도 한번 잡아보지 못하고 이대로 끝나는 건 아닌가 하는 불안감이 엄습했다.

6월 26일에도 어김없이 적의 공습이 이어졌다. 야크기와 IL-10 전투기가 합세하여 여의도기지와 김포기지 그리고 용산 육군본부를 공격했다. 27일 오전에는 구름 속에서 요란한 소리와 함께 야크기 한 대가 추락했다. 일본에서 급히 출격한 미군 전투기에게 격추당한 것이다. 그러나 야크기의 조종사는 낙하산을 타고 탈출했다. 그는 한 손으로는 전단지를 뿌렸고 또 한 손으로는 지상을 향해 권총을 쏘았다. 지상에서도 조종사를 향해 총을 쏘았다. 결국 조종사는 축 늘어졌고 낙하산은 연병장 뒤편의 논바닥으로 떨어졌다.

공군의 발상지인 김포기지에는 공군사관학교, 항공기지사령부, 공군보급창, 헌병대, 공군병원, 여자항공대 등이 있었다. 김포기지 방어 책임을 맡은 최용덕 장군은 새로이 부대편성을 완료하고 김포읍으로 이동, 육군 측과 협의하여 사령부 본부를 김포초등학교에 설치한 다음 병력을 김포 남쪽에 배치했다. 그리고 사령부로 돌아와 전황을 확인하기 위해 육군 김포지구경비대와 공군본부에 연락을 취해 보았다. 그러나 전부 철수한 상태였기에 연락이 닿지 않았다. 6월 28일, 결국 최용덕 장군은 사령부 병력을 수원 매산초등학교로 철수시켰다. 이미 서울의 한강 인도교는 비가 추적추적 내리던 새벽 두 시 삼십 분에 폭파된 뒤였다.

어두운 밤, 콰르르 쾅쾅 터지는 폭발음을 뒤로 하고 유치곤 상사는 철수 행렬에 섞여 김포를 떠났다. 서한호 중령의 지휘 하에 철수병력은 남으로 움직였다. 잔여 병력인 사관생도 그리고 교수부 요원은 차량 혹은 도보로 시흥을 거쳐 수원으로 이동했다. 비가 내린 땅바닥은 질고 찼다. 철수하는 치곤의 마음은 땅바닥보다 더 질척거렸다.

6월 26일 심야에 신성모 국방장관은 3군 총참모장을 소집하여 긴급대책을 논의하기 위한 국방수뇌회의를 개최하였다. 회의 참석자들은 현재까지 미국의 지원이 '긴급 탄약 지원 조치' 외에 별다른 것이 없으므로 한국군이 독자적으로 작전을 수행해야 한다고 결론을 내리고 다음과 같은 대책을 수립하였다.

1. 육군이 철수만을 거듭할 경우 마지막으로 유격전으로 전환하여 끝까지 항전한다.

2. 해군 · 공군은 육군 작전에 협동하고 최후에는 정부의 망명 시에 대비하여 그 요인들의 수송을 담당한다.

이와 같은 국방수뇌회의의 결정에 따라 공군 총참모장은 공군의 작전 방침을 수립하고자 6월 27일 정오경에 여의도기지(비행단)에서 공군 지휘관회의를 개최하고 공군의 전시편성 및 부대철수에 따른 행동 방침을 다음과 같이 결정하였다.

1. 공군비행단은 전투요원인 조종사, 정비사를 기간으로 최소한으로 축소하여 수원기지로 이동한다.

2. 공군사관학교장은 항공기지사령부, 공군사관학교, 헌병대의 일부 병력으로 김포지구 경비사령부를 편성하여 김포기지를 방어한다.

3. 비행단의 전투요원, 공군병원의 야전요원, 김포지구 경비사령부 병력을 제외한 나머지 부대는 해당 부대장이 지휘하여 서울 이남의 기지로 이동한다.

4. 재무감은 공군의 가용예산을 한국은행에서 인출하여 각 부대에 할당한다.

5. 수송대는 여의도기지에 있는 T-6 항공기 연료(1,000드럼)를 수원, 대전, 대구기지로 수송한다.

6. 총참모장은 비행단을 직접 지휘한다.

대전기지로 이동 후 부대 정리가 이루어지자 총참모장인 김정렬 준장이 7월 6일부로 김포지구사령부를 해체했으며, 7월 8일에는 전 공군부대를 재편성했다. 즉, 공군을 비행단과 근무부대(항공기지사령부, 보급창, 병원, 공군사관학교, 헌병대)와 정찰비행대로 구분하였다. 정찰비행대의 주임무는 적정 정찰 및 업무연락, 전단 살포, 지휘관 수송 등으로 지상군 작전에 대한 지원, 협력이었다.

전쟁은 빠른 양상으로 전개되었다. 6월 27일 공군본부 및 전 공군부대 그리고 공군작전 지휘소까지 수원으로 이동했다. 다음날인 28일에는 수원, 대구, 김해 각 기지로 기지부대 병력을 분산 배치하기에 이르렀다. 여의도기지와 김포지구에 철수명령이 떨어졌을 때 L-4와 L-5는 수원으로 이동했고 T-6은 대전으로 이동, 집결 시켜놓았다.

맥아더 원수가 한국전선을 시찰한 다음날인 6월 30일 바우트 원(Bout One, 한판승부) 부대가 대구기지에 도착했다. 미국은 신속한 참전을 결정한 것이다. 이날, 마침내 북한군이 한강을 건너기 시작했다. 적의 상황을 정확히 알아야만 공격을 개시할 수 있는 육군은 공군에게 정찰임무를 맡겼다. 어느 방면으로 적이 집결하는지, 현재 어느 지점에 병력이 가장 많이 집결하고 있는지 등등 북한군에 대한 자세한 정보를 원했다.

공군은 육군뿐만 아니라 미 극동공군(제5공군)에도 정찰활동을 보고할 임무를 부여받았다. 이미 미 공군은 '쌕쌕이'로 불리는 제트전투기로 참전 중이었다. 그래서 육군지휘부와 미 공군에게 공격목표를 통보하는 것이 공군부대 정찰대의 임무였다. 공군은 정찰임무 수행을 위해 모든 비행단의 비행기를 동원했다.

참모부장 박범집 대령은 이경복 상사와 백성흠 상사에게 특별명령을 내렸다.

"놈들이 폭파되지 않은 한강철교를 이용해서 도하할 것으로 보인다. 그러니 철교를 중심으로 한강 북쪽 일대를 정찰하여 탱크의 집결 위치와 움직임을 정확히 확인, 보고하기 바란다."

미 제5공군 역시 폭파에 실패한 한강철교에 폭격을 감행할 예정이었다. 폭격에 앞서 철교 주변의 북한군 동향이 필요했기에 정찰은 무엇보다 중요했다. 잠자리 비행기 L-5의 조종간을 잡은 이경복 상사와 사제폭탄을 거머쥔 백성흠 상사는 굳은 얼굴로 수원 비행장을 이륙했다.

비가 그친 뒤의 하늘은 더없이 맑았다. 공중정찰을 하기엔 최상이었다. 조종간을 쥔 이경복 상사는 동작동 상공을 지나 파괴된 인도교 위를 날았다. 높푸른 하늘이 비행기와 같이 움직였다. 비행기가 철교 위를 지나 우측으로 선회하여 동부이촌동으로 진입하려는 순간 땅위에서 무수한 불꽃이 터지기 시작했다. L-5를 발견한 북한군의 대공사격이었다. 북한군의 발포에 기체 뒤쪽이 뚫렸으나 두 상사는 흔들리지 않고 침착하게 대응했다.

"아, 저기 탱크! 20대는 족히 되겠다."

"백 상사, 공격 준비해. 내려간다!"

이 상사가 고도를 낮추었다. 500피트까지 내려가자 백 상사는 손에 들고 있던 TNT 뭉치를 적의 탱크 한복판에 던졌다.

"오, 명중이다!"

백성흠 상사가 외쳤다. 곧바로 백 상사는 무전기로 수원기지에 탱크의 집결상황을 보고했다.

"알았다. 속히 기지로 돌아오라!"

그러나 이미 L-5의 날개는 적의 공격으로 인해 치명적인 충격을 받은 상태였다. 정확한 정찰을 하기 위해 고도를 너무 낮게 잡았기 때문이다. 한강 남쪽으로 불시착할 가망조차 없었다. 이경복 상사는 더 이상 작동되지 않는 조종간을 붙들고 백성흠 상사에게 물었다.

"백 상사, 각오는 됐겠지?"

"물론이다. 깨끗하게 적진의 한복판으로 돌진하자!"

백 상사의 주저 않는 대답에 이 상사도 망설일 필요가 없었다. 이 상사는 기수를 아래로 급강하했다. 적 탱크부대 한가운데에 돌진한 L-5는 한강을 뒤흔드는 굉음과 함께 번쩍! 섬광을 일으켰다. 그리고 20분 뒤, 미 제5공군의 일명 쌕쌕이 4대가 편대를 이룬 채 날아왔다. 4대의 전투기는 동부이촌동 일대의 북한군과 탱크부대를 향해 폭격을 감행했다. 그리고 한강철교에도 폭탄을 투하했다. 이경복 상사와 백성흠 상사는 6·25 발발 후 정찰임무 수행 중 산화한 첫 번째 전사자였다. 1950년 6월 30일, 하늘은 슬프게도 조각구름 한 점 없이 맑고 푸르렀다.

L-5는 시동기가 별도로 없었다. 신 중사가 맨손으로 L-5 기수에 달린 프로펠러를 붙잡고 서 있었다.

"브레이크 밟아. 브레이크!"

신 중사가 소리쳤다. L-5 연락기 조종석에 앉아있던 유치곤은 힘껏 브레이크를 밟았다.

"콘택(Contact)!"

신 중사의 외침에 치곤은 점화 스위치를 넣었다. 신 중사는 몸의 중심을 왼발에 얹고 두 팔과 오른쪽 다리 힘을 이용해 힘껏 프로펠러를 돌리기 시작했다. 부르릉, 소리도 요란하게 드디어 시동이 걸렸다. 손으로 돌린 프로펠러가 돌아가고 비행기가 슬슬 뒤로 움직이기 시작할 때 재빨리 신 중사가 비행기에 올라탔다. 2인승 L-5는 조종사가 앞에 타고 정비사가 뒤에 타는 구조였다. '고도는 3,000피트 이상이다. 그 아래로 내려오면 급강하하니 주의하라.'는 교관의 지도에 따라 치곤은 5,000피트 이상 고도를 유지했다.

눈앞에는 아무 것도 보이지 않았다. 눈앞에 펼쳐진 허공을 보는 순간 치곤은 메타바루에서 융구망을 처음 조종했을 때를 떠올렸다. 그로부터 다시 조종간을 잡을 때까지 6년 여 시간이 흘러가버렸다. 시간이 흘러가버린 만큼 또 꼭 조종을 하고 싶어 기다렸던 만큼 조종간을 잡은 치곤의 감회는 남달랐다.

L-4를 타기 전에 이론과 기초교육은 필수였다. 타워(Control Tower, 관제탑)와 교신하는 방법에서부터 테이크 오프(Take off, 이륙), 라저(Roger, 알아들었음) 같은 일반영어가 아닌 항공용어를 습득했다. 일본에서 배우고 익혔던 것은 모두 지워야 했다.

"유 상사님. 멋진 비행이었습니다. 조종을 아주 잘 하십니다."

임시 활주로에 착륙한 후, 신 중사가 던진 말 한 마디에 치곤의 자신감은 배가 되었다. 일본에서 또 한국에 돌아와서도 조종간을 잡을 기회는 그에게 쉽게 다가오지 않았다. 김포기지에 있을 때도 늘 불안했다. 조종학생은 많은데 훈련할 비행기가 부족해서 일부러 도태시킨다는 소문이 돌았기 때문이다. 그리고 6·25가 터졌다.

치곤은 김포기지에서 대전으로 철수한 후 다시 대구기지로 이동했다. 그 무렵 서한호 중령이 유치곤을 찾았다. 정찰비행대의 임무가 막중한데 조종능력을 갖춘 조종사가 부족하니 정찰비행대로 들어가라는 명령이었다. 7월 6일 정찰비행대가 창설되고 얼마 지나지 않아서였다. 정찰비행대는 공군본부 작전명령 제31조에 의거 대전기지에서 창설되었으며, 병력 73명과 항공기 T-6 2대, L-4 3대, L-5 2대로 구성하였다.

치곤은 망설일 하등의 이유가 없었다. 조종간을 잡기를 얼마나 학수고대했던가. 더욱이 전쟁 중이지 않은가. 대구기지 옆 동촌 둑길에 마련된 임시활주로 위에서 치곤은 힘차게 브레이크를 밟았다.

"각오를 단단히 하고 정찰활동을 해야 됩니다. 서울에서 정찰임무를 수행하던 조종사와 정비사가 벌써 세 명이나 전사했다고 합니다."

풀밭에 앉아 담배를 꺼내 물며 신 중사가 말문을 열었다. 치곤도 알고 있는 소문이었다. L-4와 L-5는 기관총도 장착할 수 없는 그야말로 연습기에 지나지 않았다.

"군인은 어쩔 수 없나 봅니다. 막상 위기가 닥치면 자기 목숨과 가족보다도 오로지 나라를 위해 기꺼이 달려가게 되나 봅니다. 비행기와 함께 전사한 그들은 비록 명령에 따라 출동했지만 마지막까지 손에 든 폭탄을 던지고 장렬하게 적 탱크 위로 떨어졌답니다. 6월 30일에 조명석 중위까지, 벌써 세 명이나 적의 총격에 희생됐다고 하니 우리 모두 정찰임무도 목숨 내놓고 해야 합니다."

"지금의 우리가 할 수 있는 일은 정찰이라네. 미군처럼 조종사가 충분한 것도 아니고 그렇다고 손 놓고 있어서도 안 되지 않는가. 우리가 정찰임무를 얼마나 완벽하게 수행하느냐에 따라 결과가 달라지지 않겠는가. 그러니 전쟁 중에는 목숨에 연연하지 말게나."

임시로 만든 둑길 활주로에는 이착륙을 연습하느라 비행기에 매달려 있는 조종사와 정비사가 한 몸처럼 움직이고 있었다. 한여름 햇볕이 무지막지하게 내려쪼였다. 그 너머 대구기지에서 요란한 굉음이 울려 퍼졌다. 바우트 원 부대가 도착한 후 대구기지는 하루 종일 붕붕거렸다. 활주로와 관제탑 그리고 사람까지 쉴 틈 없이 바쁘게 움직였다. F-51D 전투기 출격이 대구기지에서 이뤄지고 있었던 것이다.

F-51D가 뜨고 내릴 때마다 치곤은 전투기에서 눈을 떼지 않았다. 언젠가는, 언젠가는 F-51D 무스탕 조종석에 앉으리라 다짐하면서.

전세는 점점 국군에게 불리하게 흘러갔다. 강력한 공격으로 인민군은 서울을 점령하고 잠시 숨을 고르는가 하더니 거침없이 금강방어선을 돌파하며 남진을 계속했다. 한국군과 UN 지상군은 후퇴를 거듭하며 낙동강에 방어선을 구축했다. 8월 3일 정찰비행대도 영천기지로 이동할 수밖에 없었다. 정찰대는 동해안 영덕에서부터 영주, 문경, 김천지구까지 광범위한 정찰임무를 수행해야만 했다.

정찰비행대는 비행기가 부족했다. 그래서 하루에 한 대가 5~6회 정찰비행임무를 수행해야만 했다. 정찰임무를 위해 정찰조종사와 정비사는 항시 대기상태였다. 2인 1조가 되어 조종사가 비행할 동안 정비사는 무전을 치거나 기록 혹은 급한 경우 손으로 수류탄을 투척하여 적을 공격하기도 했다. 정찰비행을 통해 수집한 정보는 육, 해, 공군 총사령부와 미 제5공군사령부에 보고했다.

정찰활동에 큰 문제점 중 하나는 통신수단의 미비였다. 정찰기로부터 받은 정보를 육군에게 통보하는데 시간이 많이 소요되었기 때문에 통신수단의 개선이 시급했다. 육군과 공군 작전지휘부는 긴급 대책을 강구했다. 긴급 대책회의 후 지상군이 사용 중이던 통신기를 항공기에 탑재하기로 합의하여 1950년 8월 15일부터 L-4와 L-5 연락기에 미 제8군으로부터 인수한 SCR-300 무전기를 장착했다. 그 후, 정찰임무를 보다 효과적으로 수행할 수 있게 되었다.

8월에 들어서면서 북한군은 더욱 강력하게 남으로 밀고 내려왔다. 왜관, 영천 등에서 적군과 아군 간에 치열한 전투가 연일 계속되었다. UN 연합군의 전투기는 제공권을 장악하여 하늘을 휘저으며 날아다녔고 육군은 필사적으로 적을 막아내기 위해 공방전을 벌여야 했다. 더불어 영천기지의 정찰비행대 소속 L-4와 L-5도 매일 숨 돌릴 틈 없이 정찰비행을 실시했다.

왜관 북방고지에서 한국군 제1군단 제13연대와 적군 제3사단이 치열한 공방전을 펼치고 있었다. 9월 1일 오전 8시 경 정찰대에 공지(空地)합동 작전 명령이 떨어졌다. UN공군의 F-51D 전투기 1개 편대를 300고지로 유도하는 정찰 수행임무였다. 왜관 고지 점령을 위한 전투를 앞두고 치곤은 정비사 신 중사와 함께 정찰에 나섰다. 다른 정찰기에는 천봉식 소위와 신정현 소위가 타고 있었다. 두 대의 정찰기는 대구와 왜관 그리고 의성으로 이어진 곳을 정찰했다. 하늘에서 내려다본 아군과 인민군은 나무와 바위, 혹은 참호에 은폐하며 대치하고 있었다.

"신 중사, 얼른 무전으로 적의 위치를 알려주게."

신 중사가 무전을 치는 사이 천봉식 소위의 정찰기가 낮게 날기 시작했다. 적정을 보다 자세히 살피기 위해 고도를 낮춘 것이었다. 동승한 신정현 소위는 연신 무전을 보내고 있었다. 그때 땅에서 펑펑 터지는 포탄소리가 들렸다. 지상에서 불꽃이 튀어 올라왔다. 포탄 소리에 놀란 치곤은 얼른 조종간을 위로 잡아당겼다. 치곤의 L-4가 하늘로 솟구칠 때 포탄의 충격으로 날개가 마구 떨렸다.

"아!"

옆자리의 신 중사가 신음에 가까운 탄식을 쏟아냈다.

"왜? 무슨 일이야?"

"저기, 신 소위가 피탄됐습니다."

"뭐?"

치곤은 얼른 아래를 보았다. 날개 하나가 떨어져 나간 기체가 불덩이가 되어 땅으로 떨어지고 있었다. 화염에 휩싸인 L-4를 보는 치곤의 두 눈동자가 커졌고, 가슴의 요동은 순간 멎어버렸다. 간신히 마음을 진정시키고 조종간을 힘껏 잡은 치곤은 불타고 있는 비행기 주변을 선회했다. 뜨겁게 산화한 동료조종사를 위한 작별인사였다. 어깨를 늘어뜨린 채 기지로 돌아온 치곤을 기다린 건 육군에서 날아온 상황 보고였다.

합동 작전이 잘 되었습니다. 연대에서 항공지원을 요청하자 정찰기 2대가 날아왔으며, 10분쯤 지난 다음 F-51D 전투기 4대가 300고지를 강타했습니다. 이것을 본 병사들은 사기충전 하여 15일 17:30 동 고지를 점령했습니다.

전시 시찰 차 북한전선사령부가 있는 수안보를 방문한 김일성은 '우리는 미제 침략자들을 모두 남해바다에 처넣고 조국 땅을 완전히 해방시켜야 한다. 그러니 8월 15일까지 부산을 점령하라'고 전쟁을 독려했다. 인민군은 8월 15일까지 부산을 점령한다는 계획 하에 왜관, 창녕, 영산, 진주, 통영, 포항, 영천, 대구 등 주요 방어선의 요충지를 공격함으로써 낙동강 전투가 8월 초부터 본격적으로 시작되었다.

왜관 다부동지구에서는 8월 3일부터 9월 12일까지 국군과 미군 6,700명과 인민군 2만 5,000명이 접전을 벌였다. 아군은 아홉 번 공방전을 벌인 끝에 328고지를 탈환했으며, 수암산과 유학산 일대에서 인민군 3,000명을 사상케 했다. 그리고 국군 11연대는 인민군 제13사단을 15일간 대치하던 끝에 328고지를 괴멸시켰다. 또한 미군은 다부동 계곡에서 적군 제13사단 소속 전차부대와 5시간 동안 전차전을 벌여 대승을 거두었다. 그리고 8월 16일 미군은 B-29 폭격기 98기를 동원하여 다부동의 인민군에게 폭격을 가함으로서 적의 사기를 떨구었다.

또한 미군과 국군 해병대는 진주고개에서 인민군 7,500여 병력을 방어하여 진동리-함안-남지에 이르는 낙동강 방어선을 구축하여 적의 부산 침투 위협을 해소하였으며, 18일 낙동강을 도하하여 창녕, 영산, 남지, 밀양 일대로 들어오는 인민군 7,000여 명을 공격하여 재기불능 상태로 괴멸시켰다. 경주로 진출하려는 인민군 1만 5,000명과 전차부대를 상대로 포항시 기계면 일대에서 방어에 성공했으며 9월 12일 영천전투에서 1만 2,000여 인민군과 치열한 전투를 벌여 3,800여 명을 사살하여 결정적인 타격을 안겨준 후 총반격의 발판을 마련했다.

경남의 낙동강 라인은 국군과 인민군 모두에게 중요했다. 주요 도시를 잃은 국군과 미군에게 낙동강 전선은 인민군을 막아야 하는 최후의 방어선이었다. 반면에 인민군은 남한의 90% 가까이 점령했지만 남은 땅을 마저 함락하기 위해 반드시 돌파해야 할 선이었다.

낙동강 전투가 한창 치러지고 있을 때 T-6기 한 대가 대구 경마장기지에 착륙했다. 조종사는 김두만 중위였다. 그새 김두만도 살이 부쩍 빠진 모습이었다. 그는 부산 수영비행대에서 T-6로 육군과 미 공군의 지원 정찰임무를 맡고 있었다.

"치곤, 자넨 여전히 새깜둥일세."

싱긋 웃으며 손을 잡는 김두만의 얼굴도 치곤 못지않게 새까맸다.

"여기까지 오면서 내려다보니 왜관은 완전 초토화됐더군."

"말도 마. 미 공군의 B-29 폭격기 98대가 와서 가로 5.6km, 세로 1.2km의 지역에 30여 분간 폭탄을 퍼부었어. 왜관 전면에 포진하고 있던 공산군 지역은 깡그리 전멸됐을걸? 내가 듣기론 폭탄을 960톤이나 투하했다 들었어."

"그게 융단폭격이라는 거지. 그런데도 이놈의 인민군은 죽자 사자 밀려오니."

"이놈들이 점령지역의 어린 소년들에게 강제로 군복을 입히고 총까지 들게 해서 앞세우고 있다더라. 겨우 열네댓 살 되었을 애들에게 남조선을 해방시키는 데 앞장서라고 선동하면서 말이야."

"열네댓 살? 우리도 일본 있을 때 그 나이에 군에 갔잖아. 우리보다 더 어린 일본 소년들도 제법 많았지. 그들을 신문에 대문짝만하게 싣고 애국심에 호소하고 그랬잖은가. 그때는 억지로 끌려가고, 분위기에 휩쓸려서 멋모르고 지원하고 그랬을 때니깐. 그 나이에 뭔 애국심을 알

왔겠어? 지금 군복을 입고 총을 든 어린 인민군들도 그때와 마찬가지겠지."

"어느 나라건 시대를 잘못 만나면 왜, 무엇 때문에, 누구를 위해 죽는지도 모르고 아까운 목숨 잃는 거지."

"우리도 그랬지. 태어날 때부터 일본말이 판치는 세상에서 태어났고 가치관도 형성되기 전에 법이 만들어 놓은 대로 군에 가게 된 거였잖아. 너도 나도 조종사가 될 거라고, 나름 잘 선택했다고 우쭐거리면서 소년병으로 갔으니까 말이야."

"그런데 이 상황에서 생각하면 한편 다행이다 싶어. 왜냐하면 몇 안 되는 조종사라도 있으니 조국이 위태로운 이 상황에서 비행기를 겁도 없이 조종할 수 있는 거잖아. 지금 우리가 맡은 정찰임무가 정말 중요한 일이니까."

"하긴 맞는 말이네."

"다부동 전투가 그리 치열하다며?"

"결사항전해야지 뭐."

연료 보충과 간단한 정비를 받은 T-6에 김두만이 올라탔다. 두 달 전만 해도 감히 손도 못 대보던 T-6가 이제는 정찰임무와 연락기로 부지런히 전선을 누비고 다녔다. 김두만이 조종하는 T-6이 활주로를 벗어나더니 곧장 영천 방향으로 기수를 돌렸다. 치곤은 고개를 쭉 뺀 채 하염없이 하늘을 쳐다보았다. 일찍 대한민국 공군에 입대한 동료는 장교가 되어 T-6을 조종하고 있었다. 김두만, 윤응렬, 그리고 공군에 입대 후 비로소 소비 동기라는 사실을 알게 된 이강화, 전봉희, 박재호 등은 공군에서 일찍 자리를 잡아가고 있었다. 항상 자신보다 한 발 앞서는 동료들을 볼 때마다 치곤은 비행에 대한 의욕이 솟아났다. 치곤은 더 이상 물러서지 않겠다고 스스로에게 다짐했다.

인민군의 제4사단은 현풍과 창녕을 지나 낙동강 돌출부인 남지지역에서부터 낙동강을 도하하여 낙동강 동쪽 기슭의 방어선을 돌파했다. 그리고 영산지역 침입에 성공한 다음 밀양으로 진격하려 했다. 남지 방향의 둑에는 많은 병력의 북한군이 포진해 있었다.

공지합동작전에 동원된 치곤은 연락기를 몰고 낙동강 방면으로 날아갔다. 치곤의 고향 현풍이 나타났다. 눈에 익은 비슬산 기슭은 황량해 보였다. 현풍에 살던 부모님은 대구에 취직한 형을 따라 이미 고향을 떠난 뒤였다. 현풍 상공에서 내려다보니 불길이 군데군데 타오르고 있었다. 읍내 창고에서는 큰 불길이 치솟고 있었다. 창고에 저장돼 있는 쌀을 인민군이 들어와서 군량미로 쓸까봐 국군이 후퇴하면서 불을 놓은 것이다. 창녕을 지날 때는 경찰서 담벼락이 무너져 있는 것이 눈으로도 보였다. 영산을 대표하는 남산을 지나 남지에 이르기 전에 커다란 철교가 나타났다.

근대식 공법으로 가설된 남지 철교는 낙동강의 명물이었다. 1931년에 독일인이 설계하고 일본인이 세웠는데 창녕과 함안 사이 낙동강에 걸쳐진 긴 다리였다. 위에서 내려다보니 교각이 마치 물결치는 듯 아름다운 곡선을 이루고 있었다. 그러나 애석하게도 남지 철교 한가운데 커다란 구멍이 나 있었다. 미군이 인민군의 도하를 막기 위해 철교의 중간 25m 정도를 폭파한 것이었다. 뻥 뚫린 구멍 아래로 흐르는 낙동강물이 보였다. 미리 다리를 건넌 피난민들은 함안 방면으로 부지런히 걸음을 옮기고 있었다. 소달구지에 노인을 태우고 가는 행렬, 멋모르고 뛰어가는 아이들, 아이를 들쳐 업은 아낙네, 수레를 머리에 이고 가는 남자 등등 피난 행렬은 끝이 없었다.

"저 피난민들은 어디로 가는 걸까요?"

신 중사가 물었지만 치곤의 대답을 기다리는 질문 같진 않았다. 피난민들이 가면 어디까지 피난을 갈까? 거의 인민군이 목까지 밀고 들어왔는데…….

낙동강 전투는, 9월 15일 인천상륙작전의 성공과 함께 서서히 인민군의 전세가 밀리기 시작하면서 끝을 보이고 있었다. 국군은 미 8군의 조치로 증원된 미 제2사단 9연대, 미 제25사단 27연대, 미 해병 제1여단과 함께 공방전을 전개했다. 북한군을 강 서쪽으로 격퇴하는 데 성공한 국군은 낙동강 방어진지를 회복했다. 9월 중반까지 치곤은 L-4를 타고 정찰과 연락임무로 종횡무진 날아다녔다. 산골짜기와 강 언덕 주변에는 차마 눈 뜨고 볼 수 없는 시체가 뒤엉켜 널브러져 있었다.

영산 남산에서 낙동강 둑 주변으로 인민군 시체가 작은 언덕을 이룰 정도로 쌓여 있었다. 남지 방면의 둑 전체를 점령했던 인민군들은 처참한 모습으로 박진 나루터의 강물에 둥둥 떠다녔다. 걸어서 도망가던 북한군들은 연합맹공에 맥없이 쓰러졌다. 낙동강 방어선 전투는 북한 공산군의 주력을 무찌른 쾌거였다. 그리고 국군에게는 6·25전쟁 발발 이후 초기의 수세에서 벗어나 공세로 전환한 발판이 되었다고 할 수 있는 승리였다.

유유히 흐르던 강물은 온전히 핏빛이었다. 철교 아래 햇빛에 반짝이던 물결은 더 이상 예전의 은빛 찬란한 강물이 아니었다. 강물의 피비

린내가 하늘까지 퍼졌다. 동승한 신 중사가 구역질을 해댔다. 치곤의 속도 울렁거렸다.

영천 북쪽 산 능선을 정찰하고 있을 때 미 공군의 전투기 8대가 구름 속에서 모습을 드러냈다. F-51D 8대가 능선 일대를 빙빙 돌았다. 잠시 후 선두 전투기가 산꼭대기를 향해 폭격을 퍼부었다. 8대는 번갈아 돌아가면서 같은 장소에 폭격을 퍼붓고는 구름 속으로 사라져 버렸다. 미 항모에서 출진한 제33해병비행단의 3개 비행대대는 8월 3일부터 9월 14일까지 1,511회 출격하여 낙동강 전선 방어에 지대한 공헌을 했다.

치곤은 전투기가 사라진 다음에 산꼭대기로 L-4를 몰았다. 산꼭대기에 수백 명의 인민군 시체가 흩어져 있었다. 산꼭대기에 참호를 파고 그 속에 숨어있었던 인민군을 전멸시킨 것이었다. 미 공군의 폭격은 어마어마했다. 말로만 들었던 융단폭격이었다. 출격했다 하면 어김없이 적진지를 초토화해버리는 미군의 전투력에 치곤은 그저 놀랄 뿐이었다.

"아마 영천고지 쪽 정찰은 T-6기를 몰던 김두만 중위님과 전봉희 중위님일 걸요? 요즘 낙동강 방어선 지원 작전에 투입되어 대구기지로 파견 나와 있다고 들었습니다."

"나도 그렇게 생각하네. 김 중위와 전 중위가 정확하게 임무를 수행했군."

말은 그렇게 했지만 피투성이로 산꼭대기 곳곳에 흩어져 있는 인민군 시체를 볼 때는 적을 물리쳤다는 안도감보다 안타까운 슬픔이 더 컸다. 북한의 고향을 떠나 낯선 곳에서 피투성이가 되고 팔다리가 찢

겨져 나간 채 싸늘한 주검이 된 인민군들. 그들에게도 부모와 형제와 사랑하는 사람이 있었을 것이다. 어쩌면 나 역시도 저리 되었을 것이다. 싱가포르 창이기지에서 마지막 지상전을 치를 준비로 하루하루 피가 마르는 생활을 이어가지 않았던가. 만약 일본이 항복하지 않았더라면 나 역시 낯선 이국땅에서 숨을 거두었을지도 모를 일 아니었던가. 착잡하기 이를 데 없는 치곤의 심경은 한여름 뙤약볕 아래 늘어진 이파리와 다를 바 없었다. 녹음이 우거진 산 대신 폭탄에 황폐해진 산과 핏물로 멍든 산등성만 무심한 햇볕에 노출돼 있었다.

미 극동군 폭격사령부에서는 9월 9일부터 B-29 폭격기로 서울-원산-평양을 연결하는 삼각지역 내의 철도와 교량 그리고 터널 공격에 집중했다. 적의 증원 전력과 보급물자 수송 차단을 위해서였다. 9월 13일에는 안주와 홍남에서 남으로 연결되는 철도조차장을 폭격했다. 이로써 인천상륙 작전을 실행하기 위한 미 공군의 사전 작업인 후방차단작전은 마무리되었다. 그뿐만 아니라 미 제5공군은 인천상륙작전에 위협이 될 수 있다고 판단되는 북한 지역의 모든 비행장에 폭격세례를 퍼부었다. 전쟁 발발 2주일 후부터 시작된 비행공습으로 미군은 불과 두 달여 만에 제공권을 완전히 장악하고 있었다. 이를 기반으로 맥아더 원수의 지휘 아래 UN군 제7합동상륙기동부대 · 미 제1해병사단 · 미 제7사단 · 국군 제1해병연대 · 국군 제17연대는 9월 15일, 인천시와 월미도 일대에 상륙하여 김포와 한강 남안을 탈환했다. 그리고 9월 28일 수도 서울 탈환에 성공한 연합군과 국군은 기세를 몰아 북으로 진격했다. 동부지역과 중부지역에서 북진하던 육군 제3사단은 10월 1

일에 38도선을 돌파했고, 10월 10일에 수도군단과 제3사단이 원산시를 점령했다. 원산 점령 후, 육군의 일부 부대는 계속 동북 방향으로 진격했고 다른 일부 병력은 좌측으로 선회하여 함경남도 양덕 방면에서 측면으로 평양을 위협했다.

국군의 북진으로 공군의 정찰비행대는 더욱 바빠졌다. 9월 16일 지상군 작전에 원활하게 협조하기 위해 공군 정찰비행대는 제1군단과 제2군단에 파견대를 설치했다. 지상군이 북진할 때 정찰대는 북한 각지로 진출하여 정찰과 연락 그리고 포 관측 등의 임무를 수행했다. 만일에 있을지도 모르는 북한군의 반격과 공격에 대비한 정찰임무였다. 정찰 결과는 공군과 육군 그리고 미 제5공군과 제8군에도 통보하여 작전 수행에 동참했다.

치곤은 육군 제2군단에 파견되었다. 포천 비행장에서 교대근무를 위해 막사에서 쉬고 있을 때 L-4에서 내리는 상사 한 명이 낯익은 얼굴이었다. 키가 껑충 큰 상사는 다름 아닌 소비 동기 박재호 상사였다. 그 역시 제2군단에 정찰파견 나온 것이었다. 박재호도 치곤 못지않게 무뚝뚝했지만 낯선 전선에서 만난 동기를 보고 반갑게 웃으며 다가왔다. 김포기지에서 함께 기초훈련을 받았지만 그 후 박재호는 여의도기지에 배치되었다. 전쟁통에 1년이 후딱 지난 뒤의 만남이었다. 그래서 서로가 무척 반가웠다.

"안 죽고 살아있으니 이렇게 만나게 되는군. 자넨 쭈욱 대구경마장 비행장에 있었나? 난 진해기지에 있다가 이리로 파견되었네."

"나도 자네 소식은 들었어. 김천 간이비행장 활주로에 자네가 처음으로 착륙했다는 소식 말일세."

"아, 그거?"

김천 간이비행장은 1950년 대전에서 정찰비행대가 창설된 이후 급히 완공된 활주로였다. 대전에서 지상부대와 긴밀한 협조가 불가능하다고 판단한 오점석 정찰비행대장은 김천지역을 비행장으로 활용할 수 있는 방안을 강구했고, 공군본부 한해남 소령이 상신(上申)하여 허가를 얻어냈다. 그리고 전시동원령에 의거해 김천읍장을 설득하여, 민관합동작업으로 착공 3일 만에 김천 읍과 대전 간 도로에 길이 450m, 폭 20m, 면적 9,000m2의 간이비행장을 설치했다. 준공 후, 박재호 상사가 처음으로 정찰기를 조종하고 활주로에 착륙하여 김천 간이비행장은 전술적 가치를 인정받았다.

"내일부터 정찰할 지역이 위로 많이 올라가더군!"

"국군 2군단이 북진한다고 들었어. 우리가 정확하게 정찰할수록 육군은 안전하지 않을까? 자네도 몸조심하게. 그나저나 우리가 다시 만나는 건 언제나 가능할까?"

"……."

박재호가 고개를 갸웃거렸다. 선뜻 대답하기가 망설여지는 표정이었다. 어느 누구도 앞날을 장담할 수 없는 전쟁 중이었다. 그러니 약속 없는 인사가 오히려 홀가분한 것인지도 몰랐다. 박재호의 L-4가 먼저 날아올랐다. 뒤이어 치곤도 시동을 걸기 위해 페달을 콱 밟았다. 정비사가 돌리는 프로펠러 사이로 초가을의 선선한 바람이 휘리릭 빨려들었다.

UN 지상군의 반격에 따라 정찰기를 몰고 나온 치곤은 제2군단을 따라 북진했다. 9월 말에 안동에서부터 서울로 전진했으며 10월 11일에 포천에 도착했다. 포천에서 박재호와 잠시 만난 뒤 평강과 곡산 그리고 성천을 지나 10월 27일 개천까지 정찰임무를 수행했다.

하늘에서 본 북한의 가을은 눈앞이 아득할 정도로 아름다웠다. 자연은 전쟁과 상관없이 아름다운 산천을 고스란히 치곤에게 보여주었다. 특히 평안남북도에 걸쳐 있는 묘향산에 이르렀을 때 치곤은 신선의 세계가 이런 곳이구나 할 정도로 감탄했다.

향기로운 나무가 많아 산 가까이 다가가면 성스러운 향이 풍긴다는 묘향산은 수많은 사찰이 있는 것으로도 유명했다. 만 개의 폭포가 있다는 만폭동 계곡을 흘러내리는 물은 햇빛을 받아 그대로 옥구슬이 되어 흩어졌다. 비로봉 봉우리 끄트머리를 잡은 채 높고 낮게 이어진 봉우리들은 산줄기를 따라 길게 뻗어 있었다. 산은 마치 풀빛 주단과 노랗고 빨간 비단을 펼쳐놓은 듯 현란한 자태를 뽐냈다. 절묘한 조화를 이룬 산세에 치곤은 눈을 뗄 수 없었다. 그러나 산세에 취해 있을 수만은 없었다. 북한군이 어디에 숨어 있다가 대공포를 쏘아댈지 모르기 때문이었다. 묘향산의 풍광에 잠시 홀렸던 치곤은 다시 매의 눈으로 돌아왔다.

인민군은 정찰대와 미 전투기의 눈에 띄지 않으려고 안간힘을 쓰며 후퇴했다. 특히 산악지대를 이용해 도피하는 적을 찾아내기란 무척 까다로웠다. 계곡과 큰 나무 그늘 아래 그리고 큰 바위 사이는 저공비행으로 확인해야 적의 존재 여부를 파악할 수 있었다. 그럴 때는 위험을 감수한 비행을 해야만 했다. 국군 혹은 미 공군이 추격하거나 공격할 수 있도록 정확한 기초 정보를 제공해야 하므로 정찰 활동은 그만큼 막중한 임무였다.

총 반격이 이어지면서 정찰대는 쉴 새 없이 바삐 움직였다. 교대로 정찰을 나가느라 엔진을 식힐 새도 없었다. 조종사와 정비사는 주먹밥이나 빵을 들고 정찰기 안에서 대충 씹어 삼키기 일쑤였다. L-4와 L-5 그리고 T-6은 비록 작고 가벼운 비행기지만 정찰용으로는 훌륭한 역할을 해내고 있었다. 어디든 간이 활주로만 있으면 이착륙이 용이했기에 정찰대는 진격하는 아군을 따라 이동했다.

정찰비행대는 정찰비행전대로 승격하여 대구기지로 이동했다. 그러나 파견정찰을 마치고 무사히 정찰전대로 돌아온 치곤은 임무를 수행했다는 안도감 전에 침통한 소식을 연이어 들어야 했다. 그것은 동료의 전사였다.

박문기 상사는 L-4로 작전 연락 임무를 부여받고 평창 비행장에서 원주 비행장으로 가는 도중 산중턱에 잠복하고 있던 적의 대공사격을 받았다. 적의 총탄이 박 상사의 어깨를 관통했고 비행기 엔진에서는 불꽃이 파팍 일었다. 그 와중에도 박 상사는 필사적으로 골짜기를 빠져나와 산기슭에 불시착했다. 동승한 정찰병은 중상을 입고 박 상사는 숨을 거두었다. 그리고 들려온 전구서 상사의 전사 소식은 인민군에 대한 치곤의 분노를 더욱 부채질했다.

전 상사는 육군 제6사단의 포병 관측장교 전앙명 소령을 뒷좌석에 태우고 화천지역으로 출동했다. 화천지구의 적정 정찰과 적의 집결지를 파악하는 즉시 관측장교로 하여금 포격의 집중지대를 선정하도록 하는 관측임무가 그에게 주어졌다. 적진 상공으로 진입한 전 상사는 고사기관포와 대공화력이 빗발치는 총탄 속을 헤치면서 적의 위치를 파악했다. 그리고 일일이 관측장교에게 위치를 가리켜주었으며 관측장교는 바로 좌표상의 위치를 무전으로 보고했다. 적들이 숨어있을 만한 곳을 귀신처럼 찾아내고 알려주는 전 상사를 보며 관측장교는 연신 감탄했다. 그러나 갈수록 거세게 불을 뿜어내는 적의 대공화력은 정찰기의 배기통에 불을 붙였다. 프로펠러가 멎기 직전 기체가 기울자 전 상사는 최후를 결심했다. 관측장교만은 살리기 위해 전 상사는 침착해라, 걱정 마라를 외치며 완만한 산비탈을 찾아 비행기를 몰았다. 그러나 지면에 닿는 순간 강한 충격으로 전 상사는 그만 숨을 거두고 말았다. 전 상사가 살리고자 했던 관측장교는 중상을 입긴 했지만 다행히 목숨을 건졌다.

정찰임무를 수행하기 위해서 정찰조종사는 때론 대담하고 때론 냉정해야 했다. 최대한 낮게 비행하면서 적의 포격을 피해야 하고 흔들리지 않는 매의 눈으로 적정을 살펴서 전투기의 공격목표를 잡아주는 역할도 정찰대원의 몫이었다. 게다가 지상군이 정찰할 수 없는 곳을 잘 살펴 정확한 상황보고를 올리는 임무도 중요했다.

그러나 곳곳에 도사린 위험을 피해가기란 쉽지 않았다. 생사를 초월한 임무를 수행하다가 장렬하게 산화한 동료조종사의 소식에 치곤은 입을 꾹 다물었다. 치곤은 지금까지 자신이 몰았던 연락기의 동체를 훑어보았다. 동체 이곳저곳에 총탄이 비켜간 자국이 선명했다. L-4는 기관총에 맞아도 기체가 파손될 정도로 약했다. 그런데도 무모하다 싶을 정도로 저공으로 돌진하듯 적군 깊숙이 비행할 수밖에 없었다. 땅거미처럼 기어가는 인민군들, 시커먼 탱크부대, 그리고 불을 뿜는 고사포를 볼 때마다 치곤은 피가 끓었다.

'아, 내가 지금 전투기를 몬다면 저들을 그냥 두지 않았을 텐데. 이

강산을 짓밟은 저들을 보고만 있어야 하다니.'

애석하고 분한 감정을 추스르며 치곤은 더욱 적군이 우글거리는 상공을 누비고 다녔다. 적군이 쏘는 총탄은 번번이 번쩍 튀는 불꽃이 되어 기체 옆을 스치듯 지나갔다. 자신을 대신해 온 몸으로 총탄을 막아준 동체를 쓰다듬으며 치곤은 떠나간 동료를 생각했다. 주먹밥을 들고 연락기로 뛰어가던 그들의 그을린 얼굴이 차례차례 떠올랐다. 가슴이 미어졌다. 가을이 붉게 물든 10월 끝자락의 산천 곳곳에 붉은 슬픔만이 감돌았다.

정찰비행전대로 복귀한 치곤은 T-6의 조종간을 잡았다. 그에게 내려진 임무는 근접 항공지원이었다. 10월 19일에 국군과 미 연합군은 평양을 수복했지만 아직 남쪽에는 인민군 잔당의 습격이 계속되었다. 패잔병 약 만여 명은 살인과 방화 그리고 약탈을 일삼으며 후방지역의 질서를 어지럽혔다. 특히 지리산을 거점으로 삼은 공비 4천여 명은 양민을 학살하고 파출소를 습격하는 등 무자비하게 만행을 저지르고 있었다. 공비들은 산청경찰서를 습격하거나 마산과 진주 등의 공공건물을 부수고 심지어 사천기지를 위협하기도 했다. 가야산 주변도 예외일 수 없었다. 공비토벌작전 지원에 나선 치곤은 T-6 정찰기로 상공을 날아 가야산과 팔공산 그리고 비슬산까지 정찰했다. 하늘에서 내려다본 고향산천은 적막하기만 했다. 공비 때문에 미처 수확하지 못한 벼가 축 처져 있었고 마을 사람들은 그림자 하나 보이지 않았다.

내 땅 한 뼘 없는 고향이었다. 배고팠던 어머니는 어린 치곤을 업고 고향을 떠나 일본까지 갔었다. 그리고 우여곡절 끝에 다시 돌아온 고향, 여전히 곤궁한 살림이었지만 고향은 돌아온 치곤을 품어주었다.

어머니와 채 영감과 자신의 답답함을 품어주던 비슬산이 있는 고향이었다. 치곤은 고도를 낮게 잡아 마을 상공을 몇 바퀴 선회했다. 비행기 소리에 마을 사람들이 하나둘 집에서 나와 하늘을 올려다보았다. 치곤은 마을 사람들을 향해 비행기 날개를 좌우로 흔들었다.

"치곤이다! 맞다, 유치곤!"

누군가 치곤을 알아보고 소리쳤다. 사람들이 우르르 넓은 마을 공터에 모여 비행기를 향해 손을 흔들었다. 치곤은 미리 준비해둔 통신통을 꺼내 마을 공터로 던졌다. 건장한 남자가 얼른 통신통을 집었다. 통신통에서 종이를 꺼내든 남자가 큰소리로 읽어나갔다.

"저는 유치곤입니다. 경찰전투부대와 대한민국 공군은 합동으로 공비토벌작전을 수행하고 있습니다. 마을 어르신들은 걱정 마시고 대비하시기 바랍니다. 로켓포 공격이 있더라도 놀라지 마십시오. 가야산 일대에 숨어있는 공비를 섬멸하기 위해 로켓포 공격과 기총 공격이 있을 예정입니다."

치곤이 조종하는 T-6이 점점 하늘 위로 날아올랐다. 마을 사람들이 모두 하늘을 향해 손을 흔들었다. 치곤의 가슴이 벅차올랐다. 정찰기가 멀어질 때까지 손을 흔드는 고향 사람들을 보면서 치곤은 굳게 결심했다.

'내가 지켜야 할 소중한 곳이 여기구나. 내 고향, 내 나라 그리고 내 부모님…….'

전사 소식을 전해준 강 소위 표정이 새파랗게 질려 있었다. 치곤은 다시 물었다.

"지금 뭐라고 했습니까?"

박범집 대령과 서한호 중령이 전사했다니, 이 무슨 청천벽력 같은 말인가. 믿을 수 없는 소식에 치곤의 얼굴 근육이 푸르르 떨렸다.

박범집 대령은 원래 고향이 함흥이었다. 국군의 북진으로 평양에 이어 함흥까지 수복되었을 때 그는 고향 방문에 나섰다. 비행단에서 근무할 때 틈틈이 경비행기 조종을 배웠던 박범집 대령은 뒷좌석에 서한호 중령을 태우고 함께 고향 함흥을 방문했다. 고향 사람들은 공군 지휘관이 되어 돌아온 그를 뜨겁게 환영했다. 열렬한 환대에다 부대로 돌아가는 그에게 갖고 가서 부하들과 나눠 먹으라며 온갖 선물을 챙겨주었다. 갖가지 고향 특산물을 항공기에 싣고 그는 고향 사람들과 작별인사를 하고 다시 항공기 시동을 걸었다. 그러나 상공에 뜬 항공기는 이내 중심을 잡지 못하고 기우뚱거렸다. 조종간을 잡고 중심을 잡으려 했으나 끝내 항공기는 추락했다. 서한호 중령도 박범집 대령도 그 자리에서 숨을 거두었다. 참으로 어이없는 죽음이었다.

박범집 대령은 지휘능력이 탁월했다. 6·25가 터진 그날, 여의도 공군 비행부대의 참모부장이었던 그는 '조국과 명예로운 최후를 같이 할 때가 왔다. 이것이 군인의 길, 조종사의 일생이다. 우리는 끝까지 싸워야 한다'고 강하게 주장했다. 박범집 대령의 결의에 감동받은 부대원들은 여의도를 떠나지 않았고 출격을 감행했다. 부대원들은 단순히 연락기 기능뿐인 L-4와 L-5에 수류탄을 들고 타 눈에 보이는 적을 향해 맨손으로 투하하며 싸웠다. 부대원들이 그런 용기를 가질 수 있었던 것은 박범집 대령의 군인정신에 감화받은 때문이었다.

"제 가슴을 뜨겁게 타오르게 했던 박 대령님의 훈시가 아직도 생생

한데 이렇게 허망하게 가실 줄은……."

강 소위는 어깨를 들썩이며 울었다. 조종사와 정비사 모두에게 군인으로서의 역할과 임무를 확실하게 심어주고 사기도 높여주던 상관의 죽음 앞에 모두가 참담한 심정이었다. 치곤의 심정은 더 처절했다. 묵묵히 자신을 지켜보는 서한호 선배가 있다는 사실 하나만으로도 얼마나 든든했던가. 치곤에게 그는 마음의 의지처였다. 항공부대에 입대하려고 서한호 선배를 찾았을 때는 지푸라기라도 잡는 심정이었다. 앞날이 보이지 않은 답답함에 지쳐가고 있을 때이기도 했다. 몇몇 상관들이 지원자 번호를 부르거나 손을 잡아끌고 나가면 치곤은 그들을 부러운 눈으로 쳐다보았다. 그런데 무뚝뚝하게 서 있던 서한호 중령이 지원자 사이를 비집고 치곤에게 다가왔다. 커다랗고 두툼한 그의 손이 치곤의 손을 덥석 잡았다. 그것은 서한호가 추천한 사람은 유치곤이오, 하는 통과 절차였다. 그날 자신의 손을 잡았던 선배 서한호를 두 번 다시 볼 수 없게 된 것이다.

04
강릉기지와 203회 출격 조종사

한반도에서 전쟁이 일어나자 그동안 한국에 전투기를 제공하지 않았던 미국은 크게 당황했다. 한국이 전투기를 요구할 때마다 괜히 북한을 자극할 필요가 없다고 거절했던 미국이었다. 그러나 위기를 파악한 미국은 신속한 참전과 전쟁물자 제공을 결정했다. 그리고 지리적으로 한국과 가까운 일본 이타즈케 미군기지에 있는 전투기를 제공하기로 했다. 이에 맥아더 사령부의 긴급 연락을 받은 김정렬 장군은 공군 중에 단발 프로펠러 전투기를 조종할 수 있는 조종사가 몇 명인지를 파악했다. 그때 나온 대답이 10명(비행부대장 이근석 대령, 제1비행중대장 김영환 중령, 제2비행중대장 장성환 중령, 제3비행중대장 김신 중령, 제1중대 선임장교 박동희 대위, 제2중대 선임장교 강호륜 대위, 제3중대 선임장교 김성룡 대위, 정영진 중위, 이상수 중위, 장동출 중위)이었다. 건국기 T-6을 몰았던 조종사들이었다.

미 공군 측의 F-51D 무스탕 전투기를 인수하기 위해 6월 26일 10명의 한국군 조종사들은 입었던 옷 그대로 수원 비행장에서 수송기를 타고 일본 규슈 후쿠오카의 미 공군기지 이타즈케로 출발했다. 이타즈케 비행장에선 하염없이 내리는 여름비가 그들을 맞이했다. 급하게 전투기를 인수하러 온 그들에게 건네줄 전투기는 아직 준비된 것이 아니었다. 그뿐 아니라 미군 교관으로부터 체계적인 교육을 받을 수도 없었다. 미국에서는 이미 F-80 제트기 운용에 들어갔기 때문에 과거 무스탕을 조종했던 기억을 떠올리면서 교육을 시키는 형편이었다.

초보 조종사는 처음부터 무스탕을 탈 수도 없었다. 한국에서 조종해 본 것이라곤 T-6기였다. 그렇기에 구조도 복잡하고 까다로운 무스탕을 바로 타는 것은 대단히 위험했다. 기종전환 훈련은 아무리 노련한 조종사라 할지라도 반드시 6개월 교육과정을 이수해야 가능했다. 그리고 구조교육에 2주일, 이착륙 훈련 1주일 그 외 사격과 폭격 그리고 전투교육까지 단계적 교육을 수반해야 했다.

그러나 한국군 조종사 10명은 전쟁에 내몰린 조국의 전황 때문에 초조하고 걱정되는 마음이 컸다. 미군 측도 한국의 긴박한 상황을 감안해서 그에 따른 교육을 1주일로 조정했다. T-6으로 한 번씩 기초비행 훈련을 시켰고 개인 능력에 따라 무스탕 이착륙 훈련에 들어갔다. 모든 설명이 영어로 이뤄졌지만 그래도 손짓을 해가며 이해하고 받아들이는 한국 조종사의 표정은 진지했다. 하지만 기상 악화로 전투훈련은 엄두도 내지 못하고 공중조작만 겨우 마친 그들은 10대의 무스탕을 몰고 한국으로 돌아왔다. 대한민국의 전 국군과 국민 모두가, 그들이 하루속히 F-51D 무스탕을 가져와서 위기에 처한 나라를 구해줄 것을 학수고대하고 있는 것을 알기에 한시도 지체할 수 없었다.

F-51D는 제2차 세계대전에서 활약했던 연합군 측의 가장 우수한 전투기였다. 나치 독일이 자랑으로 내세웠던 메서슈미츠 Bf-109와의 공중전에서 압도적으로 우위를 차지했던 전투기였다. 또한 태평양전쟁에서 보잉 B-29 폭격기의 호위기와 지상공격기로 활약했던 우수기종이었다. 미군이 F-51D 무스탕을 공여하기로 결정한 것은 한국의 협소한 비포장 활주로에서도 출격과 작전이 가능한 기종이기 때문이다. 그리고 지상공격을 위한 무장 탑재가 가능한 점도 F-51D로 결정하게 된 이유였다.

미 제5공군의 출발 허락을 받고 한국으로 돌아오는 날, 10명의 조종사는 서로를 쳐다보며 웃었다. 이제 위급에 처한 나라를 구할 수 있다는 비장함과 애국심이 담긴 웃음이었다. 현해탄을 건너는 F-51D 무스탕 동체에 그려진 태극표지가 찬란한 빛을 발했다. 그러나 서울은 이미 적의 수중에 들어간 뒤였다. 어쩔 수 없이 대구기지로 가기로 결정했다. 무스탕 조종사 10명은 우리 국군의 사기를 북돋우기 위해 또 국민에게 희망을 안겨주기 위해 대구 상공을 저공으로 수차례 선회한 후 착륙했다. 무사히 전투기와 함께 돌아온 10명의 조종사와 선배 그리고 동료들은 서로 껴안고 기쁨과 안도의 눈물을 함께 흘렸다.

F-51D 무스탕 10대가 한국으로 오기 이전인 6월 30일에 미군의 바우트 원 부대가 먼저 대구기지에 도착해 있었다. 한국에는 F-51D 전투기를 정비할 기술자가 없었기 때문에 정비사 팀과 무장지원을 맡을 미군이 온 것이었다. 바우트 원 임무부대는 한국에 파견된 최초의 미

공군부대였다. 기본 임무는 미 공군작전의 필요에 따라 대한민국 공군이 UN군의 구성단위로서 전투임무를 수행할 수 있도록 전투조종사와 항공기 정비사들을 훈련시키는 것이었다. 헤스 소령 지휘 아래 있던 바우트 원 부대는 약 250명의 장교와 사병으로 구성되었다. 그들은 대부분 미 제35전투요격비행전대에서 차출된 인원들로, 일본 이타즈케 기지로부터 한국 대구기지로 공수되었다. 바우트 원 임무부대를 지휘하던 헤스 소령은 미 제5공군 사령관에게 바우트 원 임무부대의 공식명칭 명명과 함께 병력을 충원해줄 것을 요청하여 이를 허락받았다. 이에 따라 바우트 원 임무부대는 1950년 7월 31일부로 제6146기지부대로 호칭되었다.

7월 3일 F-51D가 첫 출격을 감행했다. 무스탕에 대한 훈련이 제대로 돼 있지 않았지만 풍전등화의 실상 앞에서 한시도 머뭇거릴 수 없었다. 한국공군 사상 최초로 전투 공격명령인 작전명령 25호가 내려졌을 때 애국심으로 똘똘 뭉쳐진 조종사들은 기꺼이 조종간을 잡았다. 다급한 육군부대의 요청에 의해 출격한 공군은 동해안의 묵호와 삼척지구에 상륙한 적 지상군에 대해 기총공격으로 적군을 응징하고 연료저장소를 파괴했다. 국군 제3사단 요청으로 충주 북방에서 대구로 남하하는 적 기동부대를 공격했으며, 영등포와 노량진지구에 집결한 적군에게 대지공격을 감행하여 탱크 2대, 차량 3대, 탄약저장소 1개소를 파괴했다. 다음날에는 안양과 시흥 상공에서 적의 탱크와 연료저장소를 공격했다. 지상에서는 적의 자동화기가 불을 뿜었다. 전의에 불탔던 비행단장 이근석 대령은 소나기처럼 날아오는 적탄을 피해 오로지 탱크만을 노리고 기관총으로 공격했다. 그러나 무수한 적탄은 이근석 대령의 전투기 엔진을 명중시키고 말았다. 커다란 불덩어리 속에서 이근석 대령은 탈출 시도를 마다하고 그대로 적진 탱크를 향해 일직선으로 낙하했다. F-51D의 첫 손실과 함께 유능한 조종사 겸 지휘관을 잃은 출격이었다.

비행단장 이근석 대령의 전사에 충격을 받은 총참모장 김정렬 준장은 조종사들의 손실을 예방하고 전투기량을 향상시키기 위해 바우트원 임무대장인 헤스 소령과 합동출격 문제를 협의했다. 미 제5공군 사령관 패트리지 소장이 전황을 시찰하러 대구기지에 왔을 때 미·한 합동출격에 대한 동의를 받아, 이후부터 F-51D 전투기의 합동출격이 이루어지게 되었다. 세 대 혹은 네 대가 편대를 이룰 때 한 대는 반드시 미군조종사가 조종하여 한국조종사와 같이 작전에 참가하도록 했다. 그럼에도 이근석 대령의 전사로부터 두 달 후 장동출 대위가 진해기지 이륙 중 해상으로 추락하여 전사했다. 10월 13일에는 이상수 중위가 출격 중에 평양 북방에서 적에게 피탄되어 전사했다.

무스탕이 주력기였던 한국군 전투기 부대는 대부분 지상공격에 투입되어 많은 성과를 올렸다. 아쉬운 점은 종전이 될 때까지 공중전은 없었다는 것이다. 공중전은 전투경험이 풍부한 연합군과 우수한 전투기를 조종할 줄 아는 미 공군이 담당하여 제공권을 장악했다. 중공군의 개입으로 원산에서 철수한 한국 공군은 12월 19일 공군비행단의 주력부대를 제주기지로 이동시켰다. 제주기지에서 조종사의 비행훈련에만 전념하기로 한 것이다. 훈련 중 일어나는 크고 작은 전투기 사고와 유능한 조종사를 잃게 되는 사고 때문에 내리게 된 결정이었다. 1950년 12월 말경 F-51D 조종훈련 선발대가 제주기지로 출발했다.

이 무렵 한국 전선의 전 공산군을 통합하여 지휘할 필요성을 느낀 북한과 중국은 최고사령부를 신설하고 예하에 기능사령부, 동서해안 사령부를 두어 중공군 6개 군단과 북한군 3개 군단 30만 명을 정비했다. 그리고 38도선 200km 전 전선에 공격을 개시, 서울을 재점령하고 37도선까지 진출했다. 그러나 중공군은 탄약과 식량 등 보급품의 부족으로 UN군을 계속 추격하지 못했다.

미8군사령관 리지웨이는 원주, 평택, 삼척선까지 후퇴하여 방어선이 안정되자 전쟁 이전의 상태로 복귀한다는 방침을 정하고 중공군의 병력을 소모시키고 몰아낸다는 의미의 킬러 작전(Operation Killer)을 펼쳤다. 중공군이 참전한 후, 군 차원에서 실시한 최초의 공세작전이었다. 1951년 3월 14일 UN연합군은 서울을 재탈환하는 데 성공했으며 4월 3일에는 38선을 돌파했다. 그리고 임진강, 전곡, 화천, 양양으로 진출하기 위해 2차 반격작전으로 리퍼 작전(Operation Ripper)을 펼쳤다. 38선을 중심으로 밀고 밀리는 전쟁이 계속되었다. 그러나 맥아더가 해임되어 공석인 UN군 사령관에 리지웨이가 부임하자 그는 미8군의 작전권을 제한했다. 공산군은 중공군 135만 명, 북한군 45만 명의 병력으로 춘계 대공세를 하였으나 UN군의 방어선을 돌파하지 못했다. 6월 말, 소련에서 휴전회담 제의가 들어온 후부터 전황은 교착상태에 접어들었다. UN군은 동부전선 일대에서 유리한 고지를 차지하고 휴전협상 측면지원과 적의 공세역량을 파괴하는데 중점을 두었다. 반면에 공산군은 쉽게 물러서지 않고 오히려 틈만 나면 악착같이 공격을 시도했다.

휴전협상 장소를 개성 래봉장에서 판문점으로 옮긴 다음날, 대한민국 공군은 조종사 37명과 F-51D 전투기 17대를 보유한 전력을 갖추었다. 37명의 조종사는 특별 10명, A클래스 9명, B클래스 11명, C클래스 7명이었다.

특별 10명은 김정렬, 최용덕, 장덕창, 김영환, 장성환, 김신, 박희동, 강호륜, 김성룡, 정영진 등 대부분 지휘관급이었다. 특별 10명 중에 박희동 대위, 강호륜 대위, 정영진 중위, 이상수 중위, 장동출 중위, 김성룔 중위 등 6명은 낙동강 방어선에서 적의 공격이 치열해지자 2주간 F-51D 비행훈련을 받은 상태에서 미군과 함께 출격했던 조종사였다. 2주간 받은 기종전환 훈련은 겨우 20여 시간에 불과했지만 미 지상군을 지원하기 위해 매일 출격했다. A클래스 조종사는 F-51D 전투기 비행시간이 평균 90시간이며 전투에 여러 차례 참가했던 조종사였다. 이들 숙련급 조종사 대부분은 해방 전 항공분야에서 조종사로 활약한 경험을 갖고 있었던 김두만, 전봉희, 오춘목, 이강화, 신유협, 권성근, 윤응렬, 주영복, 옥만호 등 9명이었다. B클래스는 1951년 6월까지 제주기지에서 F-51D 전투기에 대한 기종전환 훈련을 완료한 최호문, 김금성, 박재호, 이기협, 장성태, 정주량, 신철수, 윤석준, 변희주, 구선진, 유치곤 등 11명이었다. C클래스는 T-6항공기를 타고 있는 조종사로서 비행시간이 평균 25시간으로 F-51D 전투기에 대한 기종전환 훈련에 입과한 손재권, 박완규, 이일영, 손홍준, 서상순, 나창준, 장지량 등 7명이었다.

전투비행훈련은 제주와 사천 그리고 진주 남강변에서 교차로 실시되었다. 사천기지로 이동을 완료한 공군비행단은 우선 A클래스 조종사들에게 항법과 공대지사격 그리고 항공기 집결훈련과 독도법 등의 훈련을 실시했다. 계기비행은 일본 존슨기지에 있는 미 극동군 제6162기지 전대를 통해 훈련 받았다.

공군 소위로 임관한 유치곤은 공군비행단 혼성비행중대에 배치되었다. 전투비행 조종사 B클래스에 배속된 유치곤 소위는 그토록 갈망하던 F-51D 무스탕 조종간을 잡게 되었다. 항상 멀고 높아보였던 하늘이 치곤에게 점점 가까이 다가오고 있었다.

미군은 한국 공군기지를 부르기 쉽게 K자 뒤에 숫자를 붙였다. K-1은 김해, K-2는 대구, K-3은 포항, K-4는 사천, K-13은 수원, K-16은 여의도, K-18은 강릉기지였으며 미군이 사용한 오산기지는 K-55였다. 유치곤은 K-4 즉 사천기지에서 본격적인 F-51D 비행훈련에 들어갔다. 그러나 처음부터 F-51D 무스탕으로 시작하는 건 아니었다. T-6 정찰기에 교관과 함께 동승하여 수평비행과 관숙비행을 익히고 단독비행을 통과해야만 했다. 단독비행 허가는 미 고문관이 담당했다. 미 고문관의 단독비행 허가가 나면 기종전환 단계로 들어갈 수 있었다. 그동안 T-6로 정찰하면서 익힌 조종 능력을 인정받은 유치곤은 F-51D 기종전환 과정으로 바로 선발되었다. 기종전환 훈련에는 60여 시간이 필요했다. 무스탕의 조종간을 잡기까지 과정은 녹록하지 않았지만 치곤은 한발 한발 전투기 조종사가 되기 위해 전력투구했다.

마침내 유치곤은 떨리는 마음으로 F-51D 무스탕 앞에 섰다. 그동안 이론으로 무스탕의 제원과 특성을 파악한 뒤였지만 설레는 마음을 감출 수 없었다. 무스탕은 단좌였기에 대담함과 침착함이 요구되었다. 침착하게 조종석에 앉았지만 조종간을 잡는 순간 치곤의 가슴에는 작은 흥분이 일었다. 2차 세계대전 시 독일과 태평양전쟁의 일본에서 이름을 떨쳤던 무스탕 아니던가. 정찰을 하면서 무수히 적군을 보고도 손 한 번 쓸 수 없었던 지난여름에 얼마나 통탄했던가.

'무스탕만 있으면…… 저들을 응징할 텐데!'

그렇게 갈망했던 무스탕 조종간이었기에 치곤의 가슴이 뛰는 것은 지극히 당연한 일이었다. 드디어 관제탑의 신호가 떨어졌다. F-51D에 시동을 걸고 고도를 높이며 날기 시작한 치곤은 비행성능에 익숙해질 때까지 또다시 수평비행과 관숙비행에 들어갔다. T-6과 F-51D는 엄연히 다른 기종이었기에 치곤은 초발심의 자세로 비행을 시작했다. 양력과 추력 그리고 중력과 항력 4가지의 힘이 균형을 이룰 때 비로소 비행기는 수평으로 나아가는 것이다. 그리고 눈과 손에 익숙해질 때까지 관숙비행도 무시할 수 없는 훈련과정이었다.

치곤은 F-51D가 낯설지 않았다. 마치 오랫동안 자신과 호흡을 나눴던 것처럼 조종석에 앉으면 오히려 평온해지는 것이었다. 그런데 그때는 왜 그랬을까? 메타바루와 쿠알라룸푸르에서는 번번이 실수를 하지 않았던가. 절로 고개가 갸우뚱거려졌다.

'나, 유치곤은 그들을 원망하거나 미워하지 않을 것이다. 한때 서러웠던 과거가 있었기에 내가 지금 당당하게 F-51D를 조종하고 있지 않는가. 나는 결코 서둘지 않을 것이다. 앞으로도 내 앞에 어떤 어렵고 힘든 난관이 닥치더라도 전화위복의 기회로 여기리라. 이 무스탕을 완전히 내 것으로 길들일 때까지 그리고 저 하늘을 날아 적을 만나도 두렵지 않을 때까지.'

F-51D 무스탕과 함께 유치곤은 하늘 가까이 다가갔다. 하늘이 치

곤에게 다가오는 것이 아니라 치곤이 하늘 가까이 다가가고 있었다. 캐노피를 통해 들어오는 햇빛은 부드러웠으며 넙데데하게 펼쳐진 구름은 마냥 포근해 보였다.

"이 소위, 오늘 큰일 날 뻔했다며?"

"말도 마. 십 년 감수했네."

"좀 자세히 설명해 보게."

이 소위는 착륙을 시도하던 중 일어났던 사고 충격에서 벗어나지 못한 듯 고개를 절레절레 흔들었다.

"자네들도 잘 들어둬. 무스탕은 정말 힘이 센 놈이야. 착륙을 시도하는데 활주로 콘트롤(Runway-Control)에서 고도가 높다고 복행(Go Around)하라는 거야. 그때 침착하게 실행해야 하는데 내가 당황해서 너무 성급하게 굴었지 뭐야. 토크작용이 워낙 센 무스탕이다 보니 그대로 기체가 굴러가서 뒤집어져 버렸지. 동체가 활주로 위에서 데굴데굴 구르는 순간 눈앞이 노래지면서 이젠 죽었구나 싶더라. 그래도 정신을 가다듬고 얼른 생각해낸 것이 폭발만은 막아야겠다는 것이었어. 정신없이 모든 스위치를 껐지. 얼마나 손이 떨리든지 게다가 거꾸로 매달려 있는 상태에서 말이지."

"자네, 정말 대단해. 정말 잘 했어."

내무반에 있던 모든 동료들이 이 소위의 대담함과 침착함에 격려와 칭찬을 아끼지 않았다. 비행훈련 중에는 하늘뿐 아니라 지상과 가까운 활주로 위에서도 사고가 잦았다. 관제탑에서 복행 지시는 수시로 일어났다. 착륙 진입 중인 항공기가 관제탑으로부터 복행 지시를 받는 경우는 기상불량이거나 진입고도 불량 등의 이유였다. 조종사는 복행지시를 받으면 착륙을 단념하고 다시 고도조정을 한 후 착륙 시도를 해야 했다.

"역시 무스탕은 쉽게 길들여지지 않는군. 어쩌면 우리가 너무 성급하게 다가간 것인지도 모르겠고. 오늘 이 소위가 겪은 사고도 놀라웠지만 지난번 윤 중위가 들려준, 스핀(Spin)에 빠졌던 사고도 생각할수록 아찔해. 우리도 곧 제주기지로 가면 특수비행에 돌입할 텐데, 자만에 빠지지 않으려면 아찔했던 경험들을 잘 새겨둬야 하겠지?"

"스핀? 말만 들어도 오싹해지는군. 만일 내가 그런 상황에 닥치면 어떻게 대처하지?"

일본 소비 15기 동기였던 윤 중위는 일본군에 있을 때부터 특공에 차출될 정도로 비행기를 잘 탔다. 남방지역에 근무 중 일본 본토로 차출돼 특공으로 가기 일주일 전에 일본의 패망으로 무사히 한국으로 돌아온 인물이었다.

A클래스에 속한 윤 중위는 F-51D 전투기를 별것 아니라고 생각하고 첫 번째 비행에서 특수비행을 시도했다. 고도 8,000피트에서 급강하한 뒤 충분히 속도가 붙었다고 판단한 그는 조종간을 당기면서 공중제비(Loop)를 시도했다. 공중에서 한 바퀴를 돌고 제자리로 돌아와 수평을 취하는 비행은 어렵지 않게 해낼 수 있다고 생각했던 것이다. 그런데 아무리 조종간을 당겨도 기수는 여전히 하늘을 향하고 있었다. 잠시 후 항공기가 떨리더니 이내 스핀에 빠지고 말았다. 나선식으로 급강하하는 항공기를 끌어올리기 위해 다급하게 조종간과 페달을 밟으며 조작했지만 항공기는 말을 듣지 않았다. 몇 차례 허공을 돌고 돌던 전투기는 스핀으로 인해 고도가 점점 낮아졌고 어느새 기체 양옆으

로 새파란 바닷물이 휙휙 스쳐갔다. 위험을 감지한 윤 중위는 조종간과 조절판(Throttle) 그리고 마지막엔 페달에서 발까지 떼고 오직 어머니를 찾았다. 절체절명의 순간이었다. 오, 어머니! 그런데 그 순간 기적이 일어났다. 스핀이 멎으면서 F-51D가 상승 자세를 취했고 항공기는 서서히 바다를 벗어나기 시작한 것이었다.

"교관의 지시를 무시한 무모한 조종이었던 것이지."

"그런데 정작 제주시민들은 조종사의 급박한 상황도 모르고 단지 곡예비행으로 알았다는구먼. 하마터면 박수세례 받으면서 황천길 갈 뻔 했다잖아. 윤 중위는 호되게 액땜했으니 오래 살 걸?"

"윤 중위 할머니와 어머니 두 분이 방방곡곡 안 다니시는 절이 없대. 절에 가면 꼭 윤 중위를 위하여 기도하신대."

하루 비행훈련 일과가 끝난 내무반에서는 각자 훈련받을 때의 경험담을 나누거나 정보를 주고받았다. 치곤은 동료들의 경험담을 들을 때마다 비행만은 절대 겸손하자고 다짐했다.

제주에서 본격적인 F-51D 무스탕 훈련이 이어졌다. 수신호교육과 공중조작 그리고 사격훈련과 대지공격 등 지상군을 상대로 하는 것에 역점을 둔 훈련이었다. 그러나 조종훈련 중 고난이도 훈련은 역시 야간비행훈련이었다. 비행은 항상 기상의 변화에 민감했다. 언제 어디서 어떤 악조건을 만나더라도 헤쳐 나가야만 비행임무를 완수할 수 있는 것이다. 제주도는 섬의 특성상 기후변화가 심한 편이었다.

그러나 치곤에게는 시원한 바람과 자주 내리는 비 그리고 넓은 잎을 가진 열대나무, 그 모든 것이 전혀 낯설지 않았다. 특히 제주도의 봄은 쿠알라룸푸르와 많이 닮아 있었다. 가끔 바닷바람이 심술을 부리기도 하지만 제주의 하늘은 유난히 아름다웠다. 구름은 바람을 타고 빨리 흘러가거나 자주 다른 모양을 만들어내기도 했다. 하늘에서 내려다보면 검은 현무암으로 이루어진 기암괴석을 치는 파도가 장관이었다. 파도가 바위를 치고 솟구치는 모습을 볼 때마다 치곤은 덩달아 가슴이 시원해졌다. 특히 치곤은 구멍 숭숭 뚫린 현무암 위로 비 내리는 날이 좋았다. 검은 돌이 주는 신비함과 가벼운 안개가 깔린 숲속을 거니는 것은 오직 제주에서만 느낄 수 있는 운치였다.

야간비행이 없는 날이면 치곤은 홀가분한 마음으로 퇴근을 서둘렀다. 딱히 할 일이 있는 것도 아니지만 어느 날부턴가 해질 무렵의 석양을 보거나 진주 빛깔의 구름이 깔린 하늘을 보며 걷는 시간이 그의 마음을 사로잡았다. 그동안 미처 느껴보지 못했던 자연의 아름다움이 그의 눈 속으로 들어오기 시작했다. 눈에 보이는 소소한 자연이 아름답게 느껴질 때 치곤은 한 여자를 만났다.

그녀는 그녀의 오빠를 간호하러 와 있었다. 제주기지와 인접한 해군사령부에 복무 중인 그녀의 오빠 추 상사는 치곤과 같은 집에 세 들어 살고 있었다. 그런데 아픈 추 상사를 간호하러 여동생인 용녀가 마산에서 제주까지 건너온 것이다. 변변한 말 한 마디 나누지 못했지만 치곤은 그녀를 보는 순간부터 마음이 기울고 말았다. 낯선 땅 제주에서 남녀의 우연한 만남은 각각에게 분명 특별했다. 무뚝뚝했던 치곤의 가슴에 연심이 피어올랐다.

비행훈련은 해 뜰 때부터 해질 때까지 반복적으로 이어졌다. 반복훈련에 지칠 법도 하건만 치곤은 전혀 그렇지 않았다. 반복훈련은 사천기지로 옮겨온 다음에도 계속되었다. 조종사들은 공통적으로 롤(Roll, 좌우회전비행)이 서툴렀다. 롤은 공중에서 적기를 추격할 때 속도를 조절하는 실력을 좌우하는 기술이었다. 그래서 한번만 돌고 끝나는 것이 아니라 상황에 따라선 몇 바퀴라도 돌 수 있어야 했다. 그러나 하늘에서 비행기를 가지고 돈다는 것은 결코 쉽지 않았다. 교관뿐 아니라 조종사들은 롤 연습을 하고 땅에 내리면 오랫동안 어지러워서 비틀거렸다. 그런데 모두들 어려워하는 롤을 유치곤은 자유자재로 해냈다. 한동안 유치곤의 롤에 대한 소문은 전 비행단 조종사들에게 파다하게 퍼졌다.

"유치곤이 말이야, 대구기지에서 F-51D로 계속 롤을 하다 보니 어느새 사천기지에 와 있더래. 도대체 그게 가능해?"

동료들은 눈으로 보고도 믿지 못했다. T-6로도 어려운데 더구나 F-51D로 롤을 자유자재로 구사한다는 것은 만에 하나의 실력이라고 볼 수 있었다. 동료조종사들의 찬사와 부러운 눈길에 치곤은 그저 웃기만 했다. 그러나 그의 마음은 훈풍으로 가득 차올랐다. 이미 치곤의 마음은 첫사랑이 차지하고 있었기 때문이다. 그것은 용녀와 F-51D 무스탕이었다.

사천기지의 제1전투비행단 제10전투비행전대 14대대 조종사인 유치곤은 기종전환 훈련을 수료한 후 용녀와 결혼식을 올렸다. 하늘이 한층 높아 보이는 가을 초입이었다.

"내 아들이지만 어째 저리 멋있고 늠름할꼬."

어머니는 식장에 들어서는 아들을 보며 연신 대견해 하면서도 눈물을 감추느라 애를 썼다. 미군 장교복과 똑같은 군복을 입고 입장하는 치곤의 어깨는 어느 때보다 당당해 보였다. 식장 여기저기에서 날아오는 오색 테이프가 치곤의 앞날을 축복해주듯 화려하게 펼쳐졌고 밴드의 힘찬 연주가 하늘로 울려 퍼졌다.

치곤은 어머니와 용녀를 두고 맹세했다.

'나는 어머니의 바람대로 살도록 노력할 것이다. 그리고 나를 믿고 내 아내가 되어준 한 여자를 위해서라도 나는 내 가족을 책임지는 가장으로서의 역할을 다할 것이며 또한 나라를 지키는 당당한 장교로서의 임무도 결코 소홀히 하지 않을 것이다. 나는 이제 내게 주어진 길은 어떠한 가시밭길이라도 헤쳐 나갈 자신이 있다.'

치곤의 어깨에서 장교 계급장이 반짝반짝 빛을 발했고, 주례 앞에서서 큰 소리로 사랑을 맹세하는 치곤의 얼굴도 덩달아 빛나 보였다.

충분한 훈련과 실전 경험을 갖춘 대한민국 공군은 미 제5공군에 작전준비태세검열(ORI: Operation Readiness Inspection)을 요청했다. 이에 미 제5공군사령부는 1951년 8월 27일 전술검열관 아이잭슨 중령 등 12명의 검열단을 사천기지로 파견했다. 검열단은 대한민국 공군조종사들의 비행훈련 및 공중작전 능력과 각종 후방지원능력(정보, 인사, 정비, 무장, 보급, 통신 분야) 등 전반적인 사항을 세밀히 평가하고자, 대한민국 공군조종사들과 함께 지리산 지구의 공비토벌작전에 출격하여 검열을 실시하였다.

공비토벌작전을 겸한 이 출격의 편조는 강호륜 소령과 박희동 소령을 편대장으로, 8명의 조종사가 2개 편대로 나뉘어 구성되었다. 8월 28일 오전 8시, 2개 편대는 사천기지를 이륙했다. 검열관인 아이잭슨 중령의 F-51D 전투기가 대한민국 공군 F-51D 전투기 편대의 뒤를 따랐다. 대한민국 공군 2개 편대는 지리산 동쪽 4km 지점에 이르러 적의 은신처를 공격하여 공비 35명을 살상하고 귀환했다. 다음날에는 총 6개 편대가 출격했다. 제1편대는 김영환 대령과 아이잭슨 중령이 조종하는 2대의 F-51D 전투기로, 오후 2시 10분 무장정찰임무로 출격하여 섬진강 중류에 있는 화개장 지역에서 공비 집결지를 공격하여 은신처 9개소와 건물 27동을 파괴했다. 이어서 이륙한 제2편대는 화개장 지역으로 출격하여 공비들의 은신처 4개소와 건물 3동을 파괴했다. 제3편대는 죽정리, 노고단, 천마산 사이의 계곡에 있는 공비 은신처를 공격하여 건물 4동, 은신처 2개소를 파괴했다. 노고단지구로 출격한 제4편대는 적 은신처 5개소와 탄약저장소 1개소를 파괴했다. 강호륜 소령을 편대장으로 한 제5편대는 노고단 서남쪽 4km 지점 방광리 지역의 공비 은신처를 공격하여 건물 6동을 파괴하고 공비 10명을 사살했다. 마지막으로, 김영환 대령을 편대장으로 한 제6편대가 노고단 동남쪽 1km 지점 밤재골로 출격하여 은신처 4개소를 파괴하고 오후 8시 20분 기지로 귀환함으로써 작전을 종료했다.

이 출격으로 대한민국 공군은 개전 이래 최초로 하루 동안에 6개 편대가 출격하는 기록을 수립했으며, 탄약 500파운드, 폭탄 6발, 로켓탄 112발, 캘리버50(Cal-50) 기총탄 37,200발을 사용했다. 다음날, 제2정찰비행전대 소속 이강화 대위가 조종하는 T-6 정찰기가 지리산 지역을 정찰한 결과 연속적인 공중공격으로 인해 전소된 화개장 경찰서와 파괴된 은신처 3개소 및 건물 3동, 공비 사체들을 확인할 수 있었다. 또한 산악지대로 도주한 공비들이 화개장 지역을 중심으로 형제봉과

반야봉 일대에서 진지를 구축하고 있었으나 아군 측 경찰 전투부대는 이 지역에서 철수했음을 확인했다. 이에 따라 이강화 대위는 정찰 결과를 제1전투비행단 작전상황실로 긴급 보고했다.

정찰보고를 받은 제1전투비행단에서는 F-51D 전투기 1개 편대를 화개장 지역으로 출격시켜 T-6 항공기의 유도에 따라 공비들이 은신하고 있는 은신처 4개소와 건물 3동, 야포 1문을 파괴하고 공비 86명을 사살했다. 이어 이륙한 제2편대는 노고단 방면 화개장 지역의 마을에 있던 공비 집결지를 공격하여 은신처 3개소, 건물 5동, 공비 37명을 사살했다. 또한 제3편대도 노고단 동남쪽 목동마을을 공격하여 은신처 4개소, 건물 3동을 파괴했다. 이러한 출격을 통하여 대한민국 공군 조종사들은 미국 검열관들로부터 편대비행과 전투기동, 대지공격임무 수행능력과 공중지휘 능력 등을 평가받았다.

미 제5공군 검열단에서는 8월 30일 오후, 후방차단 능력 평가를 위해 지리산 공비토벌작전과는 별도로 해주 북방 10km 지점에 위치한 신원리 지역의 적 교통망을 차단하라는 지시를 내렸다. 이에 4대의 F-51D 전투기가 편대를 구성하여 출격하던 기존 방식을 바꾸어, 강호륜 소령을 편대장으로 8대의 F-51D 전투기가 검열관 라그로 중위와 함께 1개 편대군을 구성하여 출격했다. 그리하여 해주 북쪽 철도 교통의 요충지인 신창리와 염탄리를 연결하는 보급로를 공격하여 철도 역사 1동 및 건물 2동, 철교 경간 3개와 도로 1개소를 파괴했다. 다음 날에는 김영환 대령을 편대장으로 12대의 F-51D 전투기 편대가 출격하여 해주 북쪽의 신원리 방면 보급로를 타격했다. 이날은 F-51D 전투기 12대가 1개 편대군으로 이륙하였다가 3개 편대로 나누어 해주-사리원 간 철도선 중간에 위치한 염탄리 철교를 폭탄과 로켓탄으로 공격했고 철교 경간 6개를 절단한 다음 기지로 귀환했다. 이어 동일 편대가 같은 지역에 출격하여 철교 경간 7개를 절단함으로써 이 지역의 철도 교통망을 마비시켰다. 적 후방지역에 대한 후방차단작전과 9월 1일 오전과 오후에 이루어진 공격작전은 대한민국 공군의 A클래스와 B클래스 조종사들에 의해 수행되었다. 이 출격을 마지막으로 미 제5공군이 주관한 대한민국 공군에 대한 작전준비태세검열이 모두 종료되었다. 이에 대한민국 공군은 미 제5공군이 주관하여 실시한 작전준비태세검열을 통해 공비토벌작전과 해주지구 후방차단작전을 완벽하게 수행했다. 그 결과 대한민국 공군이 단독출격작전을 수행할 수 있다는 능력을 공식적으로 인정받았으며 UN 공군의 전투단위로 인정하게 되었다. 그리고 미 공군의 장비와 각종 물자에 대한 지원이 적극적으로 이루어지게 되었으며 대한민국 공군은 강릉비행장 전초기지에서 단독출격작전을 수행하기 위한 만반의 전투준비태세를 갖추게 되었다.

> 대한민국 공군 제1전투비행단을 최근 검열한 결과 전투임무에 필수로 여겨지는 일부 장비가 부족하다는 사실이 밝혀졌습니다. 대한민국 공군 전투조종사는 전투에 참여하고자 하는 뜨거운 열정을 지니고 있었고, 검열관들은 이를 느낄 수 있었습니다. 하지만 대한민국 공군이 전방지역에서 작전을 개시하는 날짜는 10월 1일로 할 것을 권고하는 바입니다. 미 극동공군사령부에서는 대한민국 공군의 전투 및 훈련이 이루어질 수 있도록 물자지원을 조치하고 있습니다.
>
> 미 극동공군사령부에서 대한민국 공군에 보낸 ORI 검열 결과 서신(1951. 9. 7)

1951년 7월 초순경 공군 총참모장은 동부전선을 담당하고 있는 국군 제1군단을 지원할 수 있도록 동부전선의 방치되어있는 강릉기지를 전진기지로 선정하고 한국 지상군에 대한 근접항공 지원을 실시하기 위한 단독출격작전 준비계획을 수립하도록 지시했다. 이에 공군본부에서는 기본계획안을 4단계로 나눠 구성했고 비행단 이동에 필요한 제반 요건을 갖추어 나갔다.

1단계인 작전기지 확보를 위해 제2차 세계대전 말기 일본군이 건설한 기존 활주로를 확장하고 숙영시설 및 부속시설을 갖추었다. 2단계는 전투준비에 필요한 작전지도와 통신장비 그리고 사진기와 전술항공통제장비 등을 구비하고 그 외 첩보대를 편성하여 훈련을 시키는 작업을 실시했다. 3단계는 부대이동계획이었다. 8월 10일부터 열흘간 먼저 선발대를 선박과 차량 그리고 C-47 수송기와 기타 항공편으로 이동시키고, 주력부대는 9월 1일부터 일주일 간 항공기로 이동시키는 계획을 진행했다. 3단계까지 차질 없이 완료되면 4단계는 항공작전을 실행하는 비행단으로서의 임무 수행에 들어가는 것이었다.

이동 계획 일정이 다소 늦어졌지만 드디어 단독출격작전 수행을 위한 모든 준비가 완료되었다. 이에 1951년 9월 13일 공군 총참모장 김정렬 소장은 공군본부 작전명령 제36호를 하달했다.

> 제1전투비행단의 비행단 일부 전력(F-51D 전투기 12대, T-6 정찰기 1대, 항공지원 장비 14대, 병력 275명)을 9월 28일 18:00까지 강릉기지로 이동하여 10월 1일부터 한국군 제1군단의 지상 작전을 지원하기 위한 제반 준비를 완료하라.

명령에 따라 강릉전진부대의 제101기지 전대장 김신 대령 지휘 하에 장병 61명과 일부 지상 장비로 구성된 제1이동 제단이 차량 15대를 이용하여 9월 18일 강릉기지에 도착했다. 9월 23일에는 기지부대와 비행단 일부 병력 139명으로 구성된 제2이동 제단이 제11정비 중대장 백춘득 대위 지휘 하에 사천기지를 출발하여 마산에 도착한 후 마산 항에서 부산-주문진을 경유하는 해군 상륙함(LST)편으로 강릉에 도착했다. 지상부대의 이동이 완료된 후 제3이동 제단이 강릉으로 향했다. 9월 28일 제10전투비행 전대장 김영환 대령 지휘 하에 사천기지를 이륙한 F-51D 전투기 12대가 강릉기지에 도착했다. 부대 이동이 완료되자 공군본부에서는 9월 28일부로 강릉전진부대 부대장에 김영환 대령을, 기지부대장에는 김신 대령을 임명했다. '제1전투비행단 강릉전진부대 사령부'로 명명된 강릉기지에서 드디어 대한민국 공군의 단독출격 준비가 완료되었다.

전투기에서 내린 치곤은 군용가방을 메고 막사로 향하던 발걸음을 잠시 멈췄다. 동해안 연안에 위치한 강릉기지로 바닷바람이 거침없이 불어 닥쳤다. 치곤의 얼굴을 스치는 바람이 무거웠다. 그것은 단순한 바닷바람이 아닌 모래바람 때문이었다. 창이기지와 제주기지에서 맞던 바람과는 전혀 성질이 달랐다. 아내 용녀에게 편지를 쓸 때 모래바람 이야기를 써야겠다고 치곤은 생각했다. 덧붙여 바람이 참 무겁다는 사실도 써야겠다는 생각을 하면서 치곤은 해변 쪽으로 눈길을 던졌다.

활주로 동북쪽 끝 해변과 가까운 솔밭에 작은 언덕이 있었다. 그곳 모래밭 위에 설치해놓은 퀀셋(길쭉한 반원형의 간이 건물)과 막사가 보였다. 십여 채 퀀셋이 두 줄로 세워져 있었다. 앞으로 강릉전진부대가 주둔할 곳이기도 하고 자신이 머무를 장소이기도 했다. 활주로 건너편 편편한 서쪽지역에는 미 제1해병비행단 제12비행대대가 먼저 주둔하고 있었다.

부대시설이 거의 없어 더욱 황량해 보이는 비행기지에 모래바람만이 제멋대로 휘젓고 다녔다. 그러나 기지를 내려다보고 있는 하늘만큼은 아주 창창했다. 그때 창창한 하늘을 향해 비행기가 솟구치고 있었다. 비행기의 날개가 은빛으로 빛났다. 해안 방향으로 펼쳐져 있는 활주로 위에서 미 항모 적재기인 콜세어가 날아오르고 있었다. 지축을 흔드는 굉음과 웅장한 몸짓이 황량해 보이는 기지의 모든 풍경을 단숨에 덮어버렸다. 새로운 환경에 맞닥뜨린 치곤의 가슴에는 콜세어보다 더 큰 폭음이 쾅쾅 울려 터졌다.

단독출격 작전을 준비하던 1951년 10월, 미 극동공군에서는 전략폭격과 전술폭격을 병행하여 적의 보급 수송로를 차단하기 위한 스트랭글 작전(Operations Strangle)이 진행 중이었다.

스트랭글 작전은 북위 39도선의 철도기점에서 적과 대치하고 있는 전선 사이의 철도와 도로를 파괴하여 후방으로부터 병력 및 물자가 전선에 투입되지 못하도록 하는 전술의 암호명이었다. 미 제5공군에서는 8월 초에 작전을 시작하여 3개월 이내에 완료할 계획이었다. 작전 수행에 소요되는 항공력을 검토한 결과 제5공군이 통제하는 전투력만으로 북한 지역의 철도수송 체계를 완전히 파괴하는데 6~8개월이 소요될 것으로 판단하여, 미 극동해군과 극동공군 폭격사령부에 협조를 요청했다. 이에 미 극동해군 제7함대는 한반도를 횡(橫)으로 지나는 삼동리-고원 간의 철도와 길주-흥남-원산을 경유하여 평강에 이르는 동해안 철도를 차단하고, 극동공군 사령부에는 평양, 신천, 순천, 신안주, 희천의 철교 차단을 요청했으며, 제5공군에서는 한반도 서북 지역의 신의주-평양-개성 간의 복선철도를 차단하는 책임을 가지고 8월 18일부터 작전을 개시했다. 적의 주요간선 보급로와 지선 보급로도 함께 차단하는 광범위한 작전이었다.

강릉기지는 UN 공군의 스트랭글 작전과 보조를 맞추어 북한 지역의 원산-신고산-세포리-평강 간의 중동부 전선에 이르는 경원선 철도와 그와 연결되는 철도 및 신고산-회양-금성의 중동부 전선에 이르는 적의 이동로를 비롯하여 회양-통천 간의 이동로 등 북한군의 주요 보급로를 차단하는 임무를 수행해야 했다.

강릉기지로 전진한 공군 제10전투비행전대는 합동작전본부(JOC)의 작전 명령을 수행하는 UN 공군의 단위부대이기에 본부의 작전통제 아래 있었다. 그래서 전투비행단이 출격임무를 수행하기 위해서는 합동작전본부의 일일작전 명령서(Frag Order)를 수령한 후 세부 추가 계획을 세워야 했다. 제10전투비행전대는 정기 연락선 항공기 C-47 또는 L-20을 통해 일일작전 명령서를 매일 심야시간대인 밤 10시에서 새벽 2시 사이에 일일작전 명령서를 수령했다.

수령한 작전 명령서는 1차적으로 비행전대 작전참모가 중심이 되어 정보장교를 통해 번역 후 이에 대한 검토를 실시하여 기본적인 작전계획을 예하 비행전대 작전과로 내려보냈다. 작전 명령서를 수령한 비행전대 작전과에서는 작전 명령서를 바탕으로 세부계획을 세웠다. 세부계획은 출격편대 규모와 표적 그리고 공격시간과 이탈 경로와 무장 등등 완벽한 임무 수행을 위한 계획을 세우는 것이다. 세부계획이 세워지면 그다음 비행대대로 내려보내고 비행대대에서는 임무 편조 선정 등 기타 추가계획을 수립하여 작전을 실행할 태세를 갖추게 되는 것이다.

1951년 10월 11일 동해의 여명이 스멀스멀 강릉기지로 파고들었다. 출격 준비를 갖춘 강릉전진부대에 드디어 단독출격 작전명령이 내려졌다. 작전명은 '원산작전'이었다.

쌀쌀한 새벽바람을 맞으며 조종사들은 하나둘씩 브리핑실로 모여들었다. 브리핑실에 걸려 있는 커다란 상황도에는 크고 작은 동그라미들이 무수히 표기돼 있었다. 동그라미로 표기된 곳은 오늘의 목표물이었다. 인원보고는 단독출격에 나서는 조종사 24명이었다. 김영환, 김신, 장지량, 강호륜, 정영진, 김두만, 이강화, 박재호, 윤응렬, 옥만호, 주영복, 이기협, 정주량, 장성태, 손홍준, 이일영, 나창준, 신철수, 박완규, 손재권, 권성근, 김금성, 서상순 그리고 유치곤이었다. 인원보고가 끝나고 곧바로 작전참모가 전 조종사들을 향해 지시를 내렸다.

"잘 알다시피 우리의 임무는 후방 차단작전으로 원산과 신고산 간의 경원선 철도와 도로를 차단하는 것이다. 우리가 수행하는 작전은 UN공군의 스트랭글 작전에 우리 공군이 보조를 맞추는 임무라고 할 수 있다. 각자 할당된 표적에 대한 공격을 완료한 후 기지로 귀환할 때는 창도리 지역에 이르는 중부전선 도로를 따라 비행하는 방식을 취하면 된다."

작전참모 다음에는 정보장교가 아군 측 지상군의 대공포판 운영정보와 조종사 비상탈출 시를 대비한 구출방법 및 지점 선정 등에 대해 보고했다. 이어서 기상장교가 임무지역에 대한 기상정보 설명을 했으며 마지막으로 전대장의 훈시가 이어졌다.

제10전투비행 전대장 김영환 대령이 앞에 나섰다. 첫 번째 단독출격은 김영환 대령의 지휘 하에 진행되고 있었다. 그는 조종사 중에서 로맨티스트로 통하는 멋쟁이였다.

"오늘은 자네들이 그동안 고대하던 대한민국 공군의 단독출격 임무가 드디어 시작되는 역사적인 날이다. 첫 출격에 다들 각오가 클 것이다. 그러나 분명히 당부하건대 처음부터 욕심내지 말고 각자에게 주어진 임무만 무사히 수행하고 전원 기지로 복귀하기 바란다. 이상!"

작전 브리핑이 끝나자마자 편대원 모두는 각자가 차고 있는 시계를 확인했다. 편대원 간의 공격시간 일치를 위해서 시계를 정확히 맞춰야 했다. 그 외 비상 암호와 지도 그리고 비행 장구를 갖추고 비행 대기선으로 향했다. 단독출격임무는 모두 4개 편대로 짜여졌다. 각 편대는 출격 시각에 따라 출동 대기 상태로 들어갔다.

유치곤 소위는 제4편대였고 이륙시간은 오후 1시 35분이었다. 하늘은 대체로 맑았으나 가끔 구름이 지나갔다. 브리핑실을 나온 치곤은 하늘을 쳐다보았다. 맑고 푸른 가을 하늘 공기가 그의 가슴 가득 밀려들어왔다.

'내 너를 길 삼아 주야로 내달릴 것이니 너 또한 진정으로 내 길이 되어다오.'

대한민국 공군의 전투조종사로 또 단독출격과 동시에 첫 출격을 앞둔 치곤의 각오는 설렘과 기대로 한껏 고무되었다.

유치곤 소위가 속한 제4편대의 편대원을 태운 차는 모랫길을 달렸다. 곧 PSP판(구멍 뚫린 철판)을 깐 활주로가 나타났다. 정비를 마친 전투기가 일렬로 도열해 있었다. 각각 전투기 앞에는 서너 명의 정비사가 대기하고 있었다. 치곤은 정비사 김 중사와 함께 전투기를 점검하고 무장까지 완벽하게 준비되어 있음을 확인했다. 치곤이 손을 내밀었다. 김 중사가 치곤의 손을 잡으며 씩씩하게 인사했다.

"유 소위님, 무사귀환하십시오!"

거수경례를 올리는 김 중사를 향해 치곤은 엄지를 치켜들며 웃음으로 답했다. 무거운 낙하산을 둘러멘 채 조종석에 앉아 안전띠를 맨 치곤은 전방을 주시했다. 활주로 끝 200m 지점에 자리한 모래언덕이 보였다. 모래언덕은 대략 150피트 높이였다. 중무장한 전투기가 이륙하여 모래언덕 위치에 도달하면 고도가 200에서 300피트 정도였기에 간신히 넘어갈 수 있는 높이였다. 이륙한 전투기가 첫 번째로 넘어야 할 장애물은 바로 모래언덕이었다.

유도로를 따라 움직이는 F-51D 전투기 위로 오후의 햇살이 함께 움직였다. 제4편대는 편대장 정영진 대위를 선두로 2번기 유치곤 소위, 3번기 권성근 대위, 4번기 박재호 중위였다. 단독출격 임무의 마지막 순서로 출격을 앞둔 제4편대는 목표물이 있는 인제 북방 계곡으로 날아가기 위해 유도로 끝에 섰다.

유도로 끝에 선 편대를 향해 편대장은 수시로 지시를 내렸다. 항공기 점검! 또 항공기 점검! 그리고 잠시 후 거대한 폭음을 일으키며 편대장의 전투기가 날아오르기 시작했다. 2번기인 유치곤도 활주로를 박차고 날아올랐다. 3번기와 4번기도 차례차례 땅을 딛고 날아올랐다. 상공에서 편대를 갖춘 제4편대는 강릉기지 상공을 크게 한 바퀴 돈 다음 대관령 상공을 넘어 공격개시점(Initial Point)을 향해 기세 좋게 날아갔다.

'오늘의 작전지역은 인제지구 보급로 차단이다. 북한군 2군단 후방의 고저-통천-화천리-말휘리-마봉-양구에 이르는 주보급로를 무장정찰 하고 마봉지구를 공격한다.'

브리핑 때 들었던 작전참모의 지시를 되뇌며 치곤은 무장 스위치를 확인했다. 작전을 완벽하게 수행하리라 다짐하면서.

천막으로 된 임시 막사에는 임무를 마치고 먼저 돌아온 조종사들로 시끌벅적했다. 마지막으로 출격했던 제4편대 조종사들도 모두 무사히 기지로 복귀했다. 그러나 막사 안으로 들어오는 치곤의 표정이 그리 밝지 못했다. 제2편대장인 김두만 대위가 치곤에게 다가왔다.

"왜? 무슨 일 있었어?"

"아닙니다."

"그런데 표정이 왜 그래?"

"무슨 공격이 그렇습니까. 실컷 때려 부수려고 잔뜩 벼르고 날아갔는데 목표지점에 다다랐을 때 리시버에서 지시가 떨어졌습니다. '로켓 쏘아!'라고 말입니다. 목표물을 제대로 보지도 못했는데 명령이니 어쩔 수 없이 로켓을 쏘았습니다. 그걸로 임무 끝이었습니다. 1만m 높이라서 목표물도 못 봤는데, 그리고 명색이 전투 폭격인데 뭐가 그리 싱겁습니까."

김두만 대위가 웃었다.

"자넨 첫 출격인데 전혀 긴장이 안 됐던 모양이군."

"저라고 왜 긴장을 안 했겠습니까. 흥분도 되고 불안하기도 했지만 그래도 목표물에 다다르니 사기가 충천했습니다. 멋지게 공중공격의 위력을 보여주겠다고 각오를 다지고 있었는데 그냥 쏘라니요. 첫 출격에 그냥 맥이 빠졌습니다."

"그래서 불만이었군. 허긴 3천m 정도에서나 목표물이 확인되는데 말이야. 그런데 첫 출격에서 폭탄 투하한 장소는 확인 않는 게 좋아. 일부러 그런 지시를 내리기도 하지. 왜냐하면 첫 출격에서는 무사히 돌아오는 게 더 중요하거든. 내 앞의 편대기를 놓치지 않아야 무사히 돌아올 게 아닌가. 이렇게 무사히 돌아왔으니 앞으론 자네에게 무수히 많은 기회가 있을 걸세. 마침 강 편대장이 없어서 다행인 줄 알게나. 강 편대장은 첫 출격 때 폭탄 투하 장소를 확인하면 확인했다고 한 대, 안 했으면 안 했다고 한 대, 우선 주먹으로 한 대 갈기고 본다네. 강 편대장이 그렇게 하는 건 어쨌든 정신 바짝 차리고 전투에 임하라는 기합을 넣는 거라고 보면 된다네. 강 호랭이라는 별명이 그냥 붙은 거 아니거든. 또 하나 아주 중요한 사실은 오늘이 우리 공군의 단독출격일이면서 동시에 유치곤 소위의 첫 출격 날이라는 데 있지. 그것만큼 중요한 게 어디 있어? 안 그래?"

김두만 대위는 돌아서려다 말고 다시 치곤에게 다가와 귓속말로 속삭였다.

"그리고 말이야, 부대원들이 보는 데서는 계급 때문에 어쩔 수 없어서 자네 상관이네만 우리끼리 있을 때는 존대를 하지 말게. 어디까지나 우리는 동기라는 사실 잊지 말게나."

항상 빈틈없이 챙겨주고 배려해주는 김두만은 동기이기보다 연장자 같았다. 치곤도 첫 폭격이 중요한 게 아니라 첫 출격의 의미가 더 크다는 사실을 모르는 건 아니었다. 그러나 의욕과 각오를 잔뜩 품고 출발했던 것에 비해 자신의 첫 출격이 너무 싱겁게 끝나버린 것이 못내 아쉬웠다. F-51D 조종간을 잡은 순간부터 소위 유치곤의 가슴에는 뜨거운 열정과 야성이 가득 들어차 있었기 때문이다. 치곤은 두 주먹을 불끈 쥐었다.

'나, 유치곤은 때가 되면 광야에 나선 사자처럼 포효하리라.'

간밤에도 바람이 거세게 몰아쳤다. 바람은 모래를 안고 무자비하게 막사를 때렸다. 막사 바닥과 나무로 엮은 침대는 물론이거니와 조종사들의 입과 귀에까지 모래투성이였다. 치곤은 수건으로 얼굴을 덮고 잤지만 별 소용이 없었다. 일어나자마자 얼굴과 머리에 묻은 모래를 털고 막사 밖으로 나왔다. 새벽바람이 무척 찼다. 아직 가을이 끝나지 않은 11월 중순인데 강릉기지에 부는 바람은 유독 매서웠다.

연무가 낮게 깔린 사이로 활주로가 보였다. 추운 새벽에 벌써부터 사람들이 활주로에 나와 있었다. 아마 PSP판이 제대로 연결돼 있는지 점검 중이거나 보수작업 중일 것이다. 강릉기지 활주로는 PSP판을 조립해 만든 비상 활주로였다. PSP판 활주로는 콘크리트나 아스팔트 활주로보다 위험 요소가 많았다. PSP판 연결이 제대로 돼 있지 않으면 항공기의 착륙장치에 큰 충격을 주거나 타이어 펑크 같은 사고가 날 수 있어서 제때 점검은 필수였다. 또 이착륙할 때 미끄러운 현상도 심하기에 남다른 유지 보수에 신경을 쓸 수밖에 없는 활주로였다.

전투기가 뜰 때 PSP판 활주로도 위험요소이지만 그보다 더 위험한 건 난기류를 만날 때였다. 특히 겨울철에 기지 서쪽에 위치한 대관령의 하강 난기류가 대관령 정상으로부터 강릉 쪽으로 향해 있는 계곡을 타고 거세게 불 때는 이륙하는 항공기에 끼치는 영향이 컸다.

강릉기지 주변 여건이 다른 기지에 비해 열악했지만 유치곤은 F-51D 조종사로서 단독출격 이후에도 묵묵히 작전을 수행했다. 강릉전진부대는 1951년 10월 12일부터 11월 28일까지 총 출격일수 38일 동안 총 494소티(Sortie) 출격으로 뛰어난 전과를 거두었는데 거기에 당당히 한몫을 담당했던 것이다. 강릉전진부대의 단독출격작전 기간 중 적의 병력 100여 명의 사상자를 냈으며 탄약저장소와 보급품과 연료 집적소 그리고 도로와 철도차단에도 큰 성과를 냈다. 그 외 포진지와 교량과 차량 등을 무수히 파괴했다.

치곤은 원산에서 중부 및 동부전선에 이르는 적 보급로를 폭격했으며 작전 지역에 들어가 표적을 공격하는 임무를 완수하고 귀환하는 일을 차질 없이 해냈다. 전투기가 나타나면 적들은 엄청난 양의 대공포로 위협을 가했다. 지상에서 전투기를 향해 쏘아대는 포탄은 여러 종류였다.

처음 지상에서 한꺼번에 쏘아대는 포탄에 치곤은 당황했다. 그러나 회피기동을 할 때 기체 옆을 휙휙 지나가는 포탄의 붉은 불꽃을 보며 오히려 더 이를 악물게 되었다. 적군들은 전투기를 향해 12.7밀리 기관총에서부터 105밀리 고사포까지 동원해서 동시에 쏘아대기도 했다.

20밀리 기관포는 작고 빨간 불덩이로 올라와서 흩어졌다. 40밀리 고사포는 옅은 녹색을 띠었고, 70밀리 고사포는 짙은 구름이나 목화송이처럼 퍼지는가 하면 105밀리 고사포는 아예 검은색이었다. 동시에 쏘아올린 포탄은 결국 하늘을 덮어버리는 새까만 연기가 되어 전투기를 둘러쌌다. 그러나 항공사진과 항법에 따라 목표 상공에 도달한 이상 임무 수행에 차질은 있을 수 없었다. 500파운드 폭탄 2개와 2.75인치 로켓 2발을 목표물에 명중시킨 후, 귀환하기 위해 집결장소에 집합했다가 이상 유무를 확인한 다음 기지로 돌아왔다. 어떤 때는 하루 한 차례 출격하기도 했고 하루 두세 차례 이상 조종간을 잡을 때도 있었다.

작전 기간 중 정영진, 윤응렬, 주영복, 장성태 중위 등 네 명은 조종사 양성 교관 임무를 위해 사천기지로 복귀했다. 그 대신 정주량, 신철수, 나창준, 이일영, 서상순, 손홍준 등 6명의 전투조종사가 강릉기지로 보충되었다. 어느새 붉은 단풍으로 덮여있던 태백산 일대에 풀풀 흰 눈이 내려앉기 시작했다.

1951년 12월 15일 오후 1시 40분. 강릉기지에서 F-51D 편대가 이륙했다. 원산지구 일대에 있는 적의 보급로를 폭격하는 임무를 맡은 편대였다. 편대장 신철수 대위를 선두로 2번기 서상순 소위, 3번기 나창준 대위, 4번기 손홍준 중위는 북에 있는 목표를 향해 날아갔다. 초겨울로 접어들었지만 하늘은 맑았다. 편대 조종사들의 눈에 목표물이 뚜렷하게 들어올 정도였다.

적군의 진지와 철도 그리고 집결지까지 공격목표를 확인한 편대는 제1폭격 목표인 철도를 향해 하강하기 시작했다. 편대장 신철수 대위가 먼저 500파운드 폭탄을 투하했다. 철도는 무수한 파편이 되어 사방으로 튀어 올랐다. 이에 뒤질세라 2번, 3번, 4번기까지 연이어 수송 보급로를 강타했다.

다음 목표지점인 금성 북부 방향으로 기수를 돌린 편대는 적의 집결지를 발견했다. 편대장 신 대위가 일차로 로켓탄을 쏜 뒤 편대비행으로 급상승했다. 그런데 그때 첫 번째 공격과 동시에 지상에서 대공포가 올라왔다. 쏜살같이 올라온 대공포는 선두에 있던 신철수 대위의 날개를 뚫었다. F-51D 전투기는 삽시간에 화염에 휩싸였다. 짧은 순간에 일어난 일이었다. 신철수 대위가 짧게 양 날개를 흔들며 작별을 고했다. 전투기는 신 대위와 함께 거대한 불꽃덩어리가 되어 편대원들의 시야에서 점점 멀어져 갔다.

또 한 해가 바뀌었다. 그러나 전선은 바뀐 것이 없었다. 휴전협상은 판문점에서 공전을 거듭하고 있었다. 전선에서는 전쟁이 계속되고 회담장에선 협상을 벌이는 기묘한 상황이 이어지고 있었다. 공산군과 UN군은 자신들에게 유리한 고지를 점령하기 위해 곳곳에서 공격을 멈추지 않았다. 북한은 눈에 띄게 병력 배치와 물자수송을 늘렸다. 정찰기의 보고를 받은 강릉 제10전투비행전대는 모든 전투기를 출격시키기로 결정을 내렸다.

강릉기지 조종사들은 하루도 쉬지 않고 작전에 참가했다. 조종사마다 차이는 있지만 적게는 하루 한 번 출격이 기본이었고 많게는 세 차례씩 나가기도 했다. 조종사가 부족했기에 어쩔 수 없었다. 그러다보니 조종사는 물론이고 정비사와 후방요원들까지 지쳐가고 있었다. 이런 상황을 참작한 김정렬 참모장이 강릉기지 작전을 잠시 중단시켰다. 강릉기지 부대장 김신 대령의 인솔 하에 조종사와 전투기를 사천기지로 복귀시켰다. 복귀 명령은 '서남지구 공비토벌작전' 참가였다. 이 작전은 12월 3일부터 6일까지 그리고 12월 19일에서 25일까지 육군 백야전투사령부와 합동작전으로 이루어졌다. 공비토벌작전이었지만 조종사들에게는 휴식기간과도 같았다. 치열한 대공포가 터지는 적진이 아니라는 사실만으로도 조종사들은 심적 부담을 덜 수 있었다.

12월 27일 다시 강릉기지로 복귀한 조종사들은 항공기를 재정비한 후 재출격을 감행했다. 작전 명령에 따라 원산, 황주, 신고산 등 적의 보급소와 철도 차단, 교량폭파의 공격활동이 이어졌다. 그러나 번번이 날씨가 발목을 잡았다. 눈보라에 영하 20도를 오르내리는 추위가 닥치면 모두들 꼼짝없이 막사에 갇혀서 지내야 했다. 며칠째 내린 눈에 비행단의 구조물은 얼음집이 돼버렸다. 활주로와 비행기도 예외는 아니었다. 정비를 마친 정비사들이 헌 담요로 전투기를 덮어놓았지만 기체는 온통 눈에 묻혀버렸다. 간신히 드러난 프로펠러 윗부분을 보아야 전투기라는 걸 알 수 있을 정도로 눈은 진저리나게 내렸다. 전 병력을 동원해서 눈을 치웠지만 겨우 사람만 나다닐 정도였다. 양쪽으로 치운 눈은 어느새 사람 키만큼 쌓여 긴 터널이 되었다.

폭설 때문에 길이 막히니 보급이 원활하지 못했다. 가뜩이나 몸과 마음이 한꺼번에 지쳐버린 조종사들이었다. 공비토벌작전 중에 잠시 복귀하여 적의 보급로를 폭격하던 신철수 대위가 산화했다. 그 충격이 가시기도 전에 이일영 소위의 전사 소식이 전해졌다. 조종사들은 극도로 쌓인 피로에 정신적 충격까지 더해져 심신이 고달팠다.

1952년 1월 9일 아침, 이일영 소위는 만반의 출격 준비를 마친 다음 호주머니 속에서 사진 한 장을 꺼냈다. 지난 달 15일에 산화한 신철수 대위의 사진이었다.

'선배님, 지켜봐 주십시오. 제가 반드시 선배님의 복수를 하겠습니다.'

다짐에 다짐을 하며 이일영 소위는 박완규 대위가 편대장을 맡은 4번기 조종간을 잡았다. 아침 7시 정각에 편대는 기지를 떠나 서북 방향으로 항로를 잡아 나아갔다. 장엄한 태백산맥 등허리를 감은 하얀 눈이 햇빛에 반사되어 눈부시게 빛나고 있었다. 쨍쨍 언 날씨지만 하늘은 쾌청했고 바람도 없었다.

공격목표지점에는 벌써 검은 연기가 하늘로 치솟고 있었다. 먼저 출격했던 편대가 이미 공격을 퍼부은 것이다.

"여기는 편대장! 편대는 화기진지를 때린다. 각 기는 목표를 포착하기 바란다!"

편대장의 지시가 리시버를 통해 들려왔다. 이일영 소위는 두 눈을 부릅떴다. 선배 신철수 대위가 대공포화에 산화하지 않았던가. 내 기어이 먼저 포진지를 찾으리라. 그때 부릅뜬 이일영 소위 눈에 고사기관포 진지가 들어왔다. 진지는 낮은 언덕에 자리 잡고 있었다.

진지를 발견한 이일영 소위는 기체를 아래로 내리꽂듯 돌입해 들어갔다. 저공비행으로 조준경에 들어온 고사포 진지를 모조리 쓰러뜨리겠다는 각오였다. 따다따닷, 기총소사에 포진지가 풀썩풀썩 날렸다. 이 소위의 뒤를 이어 나머지 전투기도 가세했다. 그러나 저공비행에 맞선 적진지의 저항도 만만찮았다. 적탄을 피하며 이일영 소위는 네 번째 돌입을 시도했다. 기수를 꽂으며 폭탄을 뿌리는 순간 둔탁한 물체가 이일영 소위를 덮쳤다. 이 소위의 전투기가 중심을 잡지 못하고 흔들렸다.

"4번기! 대답하라 4번기!"

편대장이 다급하게 불렀다. 그러나 4번기는 대답이 없었다. 편대장의 비통한 탄식이 2번기와 3번기로 흘러들 뿐 끝끝내 4번기는 침묵했다.

연이은 동료조종사의 산화 소식에 강릉기지는 침묵 속에 빠져들었다. 동료조종사가 쓰던 나무침대가 치워지고 나면 한동안 막사 안은 정적만이 감돌았다. 그들은 어제까지만 해도 함께 자고 함께 밥을 먹던 동료였다. 활주로 위에서 거친 숨을 몰아쉬며 하루도 쉬지 않고 출격했던 동료였다. 돌아오지 않은 전우가 남기고 간 건 손톱과 몇 가닥의 머리카락이 전부였다. 조종사는 출격하기 전에 이미 죽음을 불사하고 전장에 나간다. 손톱과 머리카락 몇 가닥만 남긴 채.

치곤도 다른 동료조종사처럼 비통한 심정이었다. 대범한 그였지만 막사 안의 빈자리를 보는 것은 여간 괴롭지 않았다. 전장에 나온 사내는 목숨에 연연해선 안 된다고 했지만 막상 돌아오지 않은 전우를 생각하면 막사 위로 세찬 눈보라처럼 어지럽기만 했다. 제법 굵은 눈발도 함께 막사를 두드렸다. 남은 조종사들의 가슴에 세찬 눈바람보다 더 크고 깊은 찬바람이 파고들었다.

부대장 김신 대령은 부하조종사들의 사기진작을 위해 무언가를 해야만 했다. 그는 전장에서 사기만큼 중요한 무기는 없다는 걸 아는 지휘관이었다. 김신 대령은 전 조종사들에게 부대 식당으로 모이라는 지시를 내렸다. 영문도 모른 채 조종사들은 식당으로 모여들었다. 볼품없는 난로에 숯불이 이글거렸고 고기 굽는 냄새가 가득했다. 그리고 상 위에는 술이 놓여 있었다.

"자, 오늘은 마음껏 들기 바란다. 우리 조종사들은 산돼지 아닌가. 잘 먹고 잘 자야 우리 앞에 닥친 적들을 산돼지처럼 용맹하게 물리칠 것 아닌가."

식당 안은 금세 숯불처럼 따뜻해졌다. 경포대 모래사장에서 잡았다는 소 한 마리는 먹성 좋은 조종사들의 입맛을 당기고도 남았다. 술이 몇 잔 돌자 누군가 강릉아가씨를 부르기 시작했다. 이곳저곳에서 조종사들이 따라 불렀다.

"이 소위는 재주도 좋아. 언제 강릉 아가씨를 꿰차서는 강릉 사위가 되었네. 허 참, 하늘같은 선배를 제쳐두고 말이야."

누군가 이 소위를 놀려댔다. 강릉아가씨와 결혼한 새신랑 이 소위는 쑥스러운 듯 머리만 긁적였다. 이 소위의 순진무구한 웃음에 좌중은 덩달아 웃음을 터뜨렸다. 부대 내에 별다른 휴식거리가 없기에 조종사들은 휴일이거나 작전이 없으면 강릉 시내로 나갔다. 강릉 시내의 다방과 음식점에서는 조종사들을 쌍수로 환영했다.

"역시 고기는 소고기를 따라올 수 없어. 강릉 양철집 고기보다 더 맛있는걸?"

"언제는 유 중위가 사냥한 비둘기 고기가 최고라더니."

"그건 먹을 게 없었던 며칠 전 얘기이고 솔직히 소고기 맛을 따라올 순 없잖아. 그렇다고 앞으로도 유 중위가 사냥 안 해올 리는 없을 테니 걱정 말게. 이렇게 작전 안 나가는 날이면 몸이 근질근질한 저 친구가 그냥 있겠어? 하다못해 꿩이라도 잡아야 직성이 풀리는 성격인데 말이야."

가끔 폭설 때문에 보급이 끊기면 부대 주변 야산에 나가 비둘기와 까치 그리고 산토끼와 노루를 총으로 사냥하기도 했다. 사냥 솜씨는 유치곤 중위가 단연 앞섰다.

"나는 말이야, 유 중위의 사냥 솜씨보단 롤 기술이 정말 놀라워. 사천에서 훈련할 때부터 소문난 사실이지만, 가끔 작전 끝내고 기지로 돌아올 때 롤 하는 것을 보면 아주 멋지더라고. 롤 선수야, 선수."

"유 중위가 기지로 올 때 펼치는 롤은 그날 임무를 완벽하게 수행했다는 만족감을 표현한 거지."

동료조종사들이 추켜세우는데도 유치곤은 듣기만 했다. 칭찬을 해주는데 맞장구를 칠 수도 없었다. 괜히 쑥스러웠다. 그래서 동료의 빈 잔에 술을 채우고 숯불 위의 고기를 뒤집는데 열중했다. 그러나 자신을 인정해 주는 동료의 시선이 싫진 않았다. 고기를 뒤집는 치곤의 얼굴에는 전에 없던 여유와 자신감이 흘러넘쳤다.

"롤은 공중전에서 빛을 발하는데 우린 공중전을 치르지 못하니 애석하지. 사실 F-51D로 롤 하는 건 쉬운 거 아니거든. 그런데 미 고문 멧캐프 교관이 초저공에서 8회전 롤(Eight Point Roll)을 하는 걸 보고 경탄했어. 그래서 나도 고공에서 시도해 봤는데 쉽지 않더라고."

"언제 우리도 적기와 공중전을 하게 되면 멋지게 롤 동작으로 속도를 조절하면서 추격하고 격추시킬 날이 오겠지."

"그날을 위하여 건배!"

부하들의 화기애애한 분위기를 지켜보던 김신 부대장도 한시름 놓았다. 강릉기지 조종사들은 조종만 잘 하는 게 아니라 용맹하고 신의도 두터웠다. 입과 중인 공사 생도를 제외하면 전 조종사의 80%가 일본 소비 출신이었다. 태어날 때부터 일본이 지배하던 시절이었으니 나라와 애국과 민족에 대한 정의가 불분명했을 것이다. 시류에 밀려 일본 군대에 간 것은 분명했지만 한 가지 다른 점은 그들은 하늘을 나는 꿈을 가졌다는 사실이었다. 그들이 조종사의 꿈을 키웠기에 적화야욕을 드러낸 북한군을 무찌르는데 앞장설 수 있었던 것이다. 내 나라가 있어야 한다는 현실을 깨달았기에 그들은 더 열심히 그리고 두려워하지 않고 적의 상공을 누비며 작전에 앞장섰던 것이다.

가끔 출격을 앞두고 조종사가 사라지는 경우도 있었다. 간밤에 꿈자리가 나쁘다느니, 갑자기 컨디션이 나빠 비행기를 탈 수 없다고 슬그머니 꽁무니를 빼는 조종사도 있었다. 느닷없이 어머니가 찾아오거나 부인이 몰래 와서 조종사가 숨어버리는 경우도 있었다. 극단적인 경우 꾀병을 핑계로 드러눕는 조종사도 있었다. 그럴 때면 어김없이 대신해서 출격하는 조종사가 몇 명 있었다. 특히 김두만 대위와 김금성 중위 그리고 유치곤 중위는 겁 없이 하루에도 몇 차례씩 비행기를 몰고 나갔다. 그들 때문에 일본 소년비행병 출신 조종사의 역할이 더 돋보였다. 참으로 대단한 부하들이었다.

"부대장님, 질문 있습니다."

숯불과 약주에 두 볼이 발그레해진 김 소령이 김신 부대장을 찾았다.

"뭔가?"

"질문이 아니고 고맙다는 말씀을 드리고 싶습니다. 우리는 부대장님께서 왜 우리와 함께 틈틈이 출격하시는지 다 알고 있습니다. 전우를 잃은 우리의 어깨가 처져 있으면, 그러니까 사기가 떨어져 있으면 부대장님이 같이 출격하셨습니다. 우리는 부대장님의 그 마음을 너무나 잘 압니다. 고맙습니다."

김신 부대장은 괜스레 코끝이 찡했다.

"우리 공군은 타 군에서 볼 수 없는 문화를 가졌다고 봐야 한다. 우리는 스승과 제자 사이가 되기도 하지만 어디까지나 전우관계가 우선이다. 나는 오히려 여러분들과 출격하면서 느낀 바가 더 크다. 일찍이

나는 아버지의 영향을 받아 조국의 해방을 갈망했으며, 아버지의 권유로 장차 해방될 내 조국을 지키기 위해 조종사의 길로 들어섰다. 그런데 막상 전선에 나가보면 여러분들이 나보다 더 용맹하게 싸우는 걸 보게 된다. 하루에도 몇 차례씩 출격하는 여러분들을 보면서 그저 놀라울 뿐이다. 나는 여러분들 한 명 한 명이 우러러 보일 뿐이다. 지금 우리는 동족상잔의 비극 앞에서 혼신을 다해 적들을 막아내고 싸워야 한다. 왜냐하면 현실에서 그들은 '적'이기 때문이다. 먼저 간 전우들의 몫까지 우리가 해내자!"

김신 대령은 백범 김구 선생의 아들다웠다. 지휘관이지만 입으로 지시를 내리는 게 아니라 솔선수범해서 부하들에게 보여주고 있었던 것이다.

"여러분들의 조종술과 공격 기술에 미군과 UN군도 놀라워하고 있다. 우리도 곧 100회 출격자가 줄줄이 탄생할 것이다. 솔직히 미군과 우리의 100회는 의미로 보면 굉장히 큰 차이가 난다고 봐도 된다. 왜냐하면 미군은 100회 출격하면 무조건 본국으로 돌아가기 때문에 우리처럼 폭탄 하나라도 적 진지에 정확히 떨어뜨리지는 않는다. 물론 미군 조종사가 다 그런 건 아니지만 그들 중 일부는 100회만 채우고 돌아가려는 마음뿐인 조종사도 있다는 사실이다. 이런 사실이 증명하듯 결국 내 나라는 내가, 우리가 지켜야 하는 게 아니겠는가. 그런 만큼 여러분들에게 거는 내 믿음 또한 크다는 사실을 알아주기 바란다."

막사 밖에서는 목화송이 같은 눈이 펑펑 내렸지만 막사 안은 똘똘 뭉친 전우애로 뜨겁게 불타올랐다. 유치곤은 마음이 든든했다. 멋진 부대장과 나눈 뜨거운 전우애 때문이었다. 존경과 동시에 지구 끝까지 따를 수 있는 대상이 있다는 것은 새로운 힘을 만들어내는 원천이었다.

부대장 김신 대령은 힘차게 활주로를 내달렸다. 편대장이 되어 신원리 근방의 적 보급로 집결소 폭격을 목표로 출격한 것이었다. 살을 에는 추위였지만 다행히 바람은 없었다. 경계선이 없는 하늘 위는 평온했지만 아래를 내려다보면 상황은 달랐다. 적은 교묘한 방법으로 보급품을 숨기거나 위장술로 대처했다. 목표물을 확인하기 위해 저공으로 비행하면 어김없이 지상공격이 가해졌다. 마치 콩 튀기듯 맹폭하는 적의 포탄을 피한 편대장이 폭격 명령을 내렸다.

"들어라. 각 기는 2분 간격으로 공격한다. 저고도 공격! 횟수는 2회다! 오버!"

서서히 고도를 낮춘 편대장이 기수를 낮추며 전속력으로 내달려 폭탄을 투척했다. 요란한 폭음과 불꽃이 함께 터졌다. 동체 바로 아랫부분이 통통 튀는 것 같은 착각에 빠지기도 했지만, 정신을 집중한 기수들의 기습은 흔들림 없이 이어졌다. 2회씩 공격을 마친 편대는 랑데부 장소로 집결했다. 다음 목표를 향해서 이동해야 했다. 그런데 화천 근방은 짙은 안개로 앞이 잘 보이지 않았다. 기상 악화에 무리한 작전은 위험이 따랐다. 어쩔 수 없이 기지로 돌아가기로 결정한 부대장은 편대기에게 지시를 내렸다.

"작전 변경. 작전 변경. 2차 공격은 하지 않고 기지로 돌아간다. 전 대원들은 남은 폭탄을 바다에 투척한다. 전원 무사귀환 바란다. 오버!"

남은 폭탄을 매단 채 활주로에 착륙하는 데에는 폭발의 위험이 따랐다. 그래서 반드시 폭탄을 바다에 버리고 착륙해야 했다. 기지로 돌아온 전투기들은 한 대씩 착륙했다. 그런데 한 대가 보이지 않았다. 3번기 유치곤 중위였다. 김신 부대장은 리시버로 호출을 시도했다. 3번기는 묵묵부답이었다. 불안과 초조함이 부대장을 엄습했다. 1차 집결지에서 분명히 무사한 걸 확인했던 3번기였는데 어찌 된 일일까. 유치곤은 오늘만 벌써 세 번째 출격이었다. 두 번째 출격 후 침대에 잠시 누워 쉬고 있을 때 곧 출격할 조종사 한 명이 급성 복통을 일으켰다. 그 사실을 안 유치곤은 복통을 일으킨 동료를 대신해 세 번째 출격한 것이었다. 그래서 김 부대장의 걱정이 클 수밖에 없었다. 라인(Line)에 선 채 안절부절 활주로에서 눈을 떼지 못하고 있는데 저 멀리 구름 속에서 전투기 한 대가 나타났다. 3번기 유치곤의 전투기였다.

"너, 너 어떻게 된 거야?"

머리끝까지 화가 치민 부대장은 주먹 쥔 손을 부들부들 떨었다. 평소 침착했던 부대장도 그 순간만큼은 예외였다. 유치곤은 차려 자세로 보고를 올렸다.

"바다에 그냥 버리기엔 폭탄이 너무 아까웠습니다. 애꿎은 고기만 죽이잖습니까? 그래서 다시 1차 목표물로 가서 마저 투하하고 왔습니다. 부대장님! 지시를 어긴 것은 대단히 죄송합니다. 벌을 달게 받겠습니다."

몇 분 동안 속 끓이며 초조하게 기다렸던 것을 생각하면 그대로 한 대 후려치고 싶었다. 그러나 한 치 흐트러짐 없는 자세로 우직하게 보고하는 유치곤을 보니 부대장은 어이가 없었다.

"당장 불군기로 다스릴 줄 알아!"

부대장은 한 마디 내던지고 그대로 돌아섰다. 본부로 걸어오면서 김 부대장은 속으로 허허 웃었다.

'허 참, 겁 없는 놈 같으니라고.'

정해지지 않은 절차의 비행을 저지른 부하에게는 엄연히 그에 따른 처벌을 내려야 했다. 그러나 김 부대장은 오히려 유치곤 중위가 든든해 보였다. 반드시 적을 무찌르겠다는 결의로 하늘을 종횡무진하는 치곤을 확인했기 때문이다. 더구나 적진에서 제 몸 사리지 않는 용맹성은 타의 추종을 불허했다. 기회만 되면 제일 먼저 겁 없이 조종간을 잡아 하늘로 내달리는 유치곤 중위를 어디 한두 번 봤던가. 역시 유치곤은 산돼지 중의 산돼지였다.

1952년 1월 11일, 김두만 소령은 여느 날과 다름없이 금강산 일대의 북한군 보급로 공습임무를 수행했다. 임무 완료 후 무사히 강릉기지에 착륙했는데 다른 날보다 다르게 라인에 많은 부대원들이 나와 있었다. 무슨 일인가 의아하게 여기며 캐노피를 열었을 때 제일 먼저 김신 전대장이 김두만 소령에게 다가왔다.

"김 소령, 축하하네. 오늘로써 김 소령은 100회 출격기록을 세웠네."

만면에 웃음을 지으며 김 전대장은 열렬한 악수와 치하의 말을 건넸다.

"우리나라 공군조종사로는 김 소령이 최초로 100회 출격을 달성했네. 우리 모두 공군조종사의 귀감이 된 에이스 조종사 김두만 소령을 환영하는 바이네."

주변에 모여 있던 동료조종사와 정비사 그리고 장병들이 박수를 치며 김 소령의 첫 100회 출격을 축하해 주었다. 동료들이 악수를 건네고 등을 두드리며 축하를 하는 사이 정비사들은 김두만 소령을 에워쌌다. 그리곤 김두만 소령의 몸을 들어 올리며 헹가래를 치기 시작했다. 비록 꽃다발 하나 없는 축하였지만 첫 100회 출격이 던지는 의미는 컸다.

'벌써 100회 출격이라니.'

김 소령은 지나간 1년 6개월이 꿈같이 느껴졌다.

일본 이타즈케로 F-51D를 가지러 10명의 조종사가 떠나고 없을 때 김정렬 총참모장이 김두만 중위에게 물었다.

"T-6 훈련기를 몰 수 있겠나?"

"넵! 명령하시면 타겠습니다!"

기습 남침한 적군은 물밀듯 밀려오고 속수무책으로 공격만 당하고 있는 형국이었다. 김두만은 그동안 T-6 훈련기에 대한 이론적인 조종 절차에 대한 예습은 돼 있던 터였다. 나라가 위급한 상황인데 실습을 해보지 않았다고 머뭇거릴 때가 아니었다. 인민군이 밀고 내려온 이틀 뒤인 6월 27일 오전, 김두만 중위는 조종장치 확인을 위해 정비사를 후방 좌석에 태우고 하늘로 날아올랐다. 실습 한 번 받지 않은 비행기를 겁 없이 조종했던 그 날, 첫 비행에서부터 실속을 일으켜 죽을 고비를 넘겼다. 그러나 절망적인 상황에서 손 놓고 있을 수만은 없었다. UN군 참전 소식이 들린 건 6·25전쟁 발발 후 4일째로 접어든 29일이었다. 김두만 중위는 참전 소식을 국민들에게 알리기 위해 삐라를 싣고 T-6을 몰았다. 훈련기에 폭탄은 없었지만 T-6에 실은 삐라를 서울 시내 곳곳에 뿌렸다. 그러나 국회의사당 꼭대기에 붉은 별이 걸려 있는 것을 본 순간 피가 거꾸로 솟았다.

'아, 폭탄이 있었더라면, 내가 전투기를 몰았더라면 저 개미떼 같은 적들을 모조리 박살낼 수 있을 텐데.'

분하고 아쉬웠지만 기지로 돌아올 수밖에 없었다. 그때의 울분 때문이었을까. 1950년 10월 1일, F-51D 기종전환 교육을 받은 다음날 바로 첫 출격을 했고 그 이후 매일 한 차례씩 적지로 날았다. 야생마 같은 기동력과 강력한 무장을 가진 F-51D를 몰고 적지로 갈 때마다 김두만은 국회의사당에 걸려 있던 붉은 별을 떠올렸다. 폭격목표물에 기관총을 쏘고 로켓을 퍼부을 때는 그동안 꾹꾹 눌러두었던 한을 씻어내기라도 하듯 임무 수행에 집중했다.

개전 첫날부터 여의도 공군기지를 포기하고 수원으로 철수해야만 했던 뼈아픈 시련은 한번으로 족했다. 출격 100회를 맞은 기쁨보다는 사명감이 더욱 불타올랐다. 김두만 소령은 하늘을 우러러 맹세했다. 내 명이 붙어있는 한 저 하늘은 절대 포기하지 않겠노라고.

브리핑실에는 점과 선으로 얽히고설킨 상황도가 전등불 아래 걸려 있었다. 조종사들은 평상시 적진에 들어간다는 긴장감을 떨어내려는 듯 '오늘은 어디지? 몇 시에 출격하는 거지?' 라며 잡담을 나누곤 했는데 오늘은 조용했다. 김신 부대장이 브리핑실로 들어오고 작전참모 강호륜 소령이 일어나 상황도를 가리켰다. 조종사들의 시선은 일제히 상황도로 쏠렸다.

"오늘의 공격목표는 YD 533 219 평양 근교 승호리 철교이다."

브리핑실에 긴장감이 감돌았다.

"승호리 철교 폭파임무는 우리 공군에게 내려진 중요한 임무다. 우리 공군이 단독작전을 개시한 지 3개월로 접어들었을 뿐인데 미군이 왜 이런 중요한 작전을 우리에게 맡겼을까?"

김 부대장은 조종사 한 명 한 명을 주시했다. 부하들은 침묵하고 있었지만 빛나는 눈동자에 담긴 결연한 의지를 김 부대장은 읽을 수 있었다.

"승호리 철교를 폭파하기 위해 UN 공군은 500여 차례 출격했다. 하지만 성공하지 못했다. 미군 참모 측에서 고심 끝에 한국조종사를 보내자는 결론을 내리기에 이르렀지만 그것 또한 쉬운 결정은 아니었다고 들었다. 왜냐? 그 이유는 출격 경험이 적은 우리 한국조종사에 대한 부정적 시각 때문이었다. 여러 논란이 있었지만 결국 우리를 시험해보자는 선에서 폭파명령이 내려졌다. 미 제5공군 작전참모는 '한국공군은 자국의 명예를 위해 어떤 희생을 치르는 경우가 있다 해도 기어이 성공하고야 말 것이다'라고 하며 우리 공군을 믿고 있다. 그러니 우리는 승호리 철교 폭파를 성공리에 완수해야만 한다."

미 공군이 그토록 폭파하려 한 승호리 철교는 평남 강동군 만달산 근처에 있었다. 석회석이 많이 생산되는 승호리 지역은 시멘트 산업을 중심으로 석탄공업과 화학공업이 발전하여, 해방 후 북한에서 육성한 중요한 산업 지역 중의 한 곳이었다. 자연히 승호리 철교는 적의 중요한 보급로이기도 했다.

승호리 철교는 평양 동쪽 10km 지점의 대동강 지류인 남강에 설치돼 있었다. 북한군과 중공군은 경의선과 만포선을 통해 군수물자를 평양으로 수송한 다음 다시 평양에서 승호리 철교를 이용해 서부와 중동부 전선으로 보급했다. 적 후방보급로의 요충지인 셈이다. 그래서 미 5공군은 승호리 철교를 공격해서 보급을 차단시켜 놓았다. 그러나 북한군은 본래 위치에서 하류 방향 북쪽 200m 지점을 우회한 자리에 새로운 철교를 가설했다. 신설된 철교는 300m 길이였고 10개의 교각을 세웠다. 교각은 우물 정자 형 침목을 쌓아올린 다음 빈 공간에 모래주머니를 채워 놓았다. 그것은 폭격이나 기관총탄 공격을 받더라도 피해를 최대한 줄이기 위한 조치였다.

“미 제5공군은 신설된 승호리 철교를 차단하기 위해 전투기들을 출격시켰으나 폭파하지 못했다. 이제 그 공이 우리에게 넘어왔다는 것은 이미 모두가 알고 있는 사실이다. 명령을 하달받은 우리는 지난 12일에 1차 승호리 출격을 단행했지만 우리 역시 실패했다. 그래서 전술적 문제를 재논의했고 드디어 오늘에 이르렀다.”

승호리 철교 차단임무를 인수한 제10전투비행 전대장 김신 대령은 작전의 성공을 위해 지난 1월 12일 1차 작전을 감행했다. 임무를 부여받은 김두만 소령은 6대의 F-51D 전투기를 이끌고 강릉기지를 떠났다. 편대장 김두만의 지휘 하에 2번기 장성태, 3번기 김금성, 4번기 이기협, 5번기 전봉희, 6번기 라그로는 대관령을 넘어 평양으로 향했다. 그러나 이미 철교 주변에 집중배치 해놓은 대공화기가 일제히 불을 뿜었다. 적의 대공포탄은 한국 전투기들이 진입하는 고도 10,000피트에서 11,000피트 사이에서 터졌다. 전투기들은 회피기동을 실시하면서 편대장기의 지시에 따라 철교 폭파에 들어갔다. 승호리 철교를 향해 500파운드 폭탄 12발을 투하했다. 그러나 폭탄은 교각 사이의 모랫바닥과 물속으로 떨어져 폭격 효과가 없었다. 재차 로켓탄과 기관총탄 등 남은 무장으로 철교 및 적의 대공포진지를 공격했으나 교각 위 철로만 일그러뜨렸을 뿐이었다. 같은 날 오후에도 윤응렬 대위 편조(2번기 주영복, 3번기 정주량, 4번기 장성태)와 옥만호 대위 편조(2번기 유치곤, 3번기 박재호)가 출격하여 공격했으나 역시 철교를 파괴하는 데는 실패했다.

"우리는 2차에 걸친 폭격에 실패했지만 그렇다고 여기서 그만둘 수는 없다. 우리는 제10전투비행전대에 내려진 이번 임무를 성공리에 완수하기 위해 지휘관 및 참모들과 전술적 문제를 심도 있게 다뤘다. 그 결과 기존 방식으로는 승호리를 폭파할 수 없다는 결론에 도달했다. 그리하여 다시 논의한 결과 위험을 감수하고라도 저고도 공격방법을 택하기로 최종 결정을 내렸다."

미 공군은 8,000피트 고도에서 강하하여 3,000피트 정도의 높이에서 폭탄을 투하하고 이탈하는 전술을 썼다. 미군 조종사는 100회 정도 출격하면 본국으로 돌아가기에, 위험한 지상접근 공격보다는 안전한 고도에서 폭탄을 떨어뜨리는 작전을 실시했던 것이다. 한 마디로 기존의 폭격전술은 무용지물이었다.

"다시 한 번 설명한다. 기존전술로는 철교를 폭파하는 것이 거의 불가능하다는 결론을 내렸다. 그래서 우리는 4,000피트 고도에서 강하하여 1,500피트에서 폭탄을 투하하는 저고도 전술을 펴기로 했다."

초접근 지상 폭격은 적의 격렬한 대공포화를 감수해야 하는 위험한 작전이었다. 출격조종사들은 상당한 위험을 감수해야 하는 작전상황을 들으면서 상황도에 그려진 빨간 선을 눈자리에 들도록 뚫어지게 쳐다보았다. '한국공군의 명예를 걸고 기필코 승호리 철교를 폭파하리라.'라 결연히 다짐하는 눈빛이었다.

"승호리 철교를 성공적으로 폭파하기 위해 초저공 공격을 감행하지만 지나친 저공 공격은 삼가라. 3회 이상 초저공 공격은 금할 것! 그리고 우리 모두 귀환하여 이것으로 함께 축배를 들자."

김 부대장은 캐나다산 VO 위스키 한 병을 탁자 위에 올려놓았다. 그러자 조종사 6명은 서로 마주 보며 웃었다. 그들은 1조 편대장 윤응렬, 2번기 정주량, 3번기 장성태였으며, 2조 편대는 편대장 옥만호, 2번기 유치곤, 3번기 박재호였다. 전 편대원이 일본 소년비행병 15기 동기였으며 강릉기지의 베테랑 조종사였다.

마침내 출격시간이 다가왔다. 여전히 추위는 매서웠다. 그러나 하늘은 푸르고 맑았고 낮게 뜬 겨울 해는 밝게 빛났다. 이미 모든 출격준비는 완료된 상태였다. 제설작업이 끝난 활주로와, 연료 보급을 끝낸 후 500파운드 폭탄 2개와 5인치 로켓탄 4발 그리고 6문의 캘리버50에 1,850발의 중무장까지 갖춘 전투기가 조종사들을 기다리고 있었다.

유치곤은 자신의 애기(愛機) F-51D 앞으로 다가갔다. 황량한 비행장에 몰아치는 삭풍을 맞으며 이른 새벽부터 비행기를 점검하던 정비사들이 그를 기다리고 있었다. 거의 얼굴 반을 덮은 털모자를 눌러 쓴 정비사들이지만 유치곤과 눈을 마주치자 반가운 눈인사를 먼저 던졌다. 치곤은 먼저 전투기를 쓰다듬었다. 은색의 동체는 차가웠다. 정비사와 함께 지상점검을 마친 치곤은 가볍게 조종석으로 올라갔다. 전투기가 우렁찬 엔진 소리를 뿜어내기 시작했다.

서서히 활주로를 날아오른 전투기들은 비행장을 한 바퀴 선회했다. 비행장 라인에 선 채 손을 흔드는 정비사와 동료들 그리고 전 부대원들은 전투기가 보이지 않을 때까지 임무완수와 무사귀환을 빌며 손을 흔들었다. 6대의 전투기는 고도를 정비한 뒤 힘차게 서북쪽을 향해 비행했다.

'만약 또 실패한다면?'

치곤은 전방에 드러난 하늘을 보다가 문득 불안한 생각이 들었다. 그러나 이내 고개를 저었다.

'아니다. 결코 실패해선 안 된다. 이 임무는 결단코 성공해야 한다.'

치곤의 눈앞엔 김신 대령의 결의에 찬 목소리와 전 부대원들의 격려의 눈동자 그리고 정비사의 노고가 한꺼번에 스쳐갔다.

'가치 있는 일을 두고 경솔한 생각은 말자. 오직 임무완수, 이것만 생각하자.'

치곤은 조종간을 다시 한 번 힘주어 잡았다. 전투기는 벌써 적지에 들어서고 있었다. 눈에 익은 물개리 서북방의 작은 고지가 나타났다. 전투기를 발견한 고지에서 고사포탄이 수없이 올라왔다. 포탄은 기체 옆과 바로 밑에서 검고 하얀 연기를 뿜어내며 터졌다.

"2시 방향 고사포! 대공포화 조심하라!"

"2번기. 알았다!"

편대장은 적의 대공포화를 피해 좌우로 바꿔가며 지그재그 비행을 하는 동시에 리시버로 주의를 내렸다. 편대비행은 같은 방향과 같은 속도로 움직인다. 그럴 때 대공포탄이 쏟아지면 조준된 대공화기의 표적이 되므로 재빨리 지그재그로 비행해서 피해야 하는 것이다. 차가운 공기를 헤치며 연신 올라오는 포탄은 때론 목화송이처럼 흩어졌다. 치곤은 포탄을 피하면서 지상을 내려다보았다. 설운으로 덮인 산과 들에 폐허가 된 촌락 몇 채가 눈에 들어왔고 주 보급로를 통과한 가느다란 바퀴 자국 두 줄이 눈 위에 곡선을 그려 놓았다.

평양이 가까워지면서 치곤의 신경은 곤두섰으며 서서히 정신은 한 곳으로 집중되었다. 파괴된 시멘트 공장과 곳곳에 주저앉은 도로가 눈에 들어왔다. 서쪽에 자리한 평양 시내도 한눈에 보였다. 강릉기지를 출발한 후 50분이 지났을 때 대동강이 보이기 시작했다. 꽝꽝 얼어버린 대동강은 햇빛을 받아 은백색으로 빛나고 있었다. 강줄기를 따라 낮은 산모퉁이를 돌았을 때였다. 날개 좌측 편에서 대동강 인도교가 보였다. 드디어 목표물이 나타난 것이다.

제1편대가 목표 상공에서 좌측 선회하며 지형 판단을 하고 있을 때 적들이 고사포탄을 쏘아 올렸다. 적들은 안간힘을 쓰며 포탄을 쏘아댔다. 그만큼 적들에게 승호리 철교는 지켜야만 할 중요한 다리였다. 그와 반대로 한국 공군과 UN군은 보급로 차단을 위해 기필코 폭파해야만 하는 다리였다.

"저것이 우리의 목표 승호리 철교다! 공격 준비!"

"라저, 2번기!"

"라저, 3번기!"

편대원들의 힘찬 응답이 이어졌다. 제1편대가 공격을 개시하기 위해 목표에 접근해 나갔다. 제2편대도 그 뒤를 따라 목표에 접근했다. 대공화기는 쉴 새 없이 전투기 사이로 혹은 밑에서 펑펑 터졌지만 편대는 정확한 명중만을 목표로 방향을 잡았다. 이번 공격은 모험을 감수한 작전이기에 모든 기수가 일사불란하게 움직여야 했다.

목표물인 승호리 철교 공격의 성공을 위해서는 고도를 낮춰 잡고 수직에 가까운 70도 각도의 급강하로 돌입한 다음 1,500피트에서 폭탄을 투하하고 급상승해야 했다. 폭탄을 투하한 다음에는 순식간에 기수를 당겨 우측으로 틀며 급상승해야만 적의 대공사격을 피할 수 있었다.

"무장 스위치 온(On)!"

지시에 따라 치곤은 무장 스위치를 올렸다.

"들어간다! 공격개시!"

비장하고 엄숙한 목소리가 리시버에 울렸다. 제1편대장기가 기수를 낮추고 공격개시지점으로 몰고 들어가서 공격을 퍼부었다. 간격을 두지 않고 2번기도 철교를 향해 일정한 속도로 날아갔다. 그때 철교 옆에서 거대한 불기둥이 하늘로 솟아올랐다. 적의 고사포탄이 전투기 옆에서 끊임없이 터졌다. 적군은 철교를 보호하기 위해 철교 주변은 물론 항공기가 진입하는 진입로에도 엄청난 수의 대공화기를 그물처럼 포진해 놓았다. 그만큼 적에게는 중요한 다리였기 때문에 한국공군기의 접근을 막는 데 혈안이 될 수밖에 없었다. 그러나 한국공군 편대는 공격을 멈추지 않았다. 1편대의 마지막 3번기 공격에 이어 제2편대의 공격이 연이어 이어졌다. 철교는 검은 연막으로 덮여 잘 보이지 않았다. 그러나 전투기들은 모두 일정한 간격을 유지하면서 쉴 새 없이 공격을 감행했다.

치곤은 검은 연기가 일어나는 곳을 K-14A 조준기로 조정했다. 순간 조준기에 일직선으로 목표물이 드러났다. 치곤은 목표물을 향해 수직 급강하로 공격에 들어갔다. 그리곤 반사적으로 폭탄 스위치를 눌러 로켓탄을 한꺼번에 발사했다. 야릇한 흥분과 긴장이 동시에 일어났다. 쾅, 쾅 폭음에 하늘도 땅도 잠시 정지된 듯했다. 검은 연기에 휩싸인 불기둥이 일직선으로 솟아올랐다. 제1편대와 제2편대는 기수대로 돌아가면서 남은 포탄 모두를 승호리 철교 위에 쏟아 부었다. 경간이 부서지며 파편이 허공에 솟아오르다 떨어졌다. 폭발음은 천지를 뒤흔들었고 자욱한 연기는 하늘을 덮었다.

"산돼지들아, 돌아가자!"

의기양양한 편대장의 목소리가 치곤의 귀에 쟁쟁하게 울려들었다.

"라저!"

우렁찬 대답이 한꺼번에 터졌다. 치곤은 날개 밑을 확인해 보았다. 수직으로 솟고 있는 검은 연기 사이로 두 개의 커다란 공간이 드러났다. 승호리 철교 폭파는 대성공이었다.

김신 부대장은 작전지역으로 편대를 출발시킨 후부터 편대가 돌아올 때까지 작전기지(Base Operation)에서 기다리고 있었다. 초조한 심정은 이루 표현할 길이 없었다. 입안이 말랐고 꽉 쥔 두 손에 땀이 배었다. 편대가 출발한 후 세 시간이 경과했을 때였다. 드디어 편대에서 타워로 보낸 연락이 수신되었다.

'승호리 철교 폭파 성공!'

'산돼지들 무사귀환 중!'

보고를 전해 들은 김 부대장은 주먹을 불끈 쥐며 자기도 모르게 환호성을 터뜨렸다. 임무를 완수한 F-51D 전투기 편대는 은빛 찬란한 날개를 흔들며 강릉기지에 무사히 귀환했다. 브리핑실은 환호와 만세 소리로 가득 찼다. 벅찬 환희의 함성이 하늘 높은 줄 모르고 터졌다. 6대의 전투기로 폭탄 12발과 로켓탄 20발 그리고 기관총탄 4,700발을 사용해 철교 경간 2개소를 절단하는 한편 포진지 6개소와 보급품 집적소 1개소, 벙커 3개소, 건물 4동을 파괴하는 큰 전과를 올렸으니 찬사가 터질 만도 했다.

찬사가 터질 만한 이유는 또 있었다. 출격 비행기 중에는 폭탄 파편이 날아와 뒷부분을 때리는 바람에 비행기 몸통의 상당 부분이 날아가 버린 경우도 있었다. 천만다행으로 무사귀환했지만 아찔한 순간이었던 것은 분명했다. 날개 일부가 떨어져 나간 비행기도 있었다. 저공으로 비행하면서 기총사격과 폭탄 투하를 했기 때문에 자신이 투하한 폭탄의 파편이 튀어 비행기의 날개를 때리고 몸체를 두들겼다. 그런 모험을 감수하면서 작전을 성공적으로 이끈 것이다. 거기에 전원 무사귀환이라는 큰 성과까지 냈으니 부대 전체가 들썩일 만했다.

김신 부대장에게 작전 경과보고를 올리는 6명의 조종사들 목소리는 하나같이 떨렸다. 늠름한 조종사 한 명 한 명과 힘주어 악수하는 김신 부대장의 눈가가 붉어졌다. 부대장 손을 꽉 잡은 치곤의 눈가도 촉촉하게 젖어버렸다. 치곤은 모두에게 보여주고 싶었다. 승호리 철교 중앙 부분 두 곳에 커다란 구멍이 생긴 것을. 튀어 오른 경간 파편들이 이리저리 떨어지던 그 멋진 광경을.

1952년 1월 중순경. UN 공군에서는 적의 후방 보급로 공격작전 수행과 더불어 적 후방 병참 산업의 주요 기간시설에 대한 공격작전을 펼쳤다. 북한의 전쟁 잠재력이 될 만한 주요 산업시설을 조기에 제거하는 항공압박작전(Operations Pressure Pump)이었다. 전쟁 초기부터 흥남, 원산, 평양, 나진 등 북한의 산업 중심지를 B-29 및 B-26 폭격기로 파괴했으며, 이후 중소도시의 산업시설에 대한 폭격을 계속 수행하고 있었다. 황해도 송림시도 제거 대상 우선순위에 포함됐다. 미 제5공군은 북한의 산업시설 폭격작전의 일환으로 대한민국 공군에게 북한의 공업도시 송림을 폭격하라는 임무를 부여했다.

송림은 대동강 어귀로부터 약 50km 떨어진 상류 황주천의 합류지점에 위치해 있었다. 이곳은 경의선 황주역에서 13km에 이르는 지선이 설치돼 있으며, 대동강 수로를 이용해 5,000톤급 선박의 정박도 가능한 교통의 요충지였다. 철광과 석회석 매장도 풍부했으며 해상 교통수단인 대동강을 끼고 있었다. 1918년 일본은 송림에 제철소를 건설했고, 송림은 한국 최초의 제철도시이자 공업도시가 되었다.

송림제철소에는 150톤급 용광로 3기와 200톤급 용광로 2기를 비롯해 제강공장과 코르크, 유안, 벤졸 등의 공장이 들어섰다. 또 제강공장에서는 선철, 철판, 레일 등을 생산했다. 북한으로 보면 전쟁 물자를 생산하는 주요 공업지대인 셈이다.

강릉기지에 주둔한 제10전투비행전대 출격 브리핑실에 김성룡, 윤응렬, 옥만호, 박재호, 나창준, 손재권, 박두원, 이기협, 유치곤, 임순혁, 정주량, 김금성, 손홍준, 박용만, 배상호, 백정현, 권중화, 크레고, 보들리 등 19명의 조종사가 모였다. 항상 출격 브리핑 시간은 열기와 각오로 타올랐다. 정보 브리핑이 시작되었다.

"이번에 우리 부대에 부여된 임무는 송림제철소 폭격이다. 이 작전은 UN 공군의 새츄레이트 작전(Operation Saturate)의 일환으로 전개되는 것이다. 지금까지 미 제5공군은 1951년 8월부터 스트랭글 작전을 수행하여 북한의 주요 철도보급로 여러 곳을 차단했으나 장기간 파괴 상태를 유지할 수 없었다. 왜냐하면 적은 주요 철도지점에 대해서 복구요원을 일정 간격으로 대기시켜 놓고 있다가 야간과 기상 악화를 틈타 최단시간 내 복구하는 방식으로 대응했기 때문이다. 지난번 우리가 폭파한 승호리 철교 역시 최단시간 내 복구했던 다리였다."

정보장교의 이어진 설명에 따르면 미 제5공군은 스트랭글 작전의 결점을 보완한 새츄레이트 작전을 구상했다는 것이다. 일명 '집중폭격' 작전은 UN 공군이 반복적으로 폭격할 4곳의 공격목표로 구읍리~희천, 순천~삼동리, 신안주~남시 그리고 평양~남천 간의 철도를 선정한 뒤 이미 작전을 수행하고 있는 중이라 했다.

"미군의 새츄레이트 작전은 주간에는 전폭기들이 철도궤도의 특정 부분을 집중적으로 반복하여 공격하고, 야간에는 복구 작업을 방해하기 위해 B-26과 B-29가 일정 간격으로 500파운드 폭탄을 투하한다. 송림제철소 폭격작전 역시 북한의 전쟁 잠재력을 조기에 제거하기 위함이라는 사실을 명심하기 바란다. 이상!"

정보장교의 브리핑 다음에 전대장이 공격을 위한 진입점(Initial Point)과 폭격선(Bombing Line), 공격시간(TOT), 적화기(대공포, 고사포) 회피방법과 공격 후 행동요령 및 집결지점(Rendezvous Point) 등에 대해서 부가적인 설명을 덧붙여 나갔다.

송림의 공장지대 출격을 명 받은 조종사들은 3월 28일부터 차례대로 편대를 이뤄 출격에 나섰다. 오전 오후 두 차례 혹은 세 차례 이상 송림지역으로 출격하여 폭탄 및 로켓탄과 기총으로 공장 건물과 각종 저장소를 공격했다. 특히 4월 2일에서 9일까지 총 61소티를 출격하여 송림 지역 일대를 공격해서 용광로, 부속건물, 유류집적소와 공장지역으로 연결되는 주변 철도 및 철교 등을 파괴하는 혁혁한 성과를 올렸다.

송림제철소 폭격작전은 대한민국 공군 최초의 적 산업시설에 대한 공중폭격이었다.

봄이 한창이었다. 벚꽃은 탱탱한 꽃망울을 앙다문 채 언제 터뜨릴까 기회만 엿보고 있었다. 동해의 파도는 부드럽게 밀려들었으며 솜털구름이 가벼이 오가는 하늘은 파랗다 못해 눈마저 시릴 정도였다. 태양을 등지고 출격했던 비행기들이 한 대씩 태양을 안고 돌아오기 시작했다. 어느새 활주로 주위에는 긴 꼬리를 늘어뜨린 석양이 시나브로 비쳐들었다.

활주로 끝에 걸린 석양은 미련이 남은 듯 머뭇거리고 있는데 조종사 식당은 김치찌개 냄새로 가득했다. 투박하게 못생긴 주물 스토브 위에서 끓고 있는 김치찌개와 냇 킹 콜의 허스키한 노래가 뒤섞인 식당 안은 다소 어수선했다. 그러나 전혀 어울리지 않는 김치찌개와 팝송 속에서도 조종사들은 삼삼오오 모여 밥을 먹거나 차를 마시고 있었다.

"서 소위, 이리 오게."

조종사 서 소위를 나창준 대위가 자신의 옆자리로 불렀다. 서 소위가 조심스럽게 다가왔다. 곱상한 외모에 눈매가 서글서글한 미남형 서 소위는 나 대위가 강릉기지로 올 때 함께 온 조종사였다.

"자네 고향이 이북이라고 들었네. 그래서 내가 불렀지."

"선배님도 이북입니까?"

"나? 그래, 원산이지."

"조금 힘드시겠습니다."

"힘들지 않다면 거짓말이겠지."

치곤은 건성으로 밥을 먹고 있는 나 대위를 쳐다보았다. 오늘만 해도 세 번이나 출격을 했기에 나 대위나 치곤은 피로가 덕지덕지 쌓인 상태였다. 치곤과 달리 나 대위는 이지적인 모습에 사내치고는 섬세한

편이었다. 다소 감성적인 면도 있어서 무뚝뚝한 치곤과는 어울리지 않았다. 그러나 하늘 위를 달릴 때는 서로가 곧잘 의기투합했다.

나 대위는 치곤과 같은 다치아라이 육군비행학교 동기였다. 일본에서는 같은 생도대에 속하지 않았기에 낯이 익지 않았던 동료였다. 귀국 후 나 대위 역시 항공기지사령부에 입대했고 6·25 초창기에 정찰비행전대에서 활약했다. 치곤과 거의 같은 과정을 거쳐 강릉기지에 온 것이다.

며칠째 이어진 송림제철소 폭격작전에 출격한 나 대위는 고향 근처를 날고 돌아온 날은 특히 잠을 설쳤다.

"부모님은 무사하실까?"

나 대위의 걱정을 알지만 도움을 줄 수 없기에 동료들은 그저 안타까울 뿐이었다. 8·15 해방 직후 나 대위와 형제들은 자유를 찾아 남하했지만 부모님은 고령이었기에 원산에 계속 남아있겠다고 했다는 것이다. 그 후 6·25가 터졌고 11월 국군이 원산을 수복한 후 나 대위는 비로소 부모님을 만났다고 했다. 전쟁 중이고 임무 수행하는 군인이었기에 우선 가진 돈 전부를 부모님께 드리고 다시 찾아뵙겠다는 말만 남긴 채 돌아섰다고 했다. 그러나 그것이 마지막이었다. 12월, 중공군의 개입으로 철수할 때 부모님을 모시러 갈 수 없었기 때문이다.

"무엇보다도 공산당원들에게 고통을 당할까봐 그게 제일 걱정되네. 내가 대한민국 공군의 조종사라는 걸 모를 리 없을 테니까 말이야."

서 소위는 나 대위의 고통이 마치 자기 일 같았다.

"선배님, 기운 내십시오. 우리가 반드시 적을 섬멸해서 부모님을 찾을 때까지 말입니다."

너무 뻔한 말이었지만 서 소위로서는 달리 할 말이 떠오르지 않았다. 미 공군과 UN군이 도와주고 있고 또 휴전협정이 진행 중임을 믿고 전쟁이 끝나기를 기다리는 수밖에 없었다. 무모한 전쟁을 종식시키기 위해 어제도 오늘도 그리고 내일도 우리가 강릉기지에서 뜨고 내리는 게 아닌가.

강릉기지 제10전투비행전대에 부여된 송림지역의 공장지대와 제철소지역 공격작전은 서서히 마무리 단계에 접어들고 있었다. 내일의 출격을 위해 정비를 마친 전투기 위로 어느새 어둠이 내려앉았다. 냇 킹 콜의 투 영(Too Young)을 따라 부르는 조종사들의 노래가 창밖으로 흘러나와 기지 주변으로 흩어지고 있었다.

화사한 봄 날씨답게 맑게 갠 하늘은 이륙하기에 더없이 좋았다. 나창준 제1편대장은 세 대의 F-51D 편대를 이끌고 강릉기지를 이륙했다. 이륙한 지 5분도 안 되어 북한군 지역으로 들어섰다. 북한 땅 이곳저곳에서도 진달래는 피어있었다. 온통 흐드러지게 핀 꽃이 계곡과 산골짜기에서 분홍빛 향기를 풍기고 있었다. 그러나 꽃향기 대신 지상에서는 기다렸다는 듯 대공포화를 쏘아 올렸다. 나 대위는 적의 포화쯤은 두렵지 않다는 듯 하늘을 가로질러 진남포 서북쪽 15km로 출격했다. 오늘의 제1폭격목표는 진남포 일대의 철도와 군용건물이고, 제2의 폭격목표는 진남포 군수품 생산공장이었다.

편대장 나 대위의 눈에 제1목표물이 들어왔다. 목표물을 포착한 나창준 편대장은 고도를 8,000피트로 낮추었다. 이어 뒤따르는 편대기에 지시를 내렸다.

"제1격은 철도 폭파다. 다음 2격은 적의 건물이다. 폭격준비!"

나 편대장의 명령에 2번기 유치곤, 3번기 옥만호, 4번기 손재권은 재빨리 폭격준비 자세로 돌입했다. 이미 익숙한 동작으로 무장 스위치를 가동시킨 편대원들은 다음 동작을 기다렸다.

나 대위가 목표를 향해 급강하했다. 세 대의 편대기들도 일정한 간격을 유지하면서 편대장 뒤를 따랐다. 목표에 진입한 나 대위가 철도에 폭탄을 떨어뜨렸다. 연이은 폭음과 함께 파편들이 허공에서 춤추듯 튀어올라 흩어졌다. 뒤따르던 유치곤과 옥만호 그리고 손재권까지 차례로 가세하여 폭탄을 떨어뜨렸다. 철도는 형체도 알아볼 수 없을 정도로 파괴되었다.

'천파만파 산산이 부서지어라. 그래도 나는 아직 부족할 뿐!'

부모님만 생각하면 가슴이 찢어졌다. 나 대위의 울분은 고스란히 적의 시설에 대한 타격으로 이어졌다. 제2폭격을 감행하기 위해 나 대위는 상공에서 선회하며 편대기들을 기다렸다. 집결지점에 모인 네 대의 편대는 폭격고도를 취한 뒤 제2공격목표인 적의 건물로 급강하했다. 그리고 로켓탄과 기총을 퍼부었다. 이제는 적지가 돼버린 고향과, 부모님을 떠올릴수록 나창준 대위의 두 눈에는 적개심만 불타오를 뿐이었다. 치를 떨며 기총을 퍼붓는 나 대위 눈앞에 검붉게 타오르는 적의 건물이 보였다. 때맞춰 남쪽에서 불어온 바람을 타고 적의 건물은 송두리째 불바다를 이루고 있었다.

로켓탄과 기총사격을 한 후 즉시 급상승한 네 대의 전투기는 출격비행고도를 유지한 채 불타는 적의 건물을 내려다보았다. 목표물 명중을 확인한 편대는 다음 목표를 향해 이동할 자세를 취했다.

"제2공격목표로 이동한다!"

"라저!"

나 편대장은 한결 흡족한 표정으로 진남포 군수공장으로 기수를 돌렸다. 그러나 철도 폭격물이 있는 곳과 얼마 떨어져 있지 않은 군수품 공장 일대는 짙은 안개가 깔려 있어서 앞을 분간하기 어려웠다. 공격 목표물을 포착할 수 없을 정도로 안개가 자욱했다. 편대는 진남포 상공에서 선회하다가 폭격목표를 확인하려고 고도를 낮춰 잡았다. 차츰 차츰 고도를 낮추다보니 안개 속을 헤집고 마침내 높이 솟은 공장굴뚝이 드러났다.

"여기다! 제2의 공격목표 발견! 짙은 안개 주의 바람! 가까운 진입은 금한다. 폭격준비!"

"폭격준비 완료!"

나 편대장의 명령과 편대원들의 대답이 함께 리시버에 울렸다. 편대원들은 기민한 동작으로 로켓탄 작동기기를 점검했다. 폭격준비를 확인한 나 대위는 목표물을 향해 기수를 아래로 꽂았다. 2번기 유치곤도 나창준 편대장 뒤를 따르기 위해 조종간을 잡았다. 그때였다. 안개 속을 헤치고 적의 대공포화가 작렬했다. 마치 기습공격처럼 적의 포화는 벌떼 같은 소리를 내며 터졌다. 순식간에 선두에 선 나 편대장의 전투기에 대공 포탄이 뚫고 들어왔다.

편대장 뒤를 따르던 2번기 유치곤은 뭔가 이상했다. 분명히 앞에서 급강하하던 편대장의 기수였는데 순간적으로 기체가 흔들리는 것을 보았기 때문이다. 유치곤은 다급하게 편대장을 불렀다.

"편대장님! 편대장님!"

"폭격을…… 계속하라!"

나 편대장의 목소리가 희미하게 들렸다. 유치곤은 리시버를 통해 나 편대장의 명령을 똑똑히 들었지만 불길한 생각이 들었다. 치곤은 얼른 전투기를 나창준 편대장 옆으로 몰았다. 캐노피를 통해 나 대위와 유치곤의 눈이 마주쳤다. 순간 나 대위 얼굴에 엷은 미소가 번졌다. 나 대위가 두 손을 번쩍 들어보였다. 그런 다음 그대로 검붉은 화염에 휩싸인 적지로 내달렸다. 너무나 짧은 순간에 일어난 일이었다.

치곤은 제 눈앞에서 벌어진 일을 도저히 믿을 수 없었다. 불과 몇 분 전만 해도 서로 OK 사인을 주고받으며 전투기를 몰지 않았던가. 의식을 잃어가면서도 나창준 대위는 마지막 힘을 다해 명령을 내린 것이 분명했다. 나 대위의 고향을 다시 찾는 날 함께 가기로 약속까지 했는데 그 약속은 어쩌란 말인가. 아아, 사흘 전에도 함께 출격해서 적의 군수공장에 기총세례를 퍼부었던 나창준 대위 아니었던가. 어제저녁 식당에서 함께 불렀던 노래를 이젠 두 번 다시 부를 수 없단 말인가. 정녕 이게 사실이란 말인가.

치곤은 두 눈을 질끈 감았다가 떴다. 굵은 눈물이 방울져 떨어졌다. 전우를 잃은 세 대의 전투기들은 비통한 심경으로 한동안 상공을 선회했다. 활활 타오르는 지상의 불꽃 속에 은빛 날개와 태극 문양이 보였다. 치곤은 입술을 깨물며 부르짖었다.

"전우여, 잘 가라! 내가 전우 몫까지 싸우리. 내 반드시 전우의 고향을 찾으리."

시계를 들여다보던 당번 보초가 다가와 유치곤을 흔들었다. 그런데 깊은 잠에 빠진 줄 알았던 치곤은 당번보초의 손길이 닿자마자 벌떡 일어났다. 화들짝 놀란 당번 보초가 오히려 한 발짝 뒤로 물러섰다.

"어, 놀랐어? 미안하네. 곧 브리핑 시간인데 꿈속에서 일어나야지, 일어나야지 그렇게 계속 생각은 하면서도 눈이 떠져야 말이지. 고맙네, 깨워줘서."

기지개를 켜며 치곤은 아직도 놀란 표정으로 서 있는 당번 보초 어깨를 툭 친 다음 씨익 웃었다. 새벽 공기는 여전히 차가웠다. 그러나 언 눈 위에서 부는 아침 바람은 오히려 상쾌했다.

오늘 출격할 4개 편대의 조종사가 속속 브리핑실로 들어오고 있었다. 각 조종사 앞으로 사진이 배포되었다. 치곤은 사진을 들어 자세히 보았다. 전형적인 시골마을 전경이었다. 미 공군이 공중 촬영한 것을 보낸 것이었다. 촌락으로 위장된 사진을 들고 치곤은 고개를 끄덕였다.

"사진 속 마을이 오늘 우리의 공격목표다. 위치는 황해도 사리원에서 남남동 방향 약 50km 지점에 있으며 대략 50여 채 정도 되는 촌락이다. 어제오늘 일이 아니다만 이 촌락 역시 철저히 위장된 마을이다. 미 제5공군의 정찰 활동에 의한 첩보에 따르면 적 지상군의 주요 지역 사령부가 주둔해 있는 걸로 알고 있다. 그뿐만 아니라 상당한 탄약도 저장돼 있다는 보고도 있다."

치곤은 사진 속 정경을 머릿속에 집어넣었다. 마을은 황해도 평야에서 서남으로 뻗어 있는 멸악산맥 북쪽에 자리하고 있었다. 야산으로 둘러싸인 마을은 평화로워 보였다. 그러나 치곤은 사진만 보고도 대번에 위장된 마을임을 알 수 있었다. 마을의 단 한 집도 공격 받은 흔적을 찾아볼 수 없었기 때문이다.

각 편대별로 지정받은 공격목표를 향해 전투기는 강릉기지를 떠났다. 편대장 유치곤은 대관령을 넘어 서울 방향으로 기수를 틀었다. 서울을 우측으로 끼고 인천 상공을 지나 서해 상공으로 진입해 들어갔다. 유치곤이 이끄는 편대는 서해 상공에서 기수를 북으로 돌렸다.

"공격준비 대형으로 재편성한다!"

유치곤 편대장은 지시를 내린 후 해안선 상공으로 접근을 시도했다. 그리고 전투기동인 좌우상하 급기동을 하며 북으로 향했다. 해주를 지나 얼마 안 되어 멸악산맥 북쪽 야산에 둘러싸인 촌락이 나타났다. 사진으로 본 공격목표 마을이었다. 목표상공 9,000피트에서 편대장 유치곤의 전투기가 좌측으로 선회했다. 편대기들도 편대장기를 따라 돌았다.

"4번기, 김 소위 들리는가!"

유치곤 편대장이 김 소위를 불렀다. 신참조종사 김 소위는 리시버의 호출에 놀라 황급히 대답했다.

"넵. 4번기 김창오 소위 들립니다!"

"잘 봐둬라. 지금 우리 아래 있는 저 마을은 보다시피 평화롭기 그지없는 곳이다. 우리의 고향과 별반 다르지 않다. 내가 김 소위를 찾은 건 처음 출격한 김 소위가 적들의 위장술에 혹해 중요한 순간에 결정을 내리지 못하고 머뭇거릴까 걱정되어 확인시켜 주려는 것이다. 저기 언덕을 봐라. 학교 건물도 보이지 않는가. 그 아래 초가지붕은 마치 내 집같이 다가오지? 그러나 조금 더 내려가서 보면 초가 기둥에 붙인 글귀를 볼 수 있을 것이다. 반한, 반미 구호가 걸린 포스터를 말이다. 자, 김 소위. 현혹되지 않도록 하고 공격개시에 맞춰 내 뒤를 따르기 바란다. 알겠나?"

"넵. 4번기, 라저!"

김 소위는 마치 자신의 속내를 들킨 것 같아 얼굴이 화끈거렸다. 솔직히 조금 전만 해도 김 소위는 마음이 흔들렸던 것이다. 사진이 아닌 실제로 하늘에서 내려다본 마을은 순박한 사람들이 오순도순 모여 사는 평화스러운 곳으로 여겨졌다. 그런 곳을 공격해야 한다는 사실에 동족상잔의 비극인 현실을 생각하며 마음이 울컥해지기도 했던 것이다. 편대장을 믿고 따르기로 마음을 다져먹은 김 소위는 조종간을 움켜쥐고 공격 자세를 취했다.

공격개시 명령을 내린 치곤은 선두로 내달려 500파운드 폭탄 2발을 투하한 후 급상승했다. 김 소위의 공격차례가 다가왔다. 기수를 90도로 급강하한 김 소위도 폭탄투하 고도에서 버튼을 누른 후 급상승했다. 이어서 편대장 유치곤은 재공격 명령을 내렸다. 재공격은 6문의 캘리버50 기관포 사격을 가하는 것이다. 김 소위는 편대장을 따라 4,000피트 정도에서 공격강하를 시작했다. 저고도에서 수차례 반복 사격을 하자 초가는 불에 타서 화염에 휩싸였다. 반미구호의 포스터가 눈에 들어온 것을 확인하는 순간 화염 속 초가 여러 곳에서 펑 펑 터지는 폭발음이 진동했다. 위장한 초가에 저장돼 있던 탄약이 폭발하는 위력에 전투기 동체가 휘청거렸다.

"4번기, 확인했는가?"

김 소위는 유치곤 편대장이 무엇을 묻는지 알고 있었다. 김 소위는 크게 대답했다.

"넵. 확실히 확인했습니다. 반미구호가 적힌 포스터도 봤습니다."

"됐다. 공격목표는 탄약고였음이 증명됐으므로 특별결과 보고를 올린다는 것을 명심해라. 이상!"

"4번기. 라저!"

기지 귀환 명령을 내린 유치곤 편대장은 촌락을 벗어나 야트막한 야산을 넘은 후 저고도를 유지한 채 날았다. 기수는 남으로 향한 채 1,000피트 정도 고도로 날면서 넓은 평야를 내려다보고 있었다. 미 공군이 완전 장악한 북한 땅의 적군은 낮에는 숨은 채 거의 활동을 하지 않았다. 미 공군과 한국 공군의 공격이 두려웠기 때문이다. 북한군은 땅강아지처럼 야간에만 움직였다. 김 소위도 유치곤 편대장처럼 저고도로 날았다. 해안까지 오는 동안 상공에서 내려다본 평야는 조용했고 아늑했다. 거짓말처럼 소달구지를 끌고 가는 농부가 보였다.

'아, 저 풍경이 진짜 평화로운 모습이구나.'

농부를 목격한 김 소위는 평화의 참모습을 본 것 같았다. 그러나 해안선이 나타나면서 평화로운 풍경을 더는 볼 수 없었다. 서서히 편대장기를 따라 고도를 높이는 편대원들의 전투기는 점점 하늘로 올라가기 시작했다. 겨울이 밀려갈 준비를 하는지 해님이 훨씬 누그러진 표정으로 다가왔다.

4월 말, 봄 날씨는 유난히 변덕스러웠다. 봄비와 함께 하늘은 잔뜩 찌푸려 있었다. 그런데 오전 내내 어두웠던 하늘이 정오를 지나면서부터 차차 맑아지기 시작했다. 한바탕 심술을 부린 구름이 물러난 하늘은 한결 말간 얼굴을 드러냈다.

제1편대장 유치곤은 2번기 박용만 소위, 3번기 박재호 대위, 4번기 보들리 중위를 이끌고 진남포로 출격했다. 미 제5공군의 새츄레이트

작전의 일환으로 진남포 지구 철도차단작전을 수행하기 위해서였다. 오늘로써 벌써 3일째, 해주 북쪽 신창리와 진남포 북쪽 정화리 그리고 원산 남쪽 안변지역으로 출격하여 철도 및 교량과 보급로 파괴를 감행하는 중이었다. 진남포 북쪽 10km 상공에 도착한 편대장 치곤은 목표물을 확인했다. 며칠간 이어진 공격으로 철도는 상당히 파손돼 있었다. 그러나 북한군이 야간을 이용해 복구한 철도가 눈에 들어왔다. 기체 밑에 깔린 두 줄의 철로를 치곤의 눈이 놓칠 리 없었다.

"폭격목표 발견!"

"건 스위치 온(Gun switch on)!"

"공격개시!"

지시를 내린 편대장 유치곤은 철로를 목표로 급강하하면서 한 바퀴 돌았다. 동시에 그의 로켓탄이 불을 토했다. 적의 포진지에서 날아온 총알이 치곤의 기체를 스치고 지나갔다. 멋지게 명중한 곳을 뒤따르던 편대기들이 연달아 철로와 포진지를 때려댔다. 공중에서 마주친 적의 총탄과 편대기의 기관총탄이 불꽃으로 튀었다. 치곤은 또다시 기수를 내리꽂듯 달려 나가 기총소사로 적진지를 훑으면서 지나갔다. 적진지가 조용해졌다. 절단된 두 줄의 철로 주위로 파편이 어지러이 흩어져 있었다. 랑데부 지점에서 집합한 편대의 이상 유무를 확인한 치곤은 기수를 강릉기지로 돌렸다.

임무를 완수한 후 기체에 경미한 사고 한 점 없이 귀환하는 길은 언제나 뿌듯했다. 오늘 따라 활주로에 착륙하는 전투기도 부드럽게 땅에 닿았다. 엔진을 끄자 정비사가 재빨리 올라왔다. 땀에 젖은 안전모를 벗어든 치곤을 향해 정비사 최 상사가 크게 외쳤다.

"유 대위님, 100회 출격을 축하드립니다!"

"어? 내가?"

"넵. 편대장님이 100회 출격용사 6번째입니다. 조금 전에 귀환하신 정주량 소령님과 같이 오늘 드디어 100회를 달성하셨습니다."

첫 100회 출격조종사인 김두만 소령 이후 4월에만 100회 출격 조종사가 줄줄이 탄생했다. 이기협, 김금성, 옥만호, 정주량에 이어 유치곤은 6번째로 100회 출격용사 대열에 합류했다.

정주량 소령과 유치곤은 부대원들의 박수를 받으며 축하행사가 마련된 장소로 걸어갔다. 어느새 축하행사장에는 강릉시민인 유치원생과 노인들까지 모여들었고 학생들이 태극기를 흔들며 환호성을 질렀다. 여학생이 걸어준 꽃다발에 파묻힌 치곤의 얼굴이 소년처럼 붉어졌다. 단상 앞에 선 전대장이 참모총장의 표창장을 읽어나갔다. 시민들 앞에 당당하게 서 있지만 유치곤의 머릿속으로는 지나간 일들이 파노라마처럼 지나갔다.

처음 출격 나갔을 때 지나친 의협감에 비해 느꼈던 허망감, 적진에서 처음 맞닥뜨린 대공포화를 피하느라 허둥댔던 일, 탄약을 숨긴 곳이라는 사실을 알면서도 막상 평화롭게 보이는 마을을 공격할 때 잠시나마 가졌던 갈등, 금강산의 가을 정경에 취해 편대에 뒤쳐졌다가 귀환 후 받았던 벌칙.

'아아, 무장정찰 때는 그래도 신났었지. 오로지 적의 기관차를 표적으로 삼았으니까. 5인치 로켓포 6발에 기총 1,800발을 장전하고 나가면 얼마나 든든했던가. L-4로 정찰했을 때 가졌던 비통함을 깡그리 씻어주던 무장정찰 출격이었던 것을. 적의 목표물에 정확히 터진 로켓포

는 마치 천둥치는 소리 같았지.'

그러나 무엇보다 가슴 시렸던 건 동료조종사의 산화 소식이었다. 치곤은 먼저 간 동료를 생각하면 가슴이 아렸다. 아린만큼 그것은 커다란 분노가 되어 활주로를 달리고 하늘을 날게 만들었다.

'이 상은 나 혼자만의 것이 아니다. 전우여, 보고 있는가. 그대들에게 이 상을 바치노라.'

치곤은 전사한 동료를 생각하며 표창장을 받았다. 모여선 강릉시민과 학생들이 부르는 축하노래 '비행행진곡'이 강릉기지에 울려 퍼졌다.

씩씩한 이 나라의 대한의 아들 빛나는 배달문화 전통을 잇고
새로운 자유낙원 건설하고자 거룩한 싸움터에 이 몸 바쳤네.
저 하늘 넓은 들에 날개 쳐가세 막힘이 있을까 위로 아래로
하늘은 우리들의 영원한 소망 하늘은 우리들의 영원한 일터

여느 날과 다름없이 새벽 다섯 시에 정비사 최 상사는 숙소를 나왔다. 매번 같은 시간에 숙소를 나오지만 여명은 하루가 다르게 밝아지는 속도가 빨랐다. 꼭두새벽에 서둘러 램프(Ramp, 주기장)로 나가는 최 상사의 발걸음은 가벼웠다.

"최 상사, 잠깐만!"

새벽 공기를 뚫고 누군가 달려오면서 최 상사를 불렀다.

"아니, 유 대위님 아니십니까?"

유치곤 대위는 잠에서 깨자마자 바로 최 상사를 찾아 뛰어온 모양이었다.

"최 상사가 램프로 나가기 전에 만나려고 서둘러 왔지요. 최 상사, 그동안 참 고마웠소."

유 대위가 파카 주머니에서 봉투 하나를 꺼내 최 상사 손에 쥐어주었다.

"이게 뭡니까?"

최 상사가 봉투와 유 대위 얼굴을 번갈아 보며 물었다.

"어제 100회 출격 축하금으로 100만 원 받았소. 내가 100회 출격을 달성할 수 있었던 건 순전히 내 항공기를 잘 돌봐준 최 상사님 덕분이라오. 이걸로는 인사가 부족하지만 내 성의로 여겨주시오."

"유 대위님. 저는 제가 할 일을 당연히 했을 뿐입니다. 이리 귀한 축하금을 제게 주시면 제가 오히려 부담스러워집니다."

"하하, 부담스러우면 앞으로도 항공기 잘 돌봐주시오. 오늘도 수고하시고 그럼 이만."

손을 들어 보인 유치곤은 재빨리 오던 길을 되돌아 뛰어가 버렸다. 봉투를 든 채 멀어져가는 유 대위 뒷모습을 보는 최 상사는 만감이 교차했다. 6·25전쟁이 일어난 지 벌써 1년 하고도 10개월이 지났다. 항공기 정비사로서 그동안 말로 표현할 수 없는 일을 겪었던 최 상사였다.

항공기의 일선 정비사(Aircraft Line Maintenance Engineer)는 언제나 가장 가혹한 현장에서 정비에 매달려야 했다. 전쟁이라는 극한 상황에 내몰렸던 비행기지는 포장되지 않은 곳에서 이착륙을 감행했고, 관제탑도 없는 상태에서 작전이 이루어졌다. L-4와 L-5는 배터리 수명을 아껴야 하기 때문에 프로펠러를 일일이 손으로 돌려야만 했다. 항공기에 연료 보급을 할 때는 드럼통에 로터리 펌프를 꼽고 호스의 다른 끝부분을 연료 탱크 주유구에 집어넣은 후 펌프 핸들을 손으로 돌렸다. 여의도 시절, 비행부대 정비사가 머무는 곳은 달랑 천막 하나에 간이 의자 몇 개가 전부였다.

일인다역을 서슴지 않았던 정비사들은 L-4의 후방석에 동승하여 전단 살포와 대지 공중정찰활동 그리고 연락 등의 임무를 수행했을 뿐만 아니라 보초를 서거나, 식사당번과 눈을 치우고 잡초를 뽑는 일에까지 동원되었다.

너무나 느린 L형(Liaison) 연락기는 취약한 기체구조 때문에 이착륙할 때 약하기 그지없었다. 그 모습에 정비사들은 사기마저 완전히 땅바닥에 떨어져 있었다. 그때 김신 중령이 F-51D를 몰고 대구기지에 내렸다. 태극마크가 그려진 F-51D 전투기를 보았을 때 정비사들은 눈물이 날 정도로 감격하여 함성을 질렀다.

대한민국 공군조종사는 미 공군조종사와 훈련을 겸한 출격을 하기 시작했고, 그에 따라 항공기의 정비 역시 미 공군 정비사의 주도 하에 한국인 정비사가 함께 하는 공동 작업이 시작되었다. 모든 정비용 공구는 미군 정비사 것을 쓸 수밖에 없었다. 심지어 기름과 오물을 닦아내는 걸레마저 미 공군의 지원에 의존했다. 처음부터 함께 작업하고 의논 하며 매뉴얼에 따라 진행하는 정비는 눈코 뜰 새 없이 바빴다. 폭탄, 로켓탄, 기관포탄 등의 무장 장착을 할 때는 직접 거들기도 했다.

최 상사가 유치곤을 처음 만난 건 대구기지에서였다. 마산, 왜관, 창녕, 영천 등으로 정찰 나가는 L-4 연락기를 정비해주면서 알게 된 것이다. 그 후 강릉기지로 옮겨온 최 상사는 정비뿐만 아니라 착륙한 항공기를 유도하거나 손질하고 무장하는 모든 일에 솔선수범으로 임했다.

강릉기지에서는 출격작전이 쉴 새 없이 이루어졌다. 자연히 정비사도 늘 바빴다. 비가 오면 엔진의 마그넷 브레이커-포인트에 빗물이 들어가지 않도록 옷을 벗어 가리면서 작업하곤 했다. 이른 새벽이면 누가 시키지 않아도 항공기가 있는 곳으로 나와 저마다 바쁘게 일손을 놀렸다.

특히 눈이 오는 날에는 여간 신경이 곤두서는 게 아니었다. 비행기 출격에 지장이 없도록 하기 위해 캐노피를 모포로 덮어씌워 두는데 이것이 얼어붙어 녹이느라 야단법석을 떠는 일이 비일비재했다. 눈만큼 괴로운 게 모래바람이었다. 해변의 잦은 모래바람은 부속품 사이를 파고들어가기 때문에 일일이 분해하여 정비하는 일 또한 여간 고역이 아니었다.

강릉기지의 정비 업무가 고되지만 한편으론 우리 공군조종사의 기량이 나날이 발전하고 있다는 사실에 최 상사는 자부심과 긍지를 가지게 되었다. 자신이 정비한 전투기를 몰고 벌써 100회 신화를 이룩한 유치곤 대위를 보면서 최 상사는 헤스 대령을 떠올렸다. 한국전에 참전한 헤스 대령은 100회 출격을 세우고도 미 본토로 돌아가지 않았다. 1년도 채 안 되는 기간에 250회 출격을 세운 헤스 대령의 전투기에 전 정비사가 합심해서 페인트로 '信念의 鳥人(신념의 조인)'을 써 붙였다. 그것을 보고 무척 흡족해 했던 헤스 대령. 그는 참 군인의 면모를 유감없이 보여주었다.

최 상사는 확신했다. 한국의 헤스 대령은 유치곤 대위가 될 것이라고. 램프가 가까워질수록 최 상사의 발걸음은 바빠졌다. 아니, 그의 마음은 벌써 전투기에 가 있었다. '전투기를 덮은 모포를 벗겨내면 제일 먼저 엔진의 냉각액이나 윤활유 누수는 없는지 살펴봐야겠다.' 오늘도 최 상사의 하루는 오로지 전투기 점검을 하는 것으로 시작했다.

미 공군기에 일찌감치 하늘을 제압당한 북한 공군은 겨우 소련의 지원을 받아 압록강 너머 만주지역에 비행기지를 배치하고 있었다. 이에 미 공군은 청천강과 압록강 사이, 서쪽으로는 서해안 연안과 동쪽으로는 수풍댐과 희천을 연결하는 지역을 묶은 미그회랑(MiG Alley)을 설정했다. 그럼에도 북한 기는 60~80대씩 편대군 방식으로 출몰하였으나 공중전에서 미 공군을 돌파하지는 못했다. 그러자 북한 공군은 방식을 바꾸어 남으로 내려올 때는 35,000피트의 고도를 취하고 있다가 평양 상공에 이르러 기수를 다시 북으로 돌려 15,000에서 20,000피트로 강하하여 주요 보급로를 따라 북상하면서 공격을 감행하거나 귀환하는 UN 공군 폭격기와 F-86 세이버(Sabre) 전투기를 공격했다. 그러다 MiG-15 북한 공군기는 서울 상공까지 진입했다. 미 제5공군사령관 에버레스트 중장은 이를 도저히 용납할 수 없다며 전투요격기를 대기상태로 각 공군기지에 평균 45대 배치했다.

미 극동공군사령관 웨이랜드 대장은 항공작전이 공중우세 확보작전에만 성과를 거두었고, UN 공군에서 수행하고 있는 적 후방로 보급차단 작전은 큰 성과를 내지 못했다고 판단하여 항공압박작전을 구상했다. 판문점에서 진행하고 있는 정전회담을 성공시키기 위해 북한 내의 군사목표물을 파괴함으로써 북한 정부가 UN의 전쟁중지 제안을 받아들이게 하려는 목적이었다.

UN군 산하의 전 항공기가 하루에 세 차례에 걸쳐 동시 공격을 했다.

오전 9시와 오후 1시 그리고 오후 5시에 500대의 항공기가 평양 상공으로 날아들었다. 아주 새까맣게 평양의 하늘을 덮어버린 항공기가 연거푸 폭탄과 네이팜탄을 떨어뜨렸다. 지상의 북한군은 고사포와 대공포탄을 쏘아 올렸다. 1952년 8월 29일, 평양 일대는 네이팜탄의 불꽃과 포연으로 가득했다.

이 작전에 한국 공군은 UN 공군의 단위부대로 3개 편대조가 총 36소티를 출격하여 대동강 인근의 공장지역을 공격했다. 출격조종사는 강호륜 1편대군장, 전봉희 2편대군장, 오춘목 3편대군장, 주영복, 밀러, 장성태, 박완규, 볼츠, 백정현, 배상호, 이호영, 임상섭, 임순혁, 랜들, 임종두, 이창실, 송재봉, 현창건 등 모두 18명이었다.

유치곤은 평양대폭격 작전에 출격하지 못했다. 그가 사천기지로 파견 나가 있을 때 작전이 실시되었기 때문이다. 중요한 작전에 참가하지 못한 아쉬움은 동료들의 무용담을 듣는 것으로 채울 수밖에 없었다.

여름이 다가오면서 UN 공군은 중공군 전력이 증강되는 것을 저지하고 휴전을 압박하기 위한 작전의 일환으로 북한 지역의 수력발전소, 군수품 생산공장, 보급소 집적소 등을 폭격했다. 그런데 38선 이북은 전쟁 발발 후 이미 초토화되어 있었다. 제공권을 장악한 미 공군 비행기들이 눈에 보이는 모든 구조물을 군사시설로 간주하고 폭격했던 것이다. 군지도부는 군사 관련 시설물을 모두 지하로 옮겼다. 대부분의 군수물자는 중국에서 들여왔다. 군인은 야간을 빌어 이동했고 진지와 참호는 시멘트로 만들고 은폐했다. 공군의 폭격을 피해 공산군이 게릴라 전술을 썼기에 공산군의 집결지를 찾기란 보통 어려운 일이 아니었다. 때문에 공군의 폭격은 별다른 진전을 보이지 않고 남과 북의 육군은 서로 유리한 위치에 서기 위해 치열한 공방전을 펼치고 있었다.

정전협상을 무려 748일간 끌어오는 동안 159회의 큰 회담과 765회의 각종 회담이 지루하게 이루어지고 있었다. 그 사이 전선은 교착된 상태였다. 하지만 남과 북의 치열한 공방전은 끊이지 않았다. 땅을 조금이라도 더 차지하기 위해 수색정찰전과 진지전 그리고 고지쟁탈전 형태로 전쟁이 계속 이어졌다.

"금강산을 뺏기는 한이 있어도 월비산은 확보하라!"

한사코 확보하라고 김일성이 명령한 월비산은 강원도 고성군에 있었다. 351고지는 월비산으로부터 동쪽 2km 지점에 위치한 곳으로 동부전선의 최북단 돌출부였다. 그뿐만 아니라 원산에서 강릉까지 이어지는 해안도로가 있어 교통의 요지이기도 했다. 아군 측 역시 351고지는 동부전선의 마지노선이자 지리적, 전략적 요충지이기 때문에 반드시 고수해야만 했다.

전장의 주도권을 잡기 위해 351고지에서는 수시로 남과 북이 바뀌는 쟁탈전이 일어났다. 그러다가 1952년 추계공세가 끝난 후, 북한은 대규모 병력을 배치하여 부대를 재정비하고 지상포화와 공중공격에 대비한 난공불락의 요새를 구축해버렸다. 한사코 351고지를 방어하겠다는 결사항전의 태세를 갖춘 것이었다.

100회 출격 후 유치곤은 사천기지로 원대복귀했다. 사천 제1전투비행단에서 한 달 여 후배조종사 양성 교관으로 활동한 후 다시 강릉전진부대로 배치되었다. 1953년 2월 15일 제10전투비행전대는 제10전투비행단으로 승격했다. 미 공군은 최신예 제트전투기 F-84로 교체하면서 갖고 있던 F-51D를 한국공군에게 양도했다. 그 결과 70여 대의 전투기와 부속 자동차 그리고 로켓포와 바주카포 등 각종 무기까지 제공받은 제10전투비행단은 갑자기 규모가 커져버렸다. 전투기와 조종사, 병력이 증강 배치된 만큼 출격횟수도 늘어났다.

제10전투비행단의 브리핑실 아침 풍경은 크게 변한 건 없었다. 정면 벽에 걸린 커다란 지도에는 '351고지 중심의 주요전투지역'이라고 적힌 상황도가 시선을 끌었다. 방 한가운데에는 여덟 개의 긴 책상이 죽 놓여 있었다. 차렷! 구령과 함께 시작된 회의는 인원보고와 적정보고로 이어졌다.

장지량 전대장 겸 부단장이 주위를 돌아보며 전술토의를 진행해 나갔다.

"우리 부대는 연일 351고지 근접항공지원 작전을 수행해왔다. 351고지를 방어하고 있던 육군 제15사단이 합동작전본부를 통해 우리에게 공중공격 지원을 요청했다. 내용인즉, 북한군의 제7군단 예하 제53연대 제2대대가 최후 수단을 동원해 공격해오고 있다고 한다. 북한군은 3월 중순부터 351고지의 후방을 기습하기 위해 동굴을 뚫어 공격을 하고 있다. 적군은 낮에는 우리 공군의 공격을 피해 조용히 있다가 야간을 틈타 동굴을 이용한 접근 방법으로 공격을 하므로 자칫 동고지가 적의 수중에 떨어질 위험에 직면했다는 것이다. 지금부터 지상군의 작전계획 수립을 위한 전술토의를 실시하고자 한다. 그동안 검토한 내용을 작전과장의 설명으로 들어보고 토의를 진행하겠다."

"넵. 육군 제15사단의 항공지원 요청을 받은 후 현지 제15사단 전술항공통제반(TACP)에 파견근무 중이던 배 중위와 351고지에 대한 공중공격에 관해 2일 간에 걸쳐 협의를 가졌으나 문제점이 많이 드러났습니다. 이 문제점을 해결하지 않으면 항공지원이 어려울 것으로 판단됩니다."

"어떤 문제점이 있는가?"

"넵. 첫째는 동 목표가 지상에 노출되지 않은 목표물이라는 점, 둘째 우리 육군 진지와 불과 400야드 거리에 동굴 입구가 있어 자칫 아군 진지를 오폭할 가능성이 있다는 점, 셋째 오폭으로 아군지역을 공격하면 지상군 손실이 너무 커서 역효과가 난다는 점입니다. 이상!"

"여러 문제점이 있지만 그렇다고 풍전등화의 위기에 처한 아군 진지를 내버려둘 수는 없다고 본다. 우선 오폭방지를 위한 대책을 강구하라. 이번 작전은 통상적인 근접지원이 아닌 육, 해군 그리고 미 공군과 미 해군까지 가세하는 합동작전이 될 것이다. 351고지 근접항공지원을 면밀히 검토해서 최대한의 성과를 올릴 공격을 감행하도록 하자."

전대장의 지시에 따라 제10전투비행단은 351고지 작전에 돌입하기 위한 준비에 들어갔다. 오폭방지를 위해 전술항공통제반의 협력은 필수적이었다. 공지합동작전은 복잡한 통신연락과 정확한 정찰 그리고 신속한 기동성을 충분히 발휘해야만 효과를 극대화할 수 있기 때문이었다.

전술토의에서 나타난 문제점을 고려하여 육군 제15사단 포병부대와 미 제6148전술항공통제부대(T-6 모스키토 통제기) 그리고 15사단에 파견된 전방항공통제관(FAC) 및 대한민국 공군의 전투기 F-51D가 참가하는, 명실 공히 한·미 공군과 지상군의 합동작전 계획이 수립되었다. 특히 작전 계획이 사전에 적에게 노출되지 않도록 하기 위해 이승만 대통령의 생일날인 3월 26일에 작전을 감행하기로 했다. 말하자면 축하비행을 위장한 출격이었다.

편대군장을 맡은 윤응렬 소령은 유치곤을 대동하고 사전 정찰을 시도했다. 351고지 근처를 세 번이나 면밀히 정찰한 후 출격편대군을 짰다. 각 편대장들과 출격조종사들은 그동안의 공격 명중 능력을 엄중히 평가하여 100회 이상 출격한 베테랑으로 선정했다. 모두 4개 편대 16대의 전투기 출격을 구성하는 것으로 계획은 진행되었다.

제1편대(Blue:윤응렬 소령, 황정덕 중위, 유치곤 대위, 김비정 중위), 제2편대(White:이기협 소령, 최성달 중위, 현창건 중위, 조항식 중위), 제3편대(Green:옥만호 소령, 천영성 중위, 박용만 중위, 최순선 중위), 제4편대(Black:김금성 소령, 권찬식 중위, 임상섭 중위, 전형일 중위) 등 4개 편조로 구성하고 F-51D는 각각 500파운드 폭탄 2발과 캘리버50 기총탄 1,000발로 무장했다.

"일기는 양호, 좌표는 DT 423 756."

드디어 공격이 개시되었다. 3월 들어 한 명의 조종사는 위급상태에 빠졌으며 또 한 명의 동료조종사가 순직했다. 이재국 소위는 351고지 공격 중 적의 흉탄에 맞아 급히 기지로 귀환하던 중 기체에 화재가 발생했다. 가까스로 인근 해변에 비상착륙했으나 전신화상으로 위독한 상황에 놓였다. 그리고 한국공군의 에이스 리히토펜이라 불리는 임택순 중위의 전사 소식이 이어졌다. 제10전투비행단은 비장한 각오로 작전에 임했다. 호출부호 Blue편대에 속한 유치곤 역시 마찬가지였다.

'임택순 전우여, 그대가 장렬히 산화한 351고지에서 그대가 못다 한

몫까지 내가 그리고 우리가 해내겠다. 반드시!'

첫 편대인 Blue편대가 오전 10시에 기지를 이륙했다. 뒤이어 2, 3, 4 편대가 각각 공격 개시 시차를 두고 이륙했다. 351고지는 북으로는 해금강을 내려다보고 멀리 금강산을 굽어볼 수 있는 곳이었다. 산 정상은 비교적 평탄했으며 타원형인 구릉지로 형성된 고지대였다. 편대는 백두대간의 준령을 병풍으로 삼고 안쪽을 선회하면서 동북 방향으로 공격기동을 잡았다.

전투대형으로 비행한 제1편대는 12시 20분에 351고지 상공에 도달했다. 제15사단 전술항공통제반에서 목표물에 대한 위치를 모스키토에 지시하고 있던 배 중위는 목표물에 대한 제압사격(Flak Suppression)을 육군 화력지원본부에 요청했다. 3분간에 걸친 제압사격이 끝나면 공중에서 대기하고 있던 모스키토가 움직일 차례였다.

"FAC(Forward Air Controller, 전방공중통제기), 타겟 슈팅 로켓!"

제1편대군장 및 편대장인 윤 소령이 전방공중통제기와 교신을 시도했다. 아군에 대한 오폭을 사전에 예방하기 위한 확인절차에 들어간 것이다. 잠시 후 T-6 모스키토 항공기가 적의 목표를 향해 급강하하면서 목표물 확인 연막탄(Marking Round)을 발사했다. T-6 모스키토는 표적에 대한 마킹사격을 실시하여 공군 편대기에게 적진지를 알린 후 급히 목표지점을 이탈했다.

"목표물 신호로켓탄이 명중한 곳에서 11시 방향 20야드. 이상!"

지상의 FAC에서 목표물을 정확히 확인해주는 통신연락을 받은 윤 소령은 편대기들을 호출했다.

"목표물 확인했나?"

"라저!"

목표물을 확인했다는 편대기들의 대답과 동시에 편대군장은 공격 돌진 신호를 보냈다.

"들어간다!"

9,000피트 상공에서 대기하고 있던 제1편대의 편대장기가 급강하 하면서 500파운드 폭탄을 목표물에 투하했다. 2, 3, 4번기도 차례로 급강하한 후 공격을 감행했다. 그리고 급히 목표물에서 벗어났다. 뒤이어 요란한 폭음과 함께 산골짜기는 불바다가 되었다.

"명중! 명중! 계속 때려라!"

리시버를 통해 모스키토에서 연속적으로 목표물 폭격 성공을 알려주었다. 제2, 제3 그리고 제4편대까지 재차 목표물을 향해 공격을 가했다. 단일작전에 출격한 16대의 F-51D 전투기는 오후 1시에 제4편대의 공격을 끝으로 모든 임무를 완수한 후 강릉기지로 귀환했다.

"이번 공격으로 적의 군용건물 15동 파괴, 동굴 2개소, 벙커 20개소, 참호와 교통로 100야드가 절단되었다. 이로써 육군 제15사단이 담당하고 있던 전략요충지인 351고지에 대한 적의 위협은 사라지게 되었다. 그리고 또 하나 기쁜 소식은 이번 작전에 출격한 16명 조종사 전원에게 충무무공훈장이 수여될 것이다. 이는 공군에 있어 단일작전에 참가했던 전 조종사가 무공훈장을 수상하게 되는 전무후무한 일로 기록될 것이다. 모두들 축하한다."

부대 내는 자축하는 분위기로 가득했다. 그러나 유치곤은 훈장 수여보다도 다시 강릉기지로 돌아온 사실에 더 흡족했다. 조종사 양성교관도 나름 보람 있는 역할이지만 훈련기를 몰고 같은 장소를 하루 종일 뱅뱅 도는 일은 도저히 성에 차지 않았다. 그는 적의 진지로 날아가 대공화기와 맞서며 목표물을 명중시켜야만 직성이 풀렸다.

"한동안 몸이 근질근질해서 혼났지."

다시 강릉기지로 돌아온 유치곤이 그를 반기는 동료에게 솔직한 심정을 토로한 첫 마디였다. 그러나 치곤의 가슴 깊숙한 곳에는 불안한 상처가 자리하고 있었다. 그 누구도 모르는 상처였다.

브리핑을 마치고 나온 유 중위는 하늘을 쳐다보았다. 하늘은 구름 한 점 없이 청명했지만 초여름 치곤 무더웠다. 오늘 따라 사천 앞바다에서 불어오는 바람도 없었다. 황량한 비행장 주변과 활주로 위에 쏟아진 햇살이 후끈후끈한 열기로 되살아나 AT-6기를 한껏 달구고 있었다.

AT-6기 앞에 조종학생 김순경이 유 중위를 기다리고 있었다. 잔뜩 긴장한 듯 김순경의 얼굴은 굳어 있었고 이마와 콧등엔 땀이 송송 맺혀 있었다. 처음으로 편대비행훈련을 실시하는 첫날이니 조종학생이 긴장하는 건 당연했다.

"자네, 안전모 쓰기 전에 땀부터 잘 닦게나."

"넵!"

"자만해서도 안 되네만 너무 긴장해도 실수를 저지를 수 있다네."

조종학생 김순경은 여전히 부동자세로 대답했다. 조종학생들에게 교관은 하늘같은 존재였다. 당연히 교관 유 중위도 하늘처럼 보였다. 강릉기지에서 100회 출격을 달성한 조종사라는 사실 하나만으로도 그는 분명 대선배였던 것이다.

"명심하게. 편대비행에서는 한 치의 실수도 용납하지 않는다는 걸."

교관 유 중위가 비행기 점검에 들어갔다. 그 뒤를 김순경이 따라붙었다. 불과 몇 달 사이에 많은 것이 변했다. 훈련 여건이 크게 나아진 건 없지만 전쟁 중인데도 조종사가 되겠다는 일념으로 들어온 조종학생들은 각오가 대단했다. 그에 맞춰 조종교육도 기본과정에 충실한 체계를 갖춰가고 있었다.

편대비행훈련을 실시할 네 대의 AT-6기가 차례차례 활주로를 달려 나갔다. 1번기의 편대장은 구선진 중위였고 조종학생은 장창갑이었다. 1번 편대장기에 이어 2번기가 하늘로 둥싯 떠올랐다. 훈련기 뒷좌석에 교관 유 중위를 태운 채 2번기 조종학생 김순경은 서서히 고도를 높였다. 활주로가 점점 작게 보였다. 편대비행에 이르기까지 그동안 활주로 위를 얼마나 달렸던가. 비행기를 몰고 달린 시간보다 맨몸으로 활주로 위를 달린 시간이 더 많았다. 비행조작을 실수하거나 교관의 질문에 미처 대답 하지 못하면 비행 후에는 어김없이 활주로 위를 달려야 했던 지난날이 떠올랐다. 교관 유 중위가 AT-6기를 몰고 달리면 꼬리 부분을 붙잡고 행여 놓칠세라 비행기 속도에 맞춰 뛰어야 했다. 열기를 품은 활주로 위를 달리는 건 사막과 다를 바 없었다. 입에서는 단내가 났고 온몸은 땀으로 목욕을 하곤 했다. 어려운 고비를 넘기고 드디어 편대비행에 이른 김순경은 또 하나의 관문을 통과하기 위해 정신을 바짝 차렸다.

어느새 활주로를 벗어난 훈련기는 푸른 바다 위에 떠 있었다. 간간이 흘러가는 구름이 있을 뿐 훈련하기엔 더없이 맞춤한 날씨였다. 1번 편대장기가 높은 고도를 유지한 채 세 대의 훈련기를 기다리고 있었다. 세 대의 훈련기가 편대 대형을 갖춘 것을 확인한 편대장기에서 지시가 떨어졌다.

"2번기, 3번기는 서로 위치를 바꿔라!"

"알았다, 오버!"

편대장기의 지시에 따라 2번기의 조종학생 김순경이 위치를 바꾸려는 찰나였다. 갑자기 1번기가 급속도로 하강하는 것이 눈에 들어왔다. 2번기 바로 위에 있던 1번기였기에 그대로 있다가는 충돌할 것 같았다. 김순경은 급히 조종간을 잡고 순식간에 고도를 떨어뜨렸다. 1번기와의 충돌을 피하려면 그보다 더 빠른 속도로 피해야 한다는 생각뿐이었다. 급가속으로 고도를 떨어트린 비행기는 공중에서 심하게 요동쳤다. 급히 내려가던 훈련기 아래로 푸른 바다가 넘실거렸다. 기체가 바다 속으로 들어가기 전에 이번에는 조종간을 최대한 당겨 고도를 올렸다. 김순경의 등 뒤로 식은땀이 흘러내렸다. 짧은 순간이었지만 김순경은 머리끝이 쭈뼛 설 정도로 오싹했다.

"교관님, 괜찮으십니까?"

가까스로 충돌의 위기를 모면한 김순경은 교관 유 중위부터 찾았다. 그러나 리시버에서는 아무 소리도 들리지 않았다. 평소 같으면 벌써 불호령이 떨어졌거나 어떤 지시가 내려졌을 것이다. 그런데 뒷좌석의 교관은 조용하기만 했다. 불안한 생각에 김순경은 뒤를 돌아보았다.

"아!"

김순경은 그만 가슴이 덜컥 내려앉았다. 조종간을 잡은 손이 와들와들 떨렸다. 교관 유 중위의 안전모가 벗겨져 있었고 얼굴은 온통 피투성이었다.

"교관님! 교관님!"

김순경은 어찌할 바를 모르고 교관님만 불러댔다. 그러나 이미 헬멧이 벗겨진 유 중위에게 김순경의 외침이 들릴 리 없었다. 가까스로 김순경과 눈이 마주친 유 중위는 손으로 기지로 돌아가자는 지시를 내렸다. 기지로 돌아가자는 사인을 받은 김순경은 얼른 기수를 돌렸다. 조종간을 꽉 잡았지만 김순경의 가슴은 조여들었고 얼굴은 사색이었다. 피범벅 된 유 중위 얼굴을 본 순간부터 이미 조종학생 김순경은 제 정신이 아니었다.

'도대체 무슨 일이 있었던 거지? 뭐가 잘못된 건가? 아아, 제발 교관님께 아무 일이 없어야 할 텐데.'

정전협정이 진행될수록 전쟁의 양상도 점점 치열해졌다. 특히 351고지를 둔 남과 북의 접전은 역습과 공습의 연속이었다. 제10전투비행단은 적의 전력손실을 최대화하기 위해 주로 적 보급로와 보급품집적소를 주 타깃으로 공격해 나갔다.

유치곤 대위는 351고지 항공지원작전 성공 후에도 주로 351 인근 지역으로 출격했다. 대부분 작전은 지상군에 대한 항공지원이었다. 그 외 적 후방지역차단작전 임무를 띠고 출격하기도 했다. 고성, 신천, 평강, 법동리, 신고산, 사리원, 원산지구 등등 지상군이 지원을 요청하는 곳은 몸을 사리지 않고 어디든 날아갔다.

하늘은 오전 내내 흐렸다.

"오늘 출격을 못 하는가?"

하늘을 올려다본 치곤은 인상을 잔뜩 찌푸렸다.

"날씨 핑계 삼아 하루쯤 쉬어도 되지 않는가."

"무슨 소리. 저 놈들이 우리를 쉬게 두질 않잖아. 아주 두더지처럼 땅굴을 파곤, 어느 구멍에서 튀어나와 습격해올지 모르니 육군이 곤욕을 치르고 있는 거라고. 우리가 하늘에서 퍼붓지 않으면 351고지와 339고지 모두 북한군에게 넘어갈 텐데 어떻게 하룬들 쉴 수가 있나."

"어떻게 유 대위는 지치지도 않나? 그 열정과 패기가 부럽구먼."

유치곤은 흰 이를 드러내며 웃어넘겼다. 그러나 치곤의 구릿빛 얼굴에는 자신감이 넘쳐흘렀다. 치곤의 바람대로 오후가 되자 하늘은 맨얼굴을 드러내기 시작했다. 오후 4시, 고성 및 금성지구의 지상군을 지원하기 위해 편대장 유치곤은 활주로를 박차고 하늘로 날아올랐다. 그 뒤를 윤자중, 손홍준, 백정현이 전투비행으로 따라갔다. 감월리 상공에서 지상군과 호응하면서 편대장 유치곤은 유감없이 폭탄을 떨어뜨려 명중시킨 후 기총사격을 가했다. 공격을 끝낸 치곤은 적진지 상공을 저공으로 비행하며 한 바퀴 돌았다. 이미 적의 벙커 4개소는 완전 전파되었고 주위는 처참했다. 그러나 적들은 동굴 속 혹은 계곡 사이에 죽은 듯 엎드려 있으면서 전투기를 볼 것이다. 치곤은 적군들 보란 듯이 그 위를 낮게 날았다. 그리고 외쳤다.

"이놈들아, 나는 대한민국 공군 유치곤이다! 내 전투기에 그려져 있는 태극마크를 똑똑히 보거라."

5월 30일, 유치곤 대위는 출격 200회를 기록했다. 역사적인 200회 달성을 이룬 날 트랩에서 내리는 그에게 전대장이 막걸리 한 사발을 건넸다. 단숨에 막걸리를 비운 치곤에게 동료들과 정비사들이 몰려와 그를 둘러쌌다. 그들은 유치곤을 목말 태운 채 기지 내를 돌았다. 목말을 탄 유치곤은 만감이 교차했지만 덤덤히 축하인사를 받았다. 잿빛 구름 사이에 언뜻 보이는 태양이 활주로 위에 떠 있었다. 언제 봐도 아름다운 풍경이었다.

'내 여기서 자만하지 않을 것이다. 내가 조종간을 잡고 있는 한 활주로와 하늘은 내가 누비는 길이다. 뜨거운 태양을 머리에 인 채 내달려야 하는 이 길이 내 운명인 것을.'

제10전투비행단의 공지협동 지원공격에도 불구하고 6월 2일에 351고지가 적의 수중에 들어가버리고 말았다. 6월 3일부터 고지탈환을 위해 미 공군 B-29 폭격기와 미 제95기동함대 순양함과 구축함의 포화가 동원되었다. 그 외 미 제77기동함대 항공모함에서 출격한 함재기까지 월비산과 351고지 그리고 148고지와 187고지 일대를 공습했다. 그러나 북한군이 강력하게 저항했고 고지탈환은 실패로 돌아갔다.

정전협정이 가까워질수록 고지쟁탈전은 도를 더해갔다. 휴전이 발효되면 한쪽이 차지한 전선이 영토로 확정되므로 한 치의 땅을 확보하기 위한 쟁탈전이 극에 달했다. 적군이 야간침공으로 차지한 땅을 낮에 공군의 엄호를 받은 지상군이 재탈환하는 전투가 반복되었다.

판문점에서 휴전협정이 조인되었다. 저녁이 되면 모든 전투가 중지되는 것이다. 제1전투비행단은 전 조종사에게 출격준비와 함께 대기명령을 내렸다. 기지에 있는 F-51D 전투기 75대 중 가동할 수 있는 72대가 출격준비를 마쳤다.

"지상군의 전방 요충지 탈환작전 지원에 전력을 다하라!"

작전 지시에 따라 새벽부터 강릉기지는 폭음으로 요란했다. 라인에 임시 작전지휘소가 설치되고 각급 지휘관들은 전투지휘에 총동원 되었다.

"콜 사인(Call Sign, 호출 부호) 제1편대 에이블(Able). 목표 351고지. 적 대공화기 필사적이다. 최저 안전고도 엄수할 것. 공격 후 해상으로 이탈하여 랑데부하라. 이상!"

간단한 브리핑 절차 후 낙하산을 멘 조종사들은 후다닥 전투기에 올라타고 활주로를 내달려 하늘로 솟구쳤다.

"목표 DT 414 741. 적 지상군 집결소 파괴와 동해안 고성 북방 351고지 지상군 엄호작전! 이상!"

폭탄과 로켓으로 무장한 편대가 이륙하고 돌아오는 기지는 하루 종일 긴장과 울분으로 점철되었다.

"기지에 있는 모든 탄약을 소비하자. 지상군이 한 치라도 더 차지하게 백발백중 명중시키자!"

"유종의 미를 거두자!"

적지에서 돌아온 조종사들은 서로를 격려하면서 굳은 결의를 나누었다. 땀 밴 후줄근한 조종복이 등에 착 달라붙어도 겨우 주스 한 잔 마시고 바로 출격하는 조종사들 얼굴엔 비장감이 서렸다. 헬기로 수송한 부상자를 나르는 요원들, 숨 돌릴 틈도 없이 재출격 준비에 비지땀을 흘리는 정비사와 무장사, 몽달귀신은 되지 말아야 한다면서도 한번이라도 더 출격하려는 총각 조종사까지 기지 전체가 전쟁터를 방불케 했다. 7월 27일 하루에만 180회 출격이라는 살인적 기록이 강릉기지에서 이루어졌다.

마지막 편대가 기지로 돌아올 무렵 어느새 태양은 대관령에 걸쳐 있었다. 한국공군과 미 공군 7함대 예하 77 및 95기동부대 연합으로 수행한 공 · 지 · 해 합동작전에서 공군은 지상군의 요청에 맞춰 1,538회 출격을 감행했다. 끝까지 북한군은 맹렬하게 저항했으며 그 결과 351고지와 339고지를 북한에 남겨둔 채 전투는 종료되고 말았다. 아군은 38선 북쪽의 설악산과 속초 그리고 거진과 간성지역을 확보했다.

개전 초기에 단 한 대의 전투기도 없이 경항공기 22대로 남하하는 적군에 맞서야 했던 공군은 휴전협정이 발효되기 전까지 F-51D 전투기 133대를 도입해 총 8,457회 출격에 적병사살 892명, 건물 1,770동, 차량 459대, 탄약 및 연료집적소 1,285개소, 철교 및 인도교 124개소와 포진지 521개소 파괴, 철도 1,014개를 차단하는 성과를 올렸다.

무엇보다 기록할만한 업적은 휴전 종료시점까지 100회 출격 용사를 39명이나 배출했다는 사실이다. 6·25전쟁 중 하늘의 전장을 누빈 한국 공군 전투조종사는 166명이었다. 그러나 안타깝게도 전쟁 기간 중 22명이 적지에서 산화했으며 17명이 훈련 중 불의의 사고로 순직했다.

유치곤은 말없이 서서 대관령을 넘어가는 해를 바라보았다.

"놈들의 포격으로 한잠도 못 잤지요. 천막도 날아갔지요. 신호탄 좌로 100m 소나무만 때리시야요."

"명중이야요. 명중! 지상군 박수소리랑 함성 들으시라요. 포대 죽사발 됐시요. 기총 한번만 더 갈겨주시라요."

치곤의 귀에는 351고지 상공에서 무선통신으로 주고받던 전방통제장교(FAC)의 평안도 사투리가 여전히 생생하게 울려들어왔다. 출격횟수까지 속이면서 한 번이라도 더 출격하려던 동료와 후배 조종사의 얼굴도 떠올랐다. 어찌 보면 무모하고 만용에 가까운 출격을 감행했지만 그것이 우직한 강릉기지 산돼지들의 본모습이었다.

신화적인 203회 출격기록을 세웠지만 여전히 유치곤은 351고지로 날아가고 싶었다. 적에게 고지를 넘겨준, 아니 넘겨줄 수밖에 없었던 뼈아픈 현실을 오롯이 받아들일 수만은 없었다. 먼저 침공을 감행한 적 때문에 얼마나 많은 양민이 희생되었는가. 아름다운 산천이 입은 상처와 전우를 잃은 슬픔을 어떻게 잊는단 말인가. 대관령에 걸린 붉은 해가 쉬 넘어가지 못 하고 붉은 울음만 오래오래 토해내었다.

05
전설이 된 빨간 마후라

휴전협정 이후 미국은 한국에 대해 경제와 군사 전반에 걸친 대대적인 원조를 약속했다. 이승만 대통령의 워싱턴 방문으로 경제원조뿐만 아니라 공군력 증강을 위한 협의도 원만하게 진행되었다. 특히 공군력 증강을 위해 공군에서는 '공군 현대화' 프로젝트를 추진했다.

공군 현대화를 위해 미국은 F-86 제트전투기 1개 비행단 창설과 T-33 제트훈련기 1개 대대 그리고 C-46 수송기 1개 대대와 H-19 헬기 1개 대대를 1954년 11월부터 1957년까지 순차적으로 지원하기로 합의했다.

전투기 도입이 늘어나고 비행단 규모가 커지면서 1958년 8월 1일, 김포 비행장에 제11전투비행단이 창설되었다. 강릉비행단에 이은 두 번째 비행단 창설이었다. 제11전투비행단장은 4년간 주미대사관 무관과 공군본부 작전국장을 지냈던 장지량 장군이었다.

제11전투비행단 초대 비행단장에 임명된 장지량 단장은 조종사 상황을 잘 아는 부하가 필요했다. 그때 떠오른 인물이 김금성과 유치곤이었다. 강릉기지에 있을 때 김금성과 유치곤은 가히 신화적인 인물이었다. 김금성은 198회 출격기록을 갖고 있었으며 유치곤은 유일한 203회 최다출격자였으니 두 사람 모두 조종에 대해서는 타의 추종을 불허했다. 장지량 단장은 김금성을 부단장에 앉히고 유치곤에게는 전대장 보직을 맡겼다. 좌우로 든든한 날개를 배치한 것이다.

동생이 없는 장지량 단장은 다섯 살 아래인 유치곤 소령을 마치 친동생 대하듯 각별히 아꼈다. 그에 보답하듯 유치곤도 맡은 책무를 깔끔하게 처리해나갔다. 부하들 사이에서 흔히 일어날 수 있는 경미한 말썽 한 번 없이 맡은 직무를 수행했다. 듬쑥한 유치곤을 장지량 단장은 매우 흡족해했다.

"유 전대장, 부하 다루는 걸 보면 자넨 참 빨간 마후라답게 잘 한다는 생각을 하게 된다네. 역시 내가 사람 하난 잘 골랐어."

결코 입에 발린 칭찬이 아니란 걸 알기에 치곤은 더욱 모범적인 전대장 역할을 해내었다. 그러나 유치곤의 얼굴이 점점 어두워지는 걸 눈치 챈 사람은 아무도 없었다. 텅 빈 사무실 책상에 앉아 멍하니 하늘을 올려다보는 시간이 길어질수록 그의 눈에는 외로움이 감돌았다.

뜬금없이 수원비행단의 김두만 단장을 찾아온 유치곤은 어딘가 모르게 초조해 보였다.

"단장님. 부탁이 있습니다."

“무슨 부탁인가?”

“F-86을 한번 타보면 안 될까 하고.”

“어려운 건 아니지만 갑자기 왜?”

김 단장은 김포비행단을 두고 굳이 수원비행단에 찾아와서 F-86을 타보겠다는 유치곤의 부탁이 의아했다. 그러나 베테랑 조종사가 비행을 해보겠다고 하는데 안 된다고 냉정하게 거절할 수도 없었다. 그리고 이미 10전투비행단 제트교육대에서 전환교육을 받은 것을 알기에 비행을 허락했다.

“어디 마음껏 한 바퀴 돌아보게. 자네 실력이 녹슬진 않았을 테니까 나는 활주로 컨트롤에서 지켜보겠네.”

김두만은 꼭 집어서 말할 수 없지만 불안감을 느꼈다. 그래서 활주로 컨트롤에 나가겠다는 말을 한 것이다. 활주로 컨트롤은 조종사의 착륙을 지켜보면서 고도가 높다든지 낮다는 등의 조언을 해주는 곳이다. 그렇기 때문에 베테랑 조종사에게는 달갑지 않은 배려이기도 했다. 활주로 컨트롤에서 지켜보겠다는 김두만의 말에 아무런 반응을 보이지 않은 유치곤은 뚜벅뚜벅 전투기를 향해 다가갔다. 캐노피를 내린 치곤은 엔진 시동을 걸었다. 곧 지축을 흔드는 폭음과 함께 불꽃을 뿜으면서 F-86이 매끄럽게 활주로를 벗어났다. 여유롭게 출발하는 치곤과 전투기를 보면서 김두만은 조금 전에 가졌던 불안에 대해 고개를 갸우뚱했다.

한동안 조용하던 하늘에 유치곤이 탄 F-86이 다시 모습을 드러냈다.

“나, 유치곤이다!”

“착륙을 허가한다. 오버!”

착륙허가를 받은 유치곤은 착륙을 시도했다. 그런데 고도를 조절하지 못한 항공기가 불안한 자세를 취했다. 평소보다 높은 고도에서 착륙을 시도하려는 치곤에게 김두만 단장은 얼른 마이크를 잡고 지시를 내렸다.

"고도 조절 바람! 현재 너무 높다."

활주로를 지켜보며 지시를 내리는 김두만은 치곤이 조종하는 전투기에서 눈을 뗄 수 없었다. 컨트롤 지시를 받았지만 유치곤은 비행을 계속했다. 평소보다 높은 고도에서 무리한 착륙을 시도하고 만 것이다. 활주로 중간에서 급히 내린 항공기는 한동안 앞으로 밀려나가다가 활주로 끝에 가서야 겨우 멈췄다.

"착륙이 왜 그래? 내가 고도가 높다고 주의를 줬지 않았나? 매우 위험할 뻔했잖은가."

다른 부하였다면 한 대 먼저 치고 볼 정도로 아슬아슬한 착륙이었다. 김두만 단장의 역정에도 치곤은 아무 말 없이 안전모를 벗어 옆에 선 병사에게 건넸다. 땀범벅인 치곤의 얼굴이 초췌해 보였다. 평소의 유치곤답지 않은 표정이었다.

"자네, 무슨 일 있는가?"

치곤은 자신의 실수가 열없었던지 먼산바라기를 한 채 한숨을 쉬었다.

"내가 눈이 나쁘다네."

무겁게 입을 연 치곤의 말을 듣는 순간 김두만은 앞뒤 생각할 겨를 없이 단호하게 한 마디 던졌다.

"너, 너 비행기 타지 마!"

“비행기를 타지 말라고? 그건 내가 이 땅에 두 발을 딛고 살 의미가 없다는 것과 같아.”

“자네처럼 비행기를 사랑하고 조종을 잘 하는 사람 드물지. 그런데 이건 심각한 문제야. 조종사에게 시력이 얼마나 중요한지 누구보다 자네가 더 잘 알 것 아닌가. 그러고 보니 자네는 그 사실이 두려워서 여기 와서 확인해본 것이었구먼. 그러나 분명히 말해두겠네. 웬만하면 나도 두남두기 할 수도 있네만 이건 아니네. 자네 생명과 연관된 문제니까.”

치곤의 어깨가 한없이 처졌다. 그 모습을 지켜보는 김두만 단장의 시선도 복잡하게 얽혀 버렸다.

“치곤, 마음을 진정시키고 찬찬히 생각해보게나. 자네나 나나 우린 한끝 차이로 살아난 목숨이었네. 영문도 모른 채 일본 군인이 되어 이름도 없이 그리고 흔적도 없이 낯선 이국땅에서 한 점 먼지로 사라질 뻔했었지. 다행히 일본의 패망으로 해방된 조국에 돌아왔고, 특히나 해방된 조국에서 우리가 할 일이 있었다는 것이 얼마나 뿌듯했는가. 나라를 잃으면 어떤 고초와 멸시를 받는지 자네나 나나 뼈저리게 겪었기에 우리는 죽음을 두려워하지 않고 적지를 날아다녔잖은가. 치곤, 더욱이 자네는 공군에서 큰 족적을 남긴 사람이야. 그러니 더 이상 무리는 하지 말게. 꼭 비행조종이 아니더라도 자네의 203회 출격과 승호리 철교 폭파작전의 성공은 두고두고 전 조종사, 아니 전 국군의 귀감이 되고도 남는다네. 이런 말을 하면서도 내심 나는 자네에게 놀라고 말았네. 어떻게 잘 보이지 않는 눈으로 출격을 감행했는지 말이야.”

“아니, 유 전대장이 이 밤에 웬일인가?”

장지량 단장은 치곤의 방문이 의아스러웠다. 부대 내의 집무실이 아닌 상도동 관사를 찾아온 건 처음 있는 일이었다. 더구나 밤늦은 시간이었다.

"우선 앉게나."

거실로 안내된 치곤은 느닷없이 장 단장 앞에 무릎을 꿇었다. 그리곤 어깨를 들썩이며 울었다. 의외의 행동에 놀란 장지량 단장은 다그쳐 물었다.

"자네, 왜 이러나? 왜? 무슨 일 있는가?"

그러나 치곤은 고개를 떨어뜨린 채 울기만 했다. 치곤의 생울음에 장 단장의 가슴이 철렁 내려앉았다. 필시 무슨 사고가 일어난 모양이라고 생각한 장 단장의 머릿속이 복잡하게 돌아갔다.

'혹시 비행기 사고? 아니면 충돌인가? 그도 아니면 부하들이 하극상이라도 일으켰단 말인가?'

답답하고 불안한 생각이 꼬리에 꼬리를 물었다. 그러나 단장인 자기마저 흥분하거나 초조해서는 안 될 일이었다. 울고 있는 유 중령을 진정시키는 게 우선이었다.

"유 중령, 잘 듣게나. 자네는 나를 단지 상관으로만 생각할지 몰라도 나는 자네를 내 친동생처럼 여겼네. 지금부터 유 중령이 무슨 말을 해도 나는 형의 입장에서 동생의 말을 경청하고 해결하도록 돕겠네. 그러니 눈물을 거두고 속 시원히 말해보게나. 왜 그러는가?"

그래도 유치곤은 좀체 입을 열지 않고 울기만 했다. 제 설움에 겨운 생울음이 가슴 깊은 곳에서 샘솟는 듯 어깨를 들썩이며 울고만 있었다. 장 단장은 큰 사고가 났다는 생각에 목이 바짝바짝 타들어갔다.

"유 중령, 불미한 일이 있다면 형제간에는 서로 돕는 거라네. 어서 말해보게."

장 단장의 설득에 간신히 울음을 삼킨 유치곤은 천천히 입을 뗐다.

"단장님. 제가 사천훈련비행단 교관으로 있을 때 비행기 사고를 냈습니다."

"그래? 그런데 그게 언제였지? 그때라면 1952년도인가?"

뜬금없이 7년 전의 일을 끄집어낸 유 중령의 다음 말이 궁금해서 장 단장은 기다렸다.

"훈련생 지도 중에 접촉 사고가 났고 그때 제가 눈을 다쳤습니다."

"눈을 다쳤다고? 그렇더라도 7년 전 일이라면 다 나은 것 아닌가? 그 후에 강릉기지로 복귀해서 200회 출격기록도 세웠잖은가. 눈이 안 보였다면 불가능한 일이었을 텐데?"

"네. 솔직히 말씀드리면 100회 이상 다녔던 곳이라서 눈감고도 북한 땅은 어디든 날아갈 수 있었습니다. 한쪽 눈으로 조종해도 저는 전혀 불편한 줄 몰랐습니다."

"허, 이 사람. 그런 상태였는데도 비행기를 몰았다고?"

장 단장은 말문이 막혔다. 유치곤의 203회 출격은 분명 공군사에 길이 남는 위대한 기록이었다. 강릉기지로 배치된 신임조종사들이 유치곤을 표상으로 삼을 정도로 그는 공군의 자랑이고 보물이었다.

"그런데 이해가 안 되는군. 왜 이제 와서 실토를 하는 건지 말이야."

잠시 머뭇거리던 유치곤이 풀죽은 소리로 말했다.

"미 고문단이 시력검사를 실시했기 때문입니다."

"그건 해마다 하는 것이잖은가? 조종사는 시력이 중요하니까."

유치곤은 입술을 앙다물었다. 고뇌에 찬 유치곤의 얼굴이 무척 심각해 보였다.

"아무래도 내가 모르는 문제가 있는 모양이군. 유 중령, 이왕 나를 찾아왔으니 다 털어놓으시게."

"미 고문단이 한국조종사 중에 시력이 나빠진 사람이 많다는 말을 들었답니다. 그래서 종전 시력표를 폐기하고 새로운 시력표를 가지고 시력검사를 실시했습니다. 단장님, 새 시력표 앞에서 저는 무력해질 수밖에 없었습니다. 왜냐하면, 왜냐하면 저, 저는 그동안 시력표를 죄 외워서 시력검사에 통과했기 때문입니다."

유치곤의 실토에 장 단장은 또 한 번 충격을 받았다. 기존의 시력표를 줄줄이 외우면서 시력검사에 임했다는 유치곤을 한동안 바라보던 장 단장은 깊은 탄식을 쏟아냈다.

"이 사람 유치곤, 어떻게 그럴 수 있나? 사선을 넘나드는 전선에서 전투기를 모는 것만 해도 위험한데, 한쪽 눈이 보이지 않는데도 조종을 하기 위해 시력표를 외우기까지 했다니……. 나는 도저히 믿을 수가 없네."

유 중령의 어깨가 다시 들썩거렸다. 소리 죽여 흐느끼는 유치곤을 지켜보는 장 단장의 눈에 연민과 안타까움이 섞여 있었다.

"지금까지 어떻게 그런 모험을 감수했는가?"

장 단장은 한숨을 쉬면서도 한편으론 감탄을 감출 수 없었다. 세계의 공군을 다 뒤져도 이런 조종사가 있을까? 한쪽 눈이 보이지 않지만 전투비행사의 임무를 한 치 소홀함 없이 완수했던 유치곤이었다.

"단장님, 저는 비행기를 못 타면 죽은 목숨이나 다름없습니다. 제가 할 수 있는 것이라곤 오직 비행뿐입니다. 단장님, 계속 비행기를 타도록 해 주십시오."

"이 사람아, 자기 몸이 우선이라네. 조종사가 뭐라고 그리 우둔할 정도로 비행을 고집하는가."

유치곤의 시력 상태를 안 이상 장 단장은 그가 더 이상 조종간을 잡도록 허락할 수는 없었다. 조종사의 눈은 독수리보다 더 매섭고 멀리 볼 수 있어야 하지 않은가. 그래야만 나를 지키고 적을 막을 수 있는 것이다.

"단장님, 저는 공군의 최다출격자 유치곤이 아니라 오직 비행에 목숨을 건 유치곤일 뿐입니다. 저는 기댈 언덕 없이 자랐지만 비행기를 알고부터 야망을 품게 되었고 비로소 환희를 느낄 수 있었습니다. 가난과 핍박에 움츠렸던 제가 기개를 펼칠 수 있었던 것도 바로 하늘을 날면서부터였습니다. 비행은 제가 살아가는 목적입니다. 단장님, 저는 비행을 하면서 한 번도 죽음을 생각해본 적이 없었습니다. 조종간을 잡는 순간, 저는 오로지 하늘과 전투기에 제 몸을 맡기고 적지 깊숙이 들어갔습니다. 단장님, 저는 앞으로도 남은 제 생을 전투기와 함께 하고 싶습니다. 어떻게든 비행은 계속할 수 있도록 허락해 주십시오."

유치곤의 모습을 지켜보는 장 단장 역시 괴로웠다. 하늘을 누비는 조종사의 심리를 누구보다 잘 아는 장 단장이었다. 일반 사람들은 도저히 따라갈 수도, 흉내 낼 수도 없는 짜릿한 쾌감과 꿈을 품고 창공을 누비는 그 맛을.

장 단장은 깊은 고민에 빠졌다. 얼마나 급박한 심정이었으면 이 늦은 밤중에 자신을 찾아왔을까. 살아가는 목적이 오직 비행이라는 이 우직한 조종사를 어찌 해야 한단 말인가. 그러나 한쪽 눈이 보이지 않는다는 사실을 알게 된 이상 무조건 비행을 허락할 수도 없었다. 깊은 생각에 잠겼던 장 단장이 마침내 단안을 내린 듯 무겁게 입을 열었다.

"자네는 우리 조종사의 상징적인 인물이야. 보물이나 마찬가지지. 유치곤, 나하고 한 가지 약속을 한다면 비행을 허락하겠네."

"단장님. 비행을 허락해 주신다면 무슨 말씀이든 믿고 따르겠습니다."

"자네의 실력을 믿지만 그래도 만에 하나 실수를 하면 안 되니 반드시 부조종사와 함께 타게나. 단독비행은 절대 안 되네. 알겠는가?"

"넵, 알겠습니다!"

장 단장의 허락이 떨어지자 그제야 유치곤이 고개를 들었다. 그간의 무거운 짐을 내려놓은 듯 좁아져 있던 유치곤의 미간이 서서히 펴졌다. 장 단장은 어이가 없어 허허, 웃었지만 내심 유치곤을 다시 보았다.

"방송작가 한운사 선생님을 뵈러 왔습니다. 잠깐 시간 내주시면 고맙겠습니다."

"누구신지요?"

"저는 공군본부 정훈감 주정호 대령입니다."

"그런데 무슨 일로?"

"아 네. 선생님을 모시고 점심을 함께 하고 싶다는 분이 계셔서 제가 이렇게 방송국까지 찾아왔습니다. 마침 점심시간도 돼 가고 하니 제가 모시겠습니다."

한운사는 잠시 망설였다. 그러나 상대는 신분을 확실히 밝혔고 또 공군이라는 이미지에 이끌려 쾌히 따라나섰다. 두 사람을 태운 차는 새마을 식당 앞에서 멈췄다. 종업원의 안내를 받아 방으로 들어갔다. 방안에 있던 사람들이 일어나서 한운사를 반겼다.

"여기 이 분은 장성환 장군님, 그리고 또 한 분은 장지량 장군님이십니다."

주 대령이 한 분 한 분 소개를 했다.

"어떻게 장군님들께서 저를 초대하셨는지 궁금합니다. 저는 주 대령님이 점심이나 하자고 해서 가볍게 생각하고 따라나섰습니다만……."

처음 본 장군들 앞에서 한운사는 얼떨떨했다.

"사전에 작가님의 의향을 여쭙고 모셔야 했는데 우리가 좀 서둘렀습니다. 그 점 먼저 양해 바랍니다. 요즘 작가님의 라디오 일요 연속 드라마 '현해탄은 알고 있다'를 잘 듣고 있습니다."

"아 네. 고맙습니다."

한창 KBS에서 라디오 연속극으로 나가고 있는 '현해탄은 알고 있다'에 관심을 가져주니 고마운 건 사실이었다. 작가로서 자신의 작품을 알아주는 독자를 만나는 것은 뿌듯한 일이었다.

"저는 글을 잘 쓰시는 분들이 참 부럽습디다. 글을 잘 쓸 줄 알면 꼭 한번 쓰고 싶은 작품이 있는데 글 쓰는 게 너무 어려워서 엄두를 못 냅니다."

한운사는 웃었다. 별을 단 장군은 근엄할 것이라고 지레짐작했는데 막상 앞에 있는 장군들은 소탈하면서도 친밀하게 다가오는 것이었다. 처음 경계심을 가졌던 한운사의 마음이 조금씩 열렸다.

"어떤 이야기를 쓰시고 싶었습니까?"

"이야기를 꺼내자면 아주 오래전으로 거슬러 올라가지요. 지금의 내가 공군에 몸 담고 있어서가 아니라 어릴 때부터 하늘을 나는 비행기만 보면 목을 쭉 빼고 하늘을 쳐다봤지요. 비행기가 사라지고 안 보일 때까지 말이지요. 그 당시는 일본이 지배하고 있을 때였지만 꼭 비행기를 몰고 싶어서 일본 항공대를 지원했지요."

"결국 꿈을 이루신 거네요."

"그렇게 됐지요. 제가 꿈을 가졌던 것처럼 지금 우리나라 청소년들에게도 하늘과 비행기에 대한 꿈을 심어주는 그런 작품이 있으면 좋겠다는 생각이 들었습니다. 그런데 한 작가님, 작가님께서 그런 작품을 하나 써주시면 안 되겠습니까?"

단도직입적으로 장 장군이 물었다. 한운사는 손사래를 쳤다.

"저는 공군에 대해서 아는 게 하나도 없습니다. 아는 게 없는데 뭘 쓰겠습니까?"

"저는 작가님의 '현해탄은 알고 있다'의 원고를 다 읽어봤습니다. 학도병으로 끌려가서 죽음 직전까지 내몰린 한 인간과 그에 얽힌 사랑을 그렇게 리얼하게 그려내신 분이라면 충분히 공군과 조종사에 대한 이야기도 리얼리티를 살려낼 분이라고 생각합니다."

장 장군의 부탁에 옆에 있던 주 대령이 한 마디 더 거들었다.

"작가님께서 시간 내어 공군비행장을 한번 들러보시면 영감을 얻을 수도 있고 모티브를 잡을 수도 있을 것입니다. 직접 체험해 보실 수 있는 모든 여건을 갖춰 놓겠습니다."

"작가님께서 미래의 청소년들이 하늘에 대한 꿈을 품을 수 있는 작품을 꼭 써주십시오."

간곡한 부탁에 한운사의 마음이 움직였다. 공군과 조종사를 가까이에서 볼 기회는 없었지만, 막연하게나마 그들의 듬직한 멋에 끌리고 있던 한운사였다.

"장담은 못 하겠지만 일단 공군부대를 방문해 보겠습니다. 작가는 체험하는 걸 아주 좋아합니다. 다방면을 알아둬서 나쁠 건 없으니까요."

"하하, 작가님께 소중한 체험 시간을 드리겠습니다. 공군을 알게 되면 글이 저절로 나올 것입니다."

"그럼 먼저 한 가지만 질문 드리겠습니다. 한국 공군에서 제일 걸물(傑物)이 누굽니까?"

"걸물? 하하 단연 유치곤이지요."

"맞습니다. 그렇다면 작가님을 바로 K-2부대로 모셔야겠습니다. 거기 가면 산돼지도 있고 호랑이도 있습니다."

서슴없는 장 장군의 대답에 방안에는 왁, 웃음이 터졌다. 실로 유쾌한 웃음에 한운사 작가도 허물없이 웃었다.

대구기지에 도착한 한운사 작가를 박재호 단장이 영접했다. 박재호 단장 뒤에 도열해 있던 조종사들도 한 작가를 반갑게 맞아주었다. '현해탄은 알고 있다'의 인기작가 한운사라는 걸 알고 있는 조종사들은 하나같이 밝은 얼굴이었다.

"환영합니다. 유치곤 대령입니다."

"아, 그렇습니까? 만나 뵙고 싶었습니다."

조종복 차림의 유치곤이 내미는 손을 잡으며 한운사는 첫인상에서 강하게 풍기는 야성미를 느꼈다.

"작가님께서는 부대 내의 모든 시설물을 돌아보시게 될 겁니다. 다니시면서 궁금한 건 언제든 질문하십시오. 조종기술적인 문제 또는 공군 관련 용어 등등 생소하거나 궁금한 게 많으실 겁니다."

"잘 부탁드리겠습니다."

한운사 작가는 막연히 그렸던 공군과 조종사를 직접 대하면서 정신을 바짝 차렸다. 작품을 만들려면 첫째 주인공을 잘 그려야 했다. 주인공을 어떤 스타일로 잡을 것인가, 배경 설정과 줄거리를 어떻게 전개시키고 무엇을 결론으로 내세울 것인가 등등으로 머릿속이 빠르게 돌아갔다.

부대를 한 바퀴 돈 후 직접 전투기를 타볼 기회가 주어졌다.

"한 작가님의 비행기 시승을 유치곤 대령이 할 예정입니다."

부대 견학자 시승은 으레 유치곤 대령이 하는 걸로 내정돼 있었다. 한운사는 비행장구실로 들어가 조종복으로 갈아입었다. 그때 박 대령이 장구실로 들어왔다.

"작가님. 유 대령은 눈을 다친 사람입니다. 다른 젊은 조종사를 요청해서 타십시오."

박 대령은 얼른 귓속말로 일러주고는 장구실을 빠져 나갔다. 한운사는 혼란스러웠다. 부대를 견학하는 내내 날씨도 흐렸고 바람도 불었다. 가뜩이나 일기가 나빠 걱정이 됐는데 유치곤 대령을 배제하라는 말을 들으니 심란했다. 때맞춰 젊은 조종사가 장구실로 들어왔다. 작은 키에 다부진 눈매를 가진 조종사였다. 한운사는 젊은 조종사 손을 잡고 유치곤 대령 앞으로 갔다.

"이 젊은 친구가 절 태우고 조종해주면 좋겠습니다."

한운사의 부탁에 유치곤은 두말 않고 승낙했다.

"손 중위, 작가님 잘 모시게."

한운사 작가를 태운 비행기가 시동을 걸었다. 조종석 뒷자리에 앉은 한운사는 라인에서 손을 흔드는 유치곤을 보았다. 그의 목에 두른 빨간 마후라가 유난히 눈에 띄었다.

"공군은 언제부터 빨간 마후라를 착용하게 됐습니까?"

저녁에 열린 술자리에서, 한운사가 동석한 장교에게 물었다. 비행기 시승을 할 때 이미 작품 제목을 '빨간 마후라'로 내정한 한운사였다.

"빨간 마후라의 유래는 공군 역사의 한 페이지를 장식한 김영환 장군을 빼곤 이야기할 수 없지요. 그 분이 미국으로 교육을 받으러 가기 전에 형수님이 입고 있는 자주색 치마를 보고 마후라를 만들어달라고 했답니다. 그게 빨간 마후라의 시초라고 보시면 됩니다. 김영환 장군은 6·25 때 해인사를 지킨 분으로도 잘 알려져 있습니다."

"공군에는 인물이 많군요. 그런데 하늘을 나는 사나이를 왜 산돼지라고 불렀습니까? 독수리, 보라매 이런 동물을 두고 말이죠."

"산돼지의 원조 역시 김영환 장군입니다. 우리는 강릉기지에서 하루에도 몇 차례씩 출격을 감행했지요. 그때의 조종사들은 산돼지처럼 잘 먹고 용감하게 싸우라는 뜻으로 서로들 그리 불렀지요. 한 작가님께서 좋은 작품 만들어 주시면 우리 공군의 사기에 큰 도움이 될 것입니다. 잘 좀 써 주십시오."

옆에서 말없이 약주를 마시던 유치곤 대령이 한운사에게 술잔을 건넸다. 한운사가 비행기 시승을 하고 트랩에서 내렸을 때 유치곤 대령이 제일 먼저 그에게 다가왔었다. 유치곤은 정중히 기념촬영을 하자고 청했다. 한운사는 유치곤 대령의 손에 들린 안전모를 보았다. 슬며시 미안한 생각이 들었다. 유치곤은 안전모를 들고 비행체험을 마친 한운사가 내릴 때까지 기다렸던 것이다.

"유 대령님의 이야기를 듣고 싶습니다. 203회 출격이라는 경이로운 기록을 세운 분이시라 들었습니다."

"기록? 나는 기록을 세우겠다는 생각으로 비행을 한 건 아니오. 단지 하늘이 좋았을 뿐이오. 하늘에 올라가면 이상하게도 편했소. 작가님은 구름 따라 흘러가서 바람 타고 돌아오는 그 쾌감을 느껴 보았소? 잠시 한 번 비행한 것으로 비행기와 하늘과 조종사의 모든 것을 알았네, 다 느꼈네 그렇게 말하지는 않겠지요. 나는 말이오, 나 유치곤은 오직 하늘에서만 기를 펼 수 있었고 '나'라는 존재를 확인할 수 있었소. 그러니 하늘에서는 두렵지도 않았고 죽음은 나하고 상관없는 것이 돼 버렸소."

유치곤 대령의 말투가 점점 거칠어졌다. 그러나 한운사는 그의 말을 경청하기로 마음먹었다. 한쪽 눈이 의안이라는 사나이, 그런 약점을 감추고 6·25 참전 한국 공군조종사 중에서도 경이로운 기록을 세웠다는 유치곤에 대해 자세히 알고 싶었기 때문이다.

"한 작가님. 조종사도 사람이오. 더구나 전장에서 전투기를 몰고 나가보시오. 5분도 채 안 돼 북한 땅엘 들어서면 내 비행기 바로 배꼽 아래에서 포탄과 총알이 핑핑 날아온단 말이오. 어느 포탄이 내 비행기를 뚫고 들어올지, 어느 총알이 내 머리를 관통할지 알 수가 없지요. 어떤 땐 머리끝이 쭈뼛 서면서 죽음의 공포에 내몰리기도 하지요. 왜냐? 우리도 인간이기 때문이오. 사람, 그렇지, 사람이란 말이오. 그래서 어떤 조종사는 몰래 울기도 하고, 비행을 앞두고 숨어버리기도 하오만 그건 극히 일부에 지나지 않소. 대부분은 생을 초월한 비행을 한단 말이오. 일단 활주로를 벗어나 하늘길을 따라 날면 묘한 애국심과 사명감에 이 가슴이 뜨겁게 타오른단 말이오. 그 느낌을 진짜 느껴봐야 작가님이 제대로 된 글을 쓸 텐데, 이 가슴으로 느껴봐야만 조종사인 우리 세계를 처절하게 그려낼 텐데 말이오."

유치곤은 한운사의 가슴을 탁탁 쳤다. 어찌 보면 방약무인한 행동일 수도 있지만 한운사는 말없이 유치곤을 눈자리 들도록 쳐다보았다. 술자리가 무르익고 유치곤의 독백이 길어질수록 한운사는 회심의 미소를 지었다. 그의 머릿속에는 이미 '빨간 마후라'의 주인공 나관중 소령이 그려지고 있었다. 나관중 소령의 걸걸한 성격과 길들여지지 않은 야생마 같은 육체적 특징이 유치곤을 통해 형상화되고 있었다.

"작가님, 징크스가 있냐고 물었습니까? 그런 거 없습니다. 어떤 조종사는 그랬지요. 전투기가 22번, 55번 이런 식으로 숫자가 쌍으로 돼 있으면 비행기를 안 탄다구요. 어떤 이는 출격 나가기 전 아예 사진을 안 찍습니다. 재수 없답니다. 그런데 나는 그런 것에 개의치 않고 다 했습니다. 44번 전투기도 타고 사진도 찍고 출격 바로 앞두고 사라진 동료를 대신해서 다시 조종간 잡고 날아올랐다고요. 내가 좋아서 택했던 이 길인데 뭐가 두렵습니까? 저 하늘이 다 내 것인데 말입니다. 작전 임무를 마치고 기지로 돌아올 때 나는 관제탑에다 외치듯 소리칩니다. 나다, 유치곤!"

호기로운 사내 유치곤의 하늘은 한없이 크고 넓었다. 유치곤의 이야기에 빠져들다 보니 한운사의 눈에도 하늘과 전투기 그리고 조종사가 성큼 다가왔다.

빨간 마후라는 하늘의 사나이
하늘의 사나이는 빨간 마후라
빨간 마후라를 목에 두르고
구름 따라 흐른다 나도 흐른다
아가씨야 내 마음 잊지 말아라
번개처럼 지나간 청춘이란다.

한운사는 주체할 수 없이 떠오르는 가사를 적기 시작했다. 담뱃갑 뒷면에 가사를 적는 한운사 귀에 조종사들이 합창으로 부르는 '강릉아가씨'가 흘러들었다.

"빨간 마후라가 이렇게 히트 칠 줄이야 생각이나 했었나?"

"말도 말게. 길에서건 운동장에서건 들리는 노래라곤 빨간 마후라뿐이야."

"한운사 작가 본인도 놀랐다더만. 고교야구 보러 동대문 운동장엘 갔는데 어디선가 빨간 마후라 연주가 나오니까 3만 관중 전체가 합창을 하더라는 거야."

"지금까지 육사만 최고로 여기던 사람들의 인식이 공사로 확 바뀐 계기가 돼버렸지 뭐야. 조종사에 대한 관심과 인기도 최고조에 달했고."

"허허, 글 한 편의 힘이 대단해. 처음에 MBC 라디오 창사 1주년 기념 특집극으로 썼다는데 그걸 들은 신상옥 감독이 영화로 만들자는 제안을 해왔다는 거 아냐."

"공군에 대해 전혀 모른다는 한운사 작가에게 공군부대 탐방을 시킨 보람이 있었네. 그리고 영화를 만들 때 수원비행단에서 촬영협조도 적극적으로 했고."

"그전에 이미 대구기지를 방문했을 때 한운사 작가가 받은 영감이 컸대. 그래서 작품을 쓰게 된 거래. 그런데 영화 속 주인공 나관중 소령의 모델이 유치곤이었다며?"

"영화 보면 몰라? 나관중이나 유치곤이나 서로 우직한 성격이 닮은 것 같지 않어? 한 작가가 그랬대. 부대 방문했을 때 유치곤한테서 받은 인상이 나관중 소령의 윤곽을 그리는 데 70% 이상 영향을 끼쳤다고 말이야. 어이 치곤이, 자네 그때 한 작가에게 어떻게 어필한 거지?"

"거 있잖은가. 조종간만 잡으면 저 하늘이 죄 유치곤의 무대가 됐다는 거지. 활주로에선 '뜬다, 유치곤!' 기지로 돌아올 땐 '나다, 유치곤!' 하고 외치면 그냥 통과됐으니 말야."

유치곤은 대답 대신 둘러앉은 동기들에게 술잔을 들어보였다. 평소 씩씩하고 호방하던 모습 대신 오늘 따라 그는 침묵으로 일관하고 있었다. 나관중? 유치곤? 아무리 생각해도 작가의 눈이 매의 눈보다 매서운 것 같았다. 부대에서 그리 오랜 시간을 머문 것도 아닌데 한운사 작가는 벌써 작품 구상을 끝냈던 것이다.

"유치곤 대령님, 제가 대구에 와서 유 대령님과 여러분들을 만나고 나니 마치 새 작품을 쓰라는 운명처럼 여겨집니다. 실례가 되는 말씀이지만 특히 대령님의 한쪽 시력 상실과 203회 출격 그리고 승호리 철교 폭파와 같은 굵직한 작전이 제게 던져준 영감이 무척 큽니다. 한 분의 캐릭터가 영상으로 그려질 것 같다는 확신이 조심스럽게 다가옵니다. 저는 제가 그려낸 인물을 중심으로 공군에서 얻은 자료를 가지고 이야기를 펼쳐보겠습니다. 나관중 소령과 그를 둘러싼 젊은 청춘들이 비극에 처한 나라를 지키면서 겪는 처절함, 아울러 불타는 청춘을 표현하는 방법을 나름대로 찾아보겠습니다. 유치곤 대령님, 대령님을 만나 대한민국 공군과 조종사에 대해 알게 된 점 깊이 감사드립니다."

언제 다시 한운사 작가를 만날 수 있을까? 치곤은 한 작가를 만나게 되면 좀 더 진솔한 이야기를 들려주고 싶었다. 미처 들려주지 못한 내밀한 이야기들까지.

차가운 아침 공기가 방안까지 스며들었다. 눈을 뜨면 바로 잠자리를 털고 일어나는 치곤이었지만 오늘 아침은 달랐다. 치곤은 눈을 뜬 채 한참을 그대로 누워 있었다. 혼자 있는 방은 조용하기만 했다. 방안 공기는 무거웠고 썰렁했다. 하루하루 지날수록 아내의 빈자리가 더 크게 느껴졌다. 친정으로 훌쩍 가버린 아내 용녀는 무심하리만치 연락 한번 주지 않았다.

'하필 왜 명숙일 데리고 갔누. 아들놈 중 하날 데리고 가든가 하지.'

아내 용녀가 친정으로 가버린 것도 불만이었지만 더 큰 불만은 고명딸 명숙일 데리고 간 것이었다. 두 볼에 보조개가 쏙 들어가면서 웃는 명숙이 얼굴이 떠오르자 치곤은 더욱 심란했다. 마산 처가에 전화를 넣어볼까 하다가도 토라진 아내를 떠올리면 금세 맥이 빠졌다.

"당신은 혼자 잘난 사람이에요. 남들은 승진 앞두고 미리 찾아가볼 데는 다 찾아가서 인사하고 다닌다잖아요. 그렇게 가만히 있으면 누가 당신을 알아준대요? 그동안 내가 얼마나 가슴 졸이며 살았는지 당신은 조금이라도 내 입장 생각해 보았나요? 하루에도 몇 번씩 비행기를 몰고 나갔다는데, 더구나 한쪽 눈을 잃고도 그 사실을 아내인 나한테까지 숨기면서 오직 전투기만 붙들고 산 당신인데, 그런 당신을 누가 알아주던가요? 가족보다는 전우애를 더 중히 여긴 것도 알아요. 상금을 받아도 남들은 금붙이를 삽네, 땅을 삽네 하는데 당신은 후배들에게 술 사주고 밥 사주는데 썼잖아요. 겁쟁이, 비겁쟁이라는 말을 듣기 싫어한 당신은 남에게는 호인이었죠. 그러나 당신 동기들 보세요. 거의 승진했잖아요. '빨간 마후라'의 주인공 유치곤? 공군 최다 출격자라느니 신화적 인물이라느니 추켜세우면서 정작 당신에게 뭘 해줬죠? 당신은 그랬죠. 보상을 바라며 조종간을 잡은 건 아니라고, 당신이 신명 바쳐 할 수 있는 일에 전력투구한 것뿐이라고 말이죠. 그런데 나는 아니에요. 당신은 이렇게 9년 가까이 대령에만 머물러 있는데, 게다가 이번 승진 기회가 마지막이라면서요. 그런데도 당신은 미련하게 팔짱만 끼고 있으니 제 속은 까맣게 타들어갈 수밖에요. 날 보고 속 좁은 여자라고 책망 마세요. 만약, 만약에 이번 기회마저 놓치게 되면 당신은 이제 군복을 벗는다구요. 당신이 나보다 더 좋아했던 비행기를 만질 수 없게 된다고요."

아내는 켜켜이 쌓아두었던 울분을 마치 따발총처럼 쏘아댔다. 아내 용녀의 옴팡진 두 눈을 마주 보는 게 힘들어서 치곤은 문을 닫고 나와버렸다. 그런데 화를 삭이지 못한 아내는 그날로 딸 명숙만 데리고 마산 친정으로 가버리고 말았다. 이럴 때 말주변이라도 있다면 아내를 구슬리거나 달래줄 수도 있으련만 치곤은 그런 재주가 없었다. 그리고 아내의 말도 일리가 있기에 대꾸할 염치도 없었다. 젊은 시절, 전쟁과 비행기에 미쳐 아내를 한동안 어머니에게 맡겨두고 하늘만 날아다녔으니 미안한 마음도 컸다. 그러나 아내가 친정으로 가버린 것은 못내 섭섭했다.

치곤은 된 숨을 뱉으며 잠자리에서 몸을 일으켰다. 뒷목이 뻣뻣했고 머리가 무거웠다. 몸도 마음도 개운하지 않았지만 억지로 자리를 털고 일어났다. 그때 벽에 단정히 걸어놓은 하얀 예복이 치곤의 눈에 오롯이 들어왔다. 멍하니 예복을 쳐다보다가 벽 앞으로 다가갔다. 치곤은 가만히 두 손을 들어 예복을 쓰다듬었다. 밤새 벽에 걸렸던 옷은 찹찹했다.

'오늘 어떤 결과가 온다 해도 나는 겸허히 따르리.'

의외로 치곤은 차분했다. 모자를 들고 마루로 나오니 찬모어멈이 대기하고 있었던 듯 부리나케 부엌에서 나왔다.

"아침상을 봐 놨는데요."

"저는 부대 들어가서 먹겠습니다. 애들이나 잘 챙겨주세요."

아내 용녀가 없으니 찬모어멈조차 불편해 하는 기색이 역력했다. 치곤은 대기하고 있던 지프차에 올라탔다. 차창을 통해 본 하늘은 한바탕 눈이 내릴 것처럼 우중충했다. 시간은 잘도 흘러갔다. '빨간 마후라' 영화 흥행 때문에 한껏 신이 올랐던 1964년도 오늘과 내일만 지나면 영영 돌아오지 않는 해가 될 것이다. 치곤의 가슴속으로 을씨년스런 거리 풍경을 닮은 헛헛한 바람이 불었다. 갑자기 외로움이 물밀듯 밀려들었다. 뒷목은 여전히 불편했다. 눈동자까지 욱신거렸다.

"전대장님, 여자분이 또 오셨습니다."

전대장실에 도착하자 부관이 들어와 안내를 한다. 여자는 퀭한 눈과 쏙 들어간 볼이 마치 큰 병을 앓은 사람 같았다.

“제발 제 동생 좀 살려주이소. 예?”

여자는 의자에 앉자마자 같은 말을 되풀이하면서 우는 소리를 했다. 치곤은 여자의 사정이 딱했지만 들어줄 수 없기에 난처하기 짝이 없었다. 여자도 그걸 모르진 않을 것이다. 그런데도 치곤 앞에서 연신 머리를 조아리며 애걸복걸했다.

“전대장님, 이 세상에서 제 피붙이라고는 그놈아 하나 뿐입니더. 아부지가 젊은 여자랑 딴 살림 나갔을 때 어무이가 화병으로 세상을 떴심더. 그 후로 이 세상에 둘이 달랑 남겨진 우리 오누이는 참말로 힘들게 살아왔심더. 가진 것도 없고 아부지도 우리를 돌보지 않았지만 동생캉 저는 서로 의지하면서 그래도 참 잘 버텼심더. 전대장님, 동생이 군인이 됐을 때 제가 을매나 든든했는 줄 압니꺼? 그런데 우짜다가 이런 몹쓸 일에 그놈아가 휩쓸리뿌렸는지 모르겠심더. 전대장님, 제발 제 동생 좀 살려주이소. 예?”

여자의 얼굴에 초조와 긴장이 역력했다. 여자는 일본에서 살던 때의 어머니 나이와 비슷해 보였다. 아, 어머니. 어머니도 누군가에게 머리를 숱하게 조아렸을 것이다. 단지 살기 위해서 자존심도 버리고 폐지를 주웠을 것이다. 진녹색 조종복을 입은 치곤을 보며 이젠 됐다, 내가 이젠 눈감아도 여한이 없다, 란 말만 되풀이하던 어머니였다. 여자도 하나뿐인 동생이 홀로서기를 해 군복 입은 모습을 보면서 얼마나 대견해 했을까. 그러나 지금의 상황은 무조건 머리를 조아리고 울며 매달린다고 해결될 일이 아니었다. 박 상사의 사고는 오래 곪은 것이 결국 터진 것이었다. 사고 자체가 컸기 때문에 이미 군 감찰 조사가 본격적으로 이루어지고 있었다.

석유 때문에 대구와 가까운 지방에서는 심심찮게 사고가 일어났다. 귀한 석유는 여러 용도로 쓰였다. 집안의 등잔용은 물론, 화장실에 구더기가 끓어도 사람들은 무조건 석유를 부었다. 그걸 모르고 화장실에서 담뱃불을 붙이다가 불이 나거나 화상을 입는 경우가 종종 생겼다. 크고 작은 화재가 연달아 발생했다. 부대에서 빼낸 석유는 은밀하게 거래되었다. 대구 시내에 유통되는 석유 절반이 공군기지에서 유출된다는 소문이 돌았다. 부대에서 조직적으로 기름을 빼돌린다는 소문이었다. 부대에서 하루만 기름이 안 나오면 그날 대구시내 반 이상의 집에서 굶는다는 말이 나돌 정도였다. 기름 절도에 외부인과 결탁한 박상사가 연루돼 있었다. 석유 절도는 소문보다 더 광범위하게 조직적으로 이뤄지고 있었던 것이다. 자원과 물자가 절대적으로 부족한 시대, 가난한 나라의 어두운 일면이었다.

그러나 이유를 불문하고 석유 절도 사건은 엄중하게 처리될 것이 분명했다. 왜냐하면 군의 기름을 빼냈다는 것은 반역 행위에 버금가기 때문이었다. 사건이 중요한 만큼 울고 매달린다고 해결될 일이 아닌데도 여자는 한사코 치곤을 놓아주지 않았다. 여자는 앉은 자리에서 꼼짝도 않고 몇 시간째 치곤에게 매달렸다. 부관을 불러 여자를 데리고 나가라고 할 수 있지만 치곤은 차마 냉정하게 그러지 못했다. 오죽하면 그럴까 싶었다. 비빌 언덕조차 없었던 자신의 암울했던 과거가 발목을 잡고 있었다. 답답한 속을 비슬산 정상에서 내지르던 고함으로 대신했던 그때가 왜 이 순간에 생각나는가. 아침과 점심마저 거른 채 치곤은 찬물만 마셨다. 여전히 머리는 무겁고 가슴은 답답했다. 창문을 통해 보이는 하늘도 마찬가지였다. 차라리 눈이라도 펑펑 내리면 좋겠지만 하늘은 여전히 잿빛 그대로 치곤의 어깨를 무겁게 눌렀다.

전대장 집무실로 향하는 신 중령의 얼굴이 어두웠다. 내일이면 한 해를 마무리 하느라 종무식 준비로 부산해야 할 텐데 부대 분위기는 착 가라앉아 있었다. 석유 절도 사건 때문에 추이를 지켜보느라 서로가 말을 아꼈다. 그러나 신 중령의 신경은 오늘 하루 종일 딴 데 있었다. 오늘 중으로 승진 발표가 있기에, 유치곤 전대장 본인보다 신 중령이 더 안절부절못하고 기다렸다. 신 중령은 107기지의 감찰부장으로 온 이후 유치곤 전대장과 흉금을 터 놓고 허물없이 지냈다. 특히 사냥과 낚시를 즐기며 우의를 다졌던 사이였다. 그런 신 중령이기에 오늘 승진 발표를 누구보다 신경 쓰고 있었던 것이다.

유치곤 전대장 방문 앞에서 신 중령은 시계를 들여다보았다. 오후 네 시가 지나있었다. 유 전대장은 의자 깊숙이 몸을 묻은 채 눈을 감고 있었다.

"어서 오시게."

유치곤은 의자에 앉은 채 신 중령을 맞았다.

"안색이 안 좋습니다. 어디 불편하십니까?"

"머리가 좀 아프네."

머리가 아프다는 유 전대장의 대답에 신 중령은 잠시 머뭇거렸다. 아직 유 전대장은 모르고 있는 듯했다. 그러나 어차피 유 전대장도 알게 될 것이다. 본부에서 손 대령으로 승진이 확정된 직후 신 중령의 동기가 전화로 제일 먼저 사실을 알려왔다.

"전대장님, 뭐라고 보고를 드려야 할지……."

"……."

유치곤은 묵묵히 침묵을 지키고 있었다.

"손 대령님으로 최종 확정 되었답니다."

잠시 무거운 침묵이 두 사람 사이에 흘렀다. 유치곤은 천천히 자리에서 일어났다. 평소의 유치곤답지 않게 움직임이 둔하고 느렸다. 의자 뒤 옷걸이에서 모자를 집어 머리에 눌러쓴 치곤은 다시 의자에 털썩 주저앉았다.

"집에 일찍 들어가 봐야겠네. 차를 대기시켜 달라고 해주게나."

차를 대기시키라고 운전병에게 이른 신 중령은 일단 유 전대장을 집으로 모시는 데까진 합석해야겠다고 생각했다.

"차량 대기시켰습니다!"

운전병이 들어왔다. 유 전대장이 몸을 일으켰다. 그러나 이내 그의 몸이 휘청거렸다. 두 눈을 질끈 감은 채 유치곤은 두 손으로 관자놀이 주변을 꾹 눌렀다. 운전병이 재빨리 드링크 병을 땄다.

"전대장님, 우선 이걸 드시지요. 병원으로 먼저 모시겠습니다."

운전병이 건넨 드링크 병을 간신히 잡은 치곤은 그러나 이내 드링크 병을 떨어뜨리고 말았다. 바닥에 떨어진 드링크 병이 바닥에서 산산조각 난 채 흩어졌다. 당황한 운전병이 두 번째 드링크 병을 서둘러 따서 유 전대장에게 건넸다. 손을 내밀던 유치곤은 미처 드링크 병을 잡기도 전에 맥없이 앞으로 고꾸라지고 말았다.

사흘째 치곤은 고른 숨만 쉬었다.

치곤은 배가 고팠다. 한번만, 꼭 한번만 어머니가 만들어준 메밀묵을 먹고 싶다. 메밀묵과 메밀숭늉이 그립다. 허한 내 빈속을 채워주던 어머니. 사내로 태어난 값을 하라던 어머니. 하지만 이미 이 세상에 없는 어머니, 어머니. 어머니의 자리를 대신했던 아내는 왜 아직 안 오는가. 내가 그리도 미웠던가. 묵묵히 내 곁을 지켜주던 아내가 나는 참 고맙기만 했는데, 외로운 내게 와서 아들딸 사남매를 낳아 어여삐 잘 키워주던 아내였는데, 아내는 왜 지금 내 곁에 없는가. 지금까지 가슴에만 품고 있었던 말, 당신을 사랑한다고, 오직 당신만 사랑했다고 말해야 하는데 아내가 보이지 않으니 마음이 더 답답하다. 아내가 명숙이랑 달려와서 내 손을 붙들어 주면 좋으련만. 아아, 유난히 애교 많던 내 딸 명숙의 보드라운 볼도 꼬집어보고 싶다. 명숙이 여대생 되는 날 팔짱을 끼고 명동거리를 걷고 싶었는데, 예쁜 속옷과 멋진 하이힐도 사주는 살가운 아버지가 되고자 했는데 아직 명숙이 보이지 않으니 슬프다. 아내 용녀 그리고 내 딸 명숙아, 나는 내 두 발과 두 손으로 조종간을 잡고 하늘로 오를 때 진정 가슴 벅차도록 기뻤단다. 하늘로 날아오를 때 내 가슴의 더운 피가 한꺼번에 용솟음쳤음을 알아다오. 열등감으로 점철되었던 내 인생을 바꿔준 것이 저 하늘이었던 것을, 내 자존심을 짓밟았던 일본인 교장과 교관과 상급생들을 상기하면서 나는 이 악물고 하늘을 누볐다는 것을 알아다오. 뒤늦게 대한민국의 국민임을 인식했던 나는 두 번 다시 나라를 빼앗기는 서러움을 내 사랑하는 가족들에게는 물려주고 싶지 않았구나. 평온한 내 나라에서 인간다운 대접을 받는 삶을 살아가도록 해주고 싶었기에 겁 없이 하늘로 올랐고 마음껏 누볐단다. 그런 나를 무모하다 하지 말아다오. 나는 결코 공명심에 사로잡히지 않았던 것을. 내 사랑하는 아내여, 아무도 원망하지

마오. 당신의 남편 유치곤은 저 푸른 하늘을 날아다닐 수 있었기에 행복했던 것만 기억해주오. 오, 내가 사랑했던 모든 이여, 내가 일어나서 다시 조종간을 잡을 수 있도록 나에게 힘을 주었으면 좋겠구나. 내 남은 한쪽 눈이 마저 보이지 않을 때까지, 내게 남은 마지막 열정 한 방울조차도 저 하늘에 뿌릴 수 있도록 제발 내 두 손을 잡아 달라.

용녀는 집에서 가져온 하얀 예복을 치곤 옆에 두었다. 용녀는 울음을 꾹 참았다. 1965년 1월 1일 오후, 유치곤은 가족과 하얀 예복이 지켜보는 가운데 조용히 숨을 거두었다. 아내 용녀에게 사랑한다는 말도, 고명딸 명숙의 보드라운 볼도 만져보지 못한 채, 유치곤은 그가 사랑했던 하늘의 별이 되기 위해 영영 먼 길을 떠났다.

| 에필로그 |

유치곤의 흔적을 좇아 낯선 땅 일본의 후쿠오카를 누비고 다녔다.

빠듯한 일정에 쫓겨 정신없이 답사를 끝내고 한국으로 돌아오는 날, 후쿠오카에는 아침부터 비가 내렸다.

후쿠오카 공항으로 오는 길에 나는 이타즈케 공군기지를 떠올렸고, 65년 전 F-51D 무스탕을 가지러 이타즈케로 달려온 10명의 대한민국 공군전투조종사를 생각했다. 누란의 위기에 처한 조국을 구할 전투기를 가지러 온 10명의 조종사의 발목을 붙든 건 줄기차게 내리는 여름비였다. 내리는 비를 보면서 나도 그들처럼 처연한 심정이 되었다.

351고지는 다가갈 수 없는 곳에 있었다. 하늘은 맑고 가을바람은 선선했지만 바다안개에 가린 351고지는 너무 멀었다. 6.25 참전조종사였던 원로 한 분이 짚고 있던 지팡이로 351고지를 가리켰다.

"지금은 갈 수 없는 저 고지는 휴전 개시 마지막까지 전투가 치열했었지. 남과 북이 워낙 포탄을 때려 퍼부었던 곳이라 아예 고지 자체가 납작해져 버렸어."

전쟁이 휩쓸고 간 또 하나의 현장 앞에서 변함없는 건 하늘과 바다였다.

유치곤은 전쟁의 한가운데 있었던 전투조종사였다. 하늘을 날고 싶었던 소년은 태평양전쟁의 무모함을 보았고, 6·25전쟁의 참상을 몸소 겪었다.

유치곤, 그가 우리 곁을 떠난 지 어언 50년이라는 시간이 흘러가버렸다. 그러나 우리는 그가 남긴 족적을 결코 잊지 않을 것이다. 유치곤과 두 전쟁을 통해서 분명히 깨달은 건 내 나라, 내 조국이 없는 민족은 불행할 수밖에 없다는 사실이다.

삼가 유치곤 장군의 영전에 이 책을 바치며 그의 영면을 위해 옷깃을 여미고 고개를 숙인다.

2015년 6월 1일
소설가 차인숙

| 유치곤과 대한민국 공군 연혁 |

1927. 07. 17. | 유치곤, 경북 달성군 유가면에서 출생.

1939. 09. 01. | 제2차 세계대전 발발.

1941. 12. 08. | 일본의 진주만 공습. 태평양전쟁 발발.

1942. 06. 05. | 미드웨이 해전.

1942. 12. 18. | 미 B-25 폭격기 16대가 도쿄, 가와사키, 나고야, 욧카이치, 고베를 폭격.

1943. 10. 01. | 유치곤, 다치아라이 육군비행학교 입소(6개월 과정).

1944. 04. 01. | 유치곤, 메타바루 제1항공교육대 전속 비행교육대대 배속.

1944. 07. 01. | 유치곤 하사, 쿠알라룸푸르 44훈련교육대 배속.

1944. 10. 20. | 미군, 필리핀 중부 레이테 만에 상륙하여 진격.

1944. 10. 25. | 가미카제가 미 항모를 최초 공격.

1945. 08. 15. | 일본 항복. 대한민국 독립.

1945. 09. 02. | 미 전함 미주리호 함상에서 일본의 항복식 거행. 제2차 세계대전 종전.

1946. 05. | 영국군 포로로 있던 유치곤, 부산으로 귀국 후 어머니가 있는 와카마쓰로 밀항.

1946. 08. 10. | 한국항공건설협회 창립(초대회장 최용덕).

1946. 09. 17. | 유치곤, 어머니와 함께 귀국. 이후 고향인 달성군 현풍면에서 자치대 대장으로 지냄.

1948. 04. 01. | 최용덕, 장덕창, 이영무, 박범집, 김정렬, 이근석, 김영환 등이 조선경비대, 항공부대창설을 준비하며 공군 창군의 기틀 마련.

1948. 08. 15. | 대한민국 건국. 대한민국 국군 창설.

1948. 09. 03. | 김정렬 부대장을 필두로 비행부대 창설.

1948. 09. 15. | L-4 연락기 10대가 역사상 최초로 서울 상공에서 전시비행.

1949. 01. 14. | 육군항공사령부 예하 항공사관학교(현 공군사관학교), 경기도 김포에서 발족.

1949. 06. 10. | 1기 사관생도 97명 항공사관학교 입교.

1949. 08. 24. | 유치곤, 육군항공사령부의 항공병으로 입대. 군번은 3201640.

1949. 10. 01. | 대한민국 공군 창설(병력 1,100명, L-4/L-5 20대).

1950. 04. 28. | 북한 공군 이건순 중위, IL-10 슈토르모빅 지상공격기를 몰고 귀순.

1950. 06. 25. | 6·25전쟁 발발. 공군 작전지휘소 여의도기지(비행단)에 설치.

1950. 06. 27. | UN군 참전.

1950. 06. 28. | 서울 한강 인도교 폭파. 최용덕 장군 공군 사령부 병력, 매산초등학교로 철수.

1950. 06. 30. | 북한군 한강 도하.

1950. 07. 02. | F-51D 무스탕 10대, 일본 이타즈케 기지에서 한국 대구기지로 공수.

1950. 07. 03. | 한국 공군 F-51D 첫 출격작전 수행. (공군은 2008년부터 이 날을 '조종사의 날'로 정하여 기념하고 있다.)

1950. 07. 06. | 정찰비행대 대전에 창설.

1950. 07. 08. | 총참모장인 김정렬 준장, 공군을 비행단과 근무부대(항공기지사령부, 보급창, 병원, 공군사관학교, 헌병대), 정찰비행대로 구분.

1950. 07. 13. | 전시동원령에 의해 김천 간이비행장 설치.

1950. 07. 14. | 이승만 대통령, 국군 작전지휘권을 UN군에 이양하는 서신 맥아더에게 전달.

1950. 07. 31. | 한국 공군 전투조종사와 정비사 훈련 임무를 맡고 파견된 미 공군 '바우트 원' 부대가 제6146기지부대로 공식 명명됨.

1950. 08. 01. | 국군과 UN군 낙동강 방어선 구축.

1950. 08. 15. | 연락기에 미 제8군으로 부터 인수한 SCR-300 무전기 장착.

1950. 09. 15. | 인천상륙작전 성공.

1950. 09. 28. | 수도 서울 탈환.

1950. 10. 01. | 육군 3사단 38선 돌파.

1950. 10. 10. | 수도군단과 제3사단이 원산시 점령.

1950. 10. 11. | 유치곤이 소속된 정찰비행대 포천에 도착.

1950. 10. 17. | 정찰비행대, 정찰비행전대로 승격하여 대구기지로 이동.

1950. 10. 19. | 국군과 미 연합군 평양 수복.

1950. 11. | 중공군 개입.

1950. 11. 17. | 유치곤, 조종흉장(1950 공본일반명령 갑100호) 수령.

1951. 03. 15. | 국군, 서울 재탈환 및 북진.

1951. 04. 10. | 유치곤, 공군 소위로 임관.

1951. 04. 12. | 맥아더 원수 해임. 리지웨이 장군 UN군 사령관 임명.

1951. 04. 25. | 유치곤, 공군비행단 연성비행중대 배속.

1951. 07. 10. | 정전협상 시작.

1951. 08. 17. | 한국 공군, 지리산지구 공비토벌작전 지원.

1951. 09. 20. | 유치곤, 충무무공훈장(1951 공본일반명령 갑67호) 수령.

1951. 09. 28. | 강릉기지 제1전투비행단, 강릉전진부대 사령부로 명칭 변경. 부대장에 김영환 대령, 기지부대장에 김신 대령. 유치곤 강릉전진부대 편대장을 맡음.

1951. 10. 01. | 미 극동공군사령부, 대한민국 공군 작전준비태세검열 실시. 한국 공군에 단독작전 수행권 부여.

1951. 10. 11. | 한국 공군, 원산작전 단독출격. 유치곤, F-51D 전투기 조종사로 첫 출격.

1951. 10. 28. | 남북, 군사분계선 설정 합의.

1951. 12. 03. | 한국 공군, 서남지구 공비토벌 작전 지원.

1952. 01. 11. | 김두만 소령, 국내 최초 100회 출격기록 수립.

1952. 01. 15. | 승호리 철교 차단작전.

1952. 02. 12. | 유치곤, 미 비행훈장 3첨엽장(1951 미5공군사령부 107호) 수령.

1952. 03. 16. | 유치곤, 비행훈장 1엽대장(1952 공본일반명령 갑28호) 수령.

1952. 03. 28. | 송림제철소 폭격작전.

1952. 04. 30. | 유치곤, 한국 공군 6번째로 100회 출격기록 수립.

1952. 05. 05. | 유치곤, 충무무공훈장(1952 공본일반명령 갑36호) 수령.

1952. 06. 01. | 유치곤, 공비토벌기장(1952 공본일반명령 갑49호) 수령.

1952. 06. 18. | 유치곤, 제1전투비행단 제15비행교육전대 배속.

1952. 07. 03. | 유치곤, 미 비행훈장 1첨엽장(1952 공본일반명령 갑81호) 수령.

1952. 07. 05. | 유치곤, 을지무공훈장(1952 공본일반명령 갑81호) 수령.

1952. 08. 29. | 평양 대폭격 작전. UN공군의 단위부대로 한국공군 3개 편대조가 총 36소티 출격하여 대동강철교 서쪽의 평양 공장 지역 공격.

1952. 09. 22. | 유치곤, 미 비행훈장 2첨엽장(1952 공본일반명령 갑128호) 수령.

1952. 12. 31. | 유치곤, 대통령 수장(1952 비행단 일반명령 갑46호) 수령.

1953. 02. 15. | 유치곤, 제10전투비행단 제102전투비행대대 작전장교 임명.

1953. 03. 26. | 351고지 전투 항공지원 작전. 한국군·미 제5공군·제7함대 연합으로 수행한 최초의 대규모 연합 공·지·해 합동작전.

1953. 04. 15. | 유치곤, 은성 을지무공훈장(1953 공본일반명령 갑69호) 수령.

1953. 05. 16. | 유치곤, 금성 충무무공훈장(1953 공본일반명령 갑86호) 수령.

1953. 05. 16. | 유치곤, 금성 을지무공훈장(1953 공본일반명령 갑96호) 수령.

1953. 05. 30. | 유치곤, 한국 공군 최초로 200회 출격기록 수립.

1953. 07. 17. | 유치곤, 대통령 수장(1953 비행단 일반명령 갑9호) 수령.

1953. 07. 27. | 오전 10시, 판문점에서 휴전협정 조인.

1954. 02. 24. | 유치곤, UN종군기장(1954 공본일반명령 갑20호) 수령.

1955. 06. 15. | 유치곤, 제10전투비행단 제트비행교육대장 임명.

1958. 08. 01. | 김포비행장에 제11전투비행단 창설. 초대 비행단장 장지량 장군, 부단장 김금성, 전대장 유치곤.

1960. 07. 05. | 유치곤, 제11전투비행단 제31전술통제비행 전대장으로 임명.

1961. 06. 20. | 유치곤, 제1훈련비행단 제1초등훈련비행전대장으로 임명.

1962. 01. 10. | 유치곤, 제1훈련비행단 부단장으로 임명.

1962. 10. 01. | 유치곤, 5등 근무공로훈장(1962 공본일반명령 갑46호) 수령.

1962. 11. 25. | 유치곤, 제107기지단장으로 임명.

1964. 03. 27. | 유치곤을 모델로 한 영화 '빨간 마후라' 개봉(한운사 각본, 신상옥 감독).

1965. 01. 01. | 유치곤, 과로로 순직하여 공군 제적. 공군준장 추서.

2005. 06. 15. | 대구시 달성군에 유치곤장군호국기념관 개관.

| 6·25전쟁 전선도 |

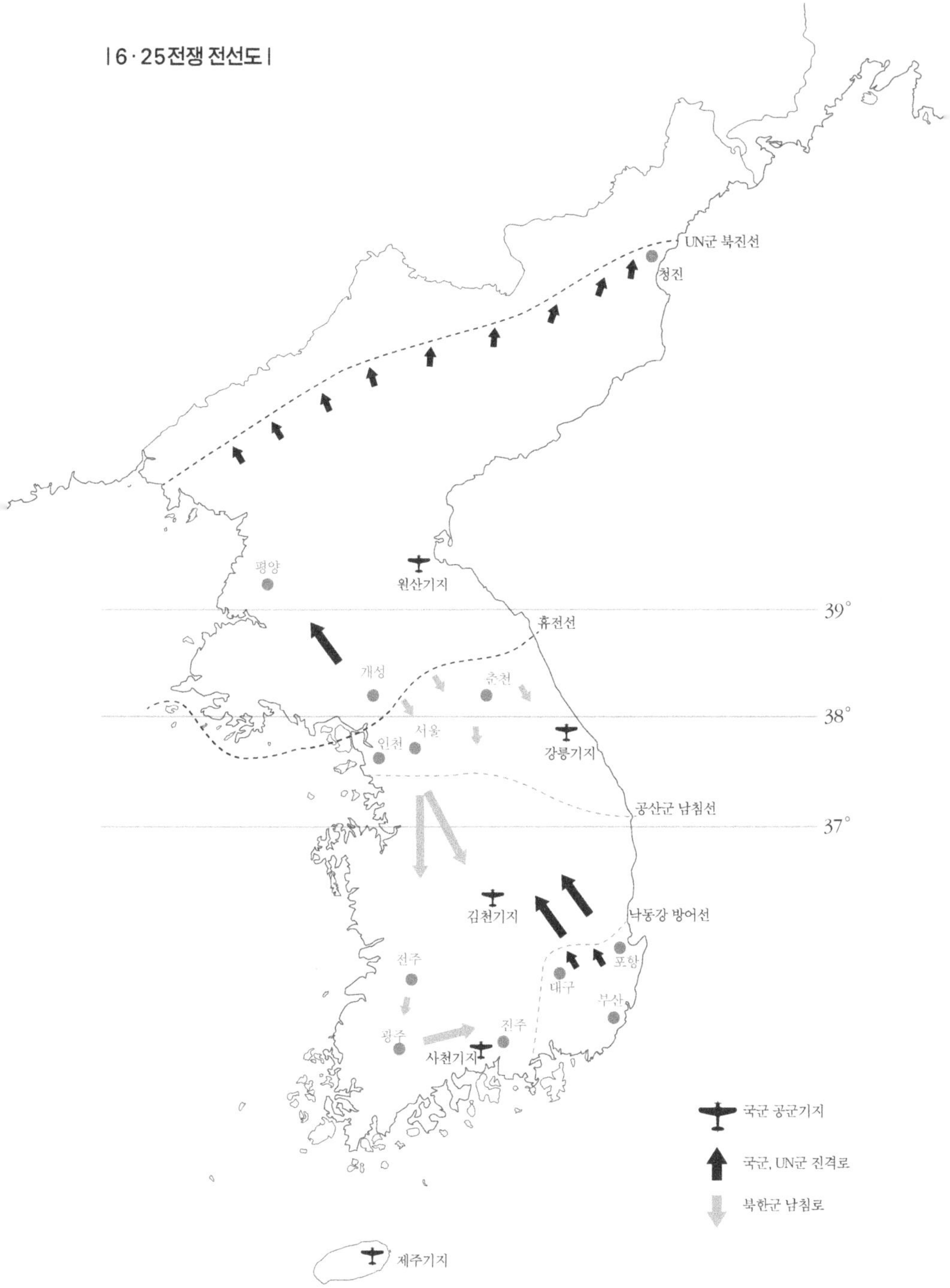

UN군 북진선
청진
평양
원산기지
39°
휴전선
개성
춘천
38°
서울
인천
강릉기지
공산군 남침선
37°
김천기지
낙동강 방어선
포항
전주
대구
부산
광주
진주
사천기지
국군 공군기지
국군, UN군 진격로
북한군 남침로
제주기지

| 참고문헌 |

《공군사(1집 개정판)》, 공군역사기록관리단, 공군본부, 2010

《6·25전쟁과 항공전의 영웅들》, 공군정훈공보실, 대한민국공군, 2010

《6·25전쟁 참전용사 증언록》, 공군본부, 2010

《상처투성이의 영광》, 윤응렬, 황금알, 2010

《자랑스런 공군, 공군인》, 공군역사기록관리단장 최영훈, 공군역사기록관리단, 2015

《한국전쟁》, 박태균, 책과함께, 2005

《한국전쟁의 실상과 학도병 이야기》, 박양호, 화남, 2009

《유엔군 전적비를 찾아서》, 박양호, 화남, 2011